쇼퍼홀릭
레베카, 결혼 반지를 끼다 2

쇼퍼홀릭
Shopaholic

레베카, 결혼 반지를 끼다

소피 킨셀라 지음 · 노은정 옮김 2

황금부엉이

옮긴이 노은정

연세대학교 영어영문학과를 졸업했다. 옮긴 책으로 『쇼퍼홀릭』 시리즈, 『성공하는 여성들의 심리학』, 『꿈꾸는 정원사』, 『올드 레이디 투자 클럽』, 『CEO의 책꽂이』, 『플랜더스의 개』 외 다수가 있으며, 시리즈로는 『마법의 시간여행』, 『마음과 생각이 크는 책』 등이 있다.

쇼퍼홀릭 : 레베카, 결혼 반지를 끼다 2

2005년 9월 27일 초판 1쇄 발행
2007년 9월 13일 초판 8쇄 발행

지은이 | 소피 킨셀라
옮긴이 | 노은정
펴낸이 | 윤정희
펴낸곳 | (주) 황금부엉이

주소 | 서울시 마포구 서교동 353-4 첨단빌딩 9층
전화 | 02-338-9151
팩스 | 02-338-9155
인터넷 홈페이지 | www.goldenowl.co.kr
출판등록 | 2002년 10월 30일 제10-2494호

편집 | 이홍림
본문 일러스트 | 정혜진
마케팅 | 신용천, 이원일
제 작 | 구본철
인 쇄 | 미르인쇄

ISBN 89-90729-64-5 04840
      978-89-6030-153-5 04840(세트)

차례

언제나 눈 깜짝할 사이에 눈부신 해결책을 찾아내는

애비게일에게 이 책을 바칩니다.

감사의 글

이 책을 쓰는 일은 참으로 즐거웠습니다. 자료조사를 위해 영국과 미국을 두루두루 방문했던 일은 더욱 재미있었죠. 우선, 제 방문을 허락해주고 어리석은 질문을 숱하게 받아주며 영감을 얻게 도와준 그곳의 모든 분들께 감사드립니다.

그 중에서도 많은 도움을 주셨던 플라자 호텔의 로렌스 하비, 바니스의 쉐린 솔레이마니에게 감사의 마음을 전합니다. 또한 론 벤-이스라엘, 엘리자베스와 수잔 알렌, 프랜 버나드, 프레스턴 베일리, 클레어 모슬리, 크레이트 앤 배럴의 조 댄스, 티파니의 줄리아 클레이너와 릴리언 사바텔리, 〈브라이드〉 잡지사의 샬로트 커리, 로빈 마이클슨, 테레사 와드, 가이 랭카스터와 케이트 메일러, 데이비드 스테파노와 제이슨 앤터니 그리고 사랑스러운 롤라 부보쉬에게도 고맙다는 말을 전하고 싶습니다.

항상 고맙기만 한 나의 훌륭한 대리인, 애러민타 위틀리와 나를 끊임없이 지원해준 세실리아 헤일리, 늘 용기를 주었던 린다 에반스, 그리고 당연한 말이지만 패트릭 플론킹턴-스마이드에게도 감사의 마음을 전합니다.

그리고 마지막으로, 이 책을 쓰는 동안 내내 곁에 있어준 헨리, 프레디, 휴고, 그리고 퍼플 파시, 정말 고마웠습니다. 퍼플 파시가 누구를 가리키는지 본인은 알고 있을 겁니다.

플라자에서의 결혼식이 준비되는 동안

지금은 때가 좋지 않다.

사실, 끔찍하다. 신문에서 그 기사를 본 뒤로 루크는 완전히 집안에 틀어박혀서 침묵을 지키고 있다. 그는 도무지 그 일에 대해서는 전혀 말도 하지 않으려 한다. 집안 분위기는 언제 폭발할지 모를 정도로 팽팽하게 긴장되어 있다. 어떻게 해야 좋을지 모르겠다.

며칠 전에 마음을 달래줄 겸해서 아로마 향초를 샀다. 하지만 양초 냄새 외에는 별 냄새가 나지 않았다. 그래서 어제는 좀 더 풍수지리에 맞게 집안을 정리해볼 요량으로 가구를 다시 배치하기 시작했다. 그런데 하필이면 소파를 옮기다가 소파 다리가 DVD 플레이어에 낀 순간, 루크가 거실로 들어왔다. 당연히 별로 좋은 인상을 받은 것 같지 않다.

　아, 그가 내게 마음을 열어주었으면 좋겠다! 드라마 〈도슨즈 크리크〉에서처럼 말이다. 하지만 내가 "얘기 좀 할까?"라고 말할 때마다, 그는 "그래, 베키. 나도 함께 의논하고 싶은 게 있어."라고 말하는 대신에 나를 무시하거나 커피가 다 떨어졌다는 엉뚱한 말만 하기 일쑤다.

　루크는 엘리노어와 전화통화를 시도해봤다. 하지만 그녀가 입원해 있는 엉터리 스위스 병원에서는 환자가 휴대폰을 갖고 있을 수 없다는 걸 알고 있다. 또한 그가 마이클과 몇 차례 전화 통화를 했다는 것도 알고 있다. 그리고 엘리노어 셔먼 재단에 파견 나갔던 그 여직원이 다시 브랜던 커뮤니케이션즈로 돌아와서 근무하고 있다는 것도 알고 있다. 그 일에 대해서 내가 물어보았지만 루크는 입을 꽉 다물고 아무 말도 하지 않았다. 그런 일이 있었다는 사실조차 시인하지 않는 것 같았다.

　현재 잘 진행되고 있는 일은 결혼식 준비뿐이다. 로빈과 나는 이벤트 디자이너와 몇 차례 회의를 했고 예식장에 대한 그의 아이디어는 더할 나위 없이 좋다. 며칠 전에는 플라자에서 디저트 시식을 했는데 마치 딴 세상 맛을 내는 것 같은 환상적인 푸딩을 맛본 나는 너무 황홀해서 기절하는 줄 알았다. 시종일관 샴페인이 나왔으며 깍듯하게 예의를 차리는 웨이터들은 나를 공주처럼 대우했고……

하지만 진짜 솔직히 말하자면, 그다지 마음 편하고 멋지지는 않았다. 나는 피스타치오 무스와 아니스 비스코티를 곁들인 데친 복숭아가 금접시에 담겨져 나왔을 때에도, 그 즐거움의 순간을 관통하는 따가운 죄책감을 느끼지 않을 수 없었다.

엄마한테 이 소식을 알리고 나면 한결 행복할 거라는 생각이 든다. 내 말은 마음 불편해할 이유가 없다는 거다. 두 분이 레이크 디스트릭트에 계시는 동안은 나도 어쩔 도리가 없으니까, 아무렴. 두 분의 휴가를 방해하고 싶지 않아서, 단지 그래서 그랬던 거다. 하지만 내일 돌아오신다. 그럼 아주 차분한 마음으로 엄마한테 전화해서 그동안 수고해주신 거 정말 고맙다고 말씀드리고, 내가 엄마의 고마운 마음을 몰라서가 아니라 사정상 내가 결정을 내렸다고 말을……

아니, 루크와 내가 결정을 내렸다고……

아니, 엘리노어 셔먼이 아주 친절하게 그런 제안을…… 그래서 우리가 받아들이기로 결정을……

아, 난 몰라! 생각만 해도 머릿속이 빙빙 돈다.

좋다, 아직은 생각하지 않으리라. 어쨌든, 서투르고 어색한 연설문을 준비하고 싶지는 않다. 바로 그 순간까지 기다려서 즉흥적으로 해내는 편이 나으리라.

바니스에 도착해보니 크리스티나가 이브닝 재킷들이 걸린

옷걸이를 정리하는 중이다. "어서 와!" 내가 들어가는데 그녀가 말한다. "베키, 내가 말했던 것들 서명 다 했어?"

"예?" 돌연 머릿속이 복잡해진다. "아, 미안해요. 잊어버렸어요. 오늘 할게요."

"베키?" 크리스티나가 나를 진지하게 쳐다본다. "괜찮아?"

"괜찮아요! 전 그냥…… 모르겠어요, 결혼식 때문에……."

"어제 저녁에 신부 아틀리에를 담당하는 인디나를 봤거든. 인디나 말이 당신이 리처드 타일러 드레스를 예약해뒀다며?"

"아, 맞아요. 예."

"그런데 지난번에 에린한테 베라 왕 드레스에 대해서 이야기하는 것을 틀림없이 들었는데."

나는 시선을 피하며 핸드백 지퍼만 만지작거린다.

"그게, 저기, 드레스를 여러 벌 예약해버렸어요."

"몇 벌이나?"

"네 벌." 나는 잠시 머뭇거리다 실토한다. 클레인필드 것은 말할 필요가 없으니까.

크리스티나가 하하 소리 내어 웃는다. "베키, 웨딩드레스는 한 벌만 입는 거야! 결국에는 결정을 내려야 한다구, 알아?"

"알아요." 나는 힘없이 말하고, 그녀가 다른 이야기를 꺼내기 전에 내 피팅룸으로 꽁무니를 감춘다.

내 첫 손님은 로렐이다. 그녀는 회사 주말모임에 입고 갈 '캐주얼'이 필요해서 왔다. 하지만 그녀에게 있어 캐주얼이란 트레이닝 복 바지에 헤인즈 티셔츠를 걸치는 게 고작이다.

"왜 똥 씹은 얼굴이에요?" 로렐은 들어오자마자 묻는다.

"아무것도 아니에요!" 나는 밝게 웃는다. "그냥 무슨 생각 좀 하느라고."

"엄마랑 싸웠지?"

나는 놀라서 그녀를 쳐다본다.

"아니에요!" 나는 눈치를 본다. "어째서 그런 말을?"

"원래 다 그렇게 흘러가기 마련이거든." 로렐은 외투를 벗으며 말한다. "신부들은 다 자기 엄마하고 싸우기 마련이지. 예식 때문이 아니면, 꽃 장식 때문이지. 나는 결혼식 앞두고 어머니가 나한테 물어보지도 않고 내 친구 세 명을 초대자 명단에서 빼버리는 바람에 차 거름망을 내던졌어요."

"진짜예요? 그래도 화해하셨지요?"

"그 뒤로 5년 동안 말 안했어."

"5년이요?" 나는 뜨악해서 그녀를 쳐다본다. "겨우 결혼식 때문에?"

"베키, 겨우 결혼식이라니, 그렇지 않아요." 로렐은 이렇게 말하며 캐시미어 스웨터를 집어 든다. "이거 괜찮다."

"음," 나는 건성으로 말한다. 아, 난 몰라. 이제 이 일을 어쩌지?

엄마와의 사이에 금이 가면 어쩌지? 엄마가 너무도 맘이 상하셔서 다시는 날 보시지 않겠다고 하시면? 그래서 루크와 내가 아이들을 낳아도 당신들이 할아버지 할머니가 되셨다는 것도 모르시게 되면? 그리고 크리스마스 때마다 아이들이 혹시나 하고 외할머니 외할아버지께 드릴 선물을 샀다가 크리스마스 트리 밑에 그 선물들만 뜯어보지 않은 채 덩그러니 남아, 아무 말없이 그것들을 치우게 되고 어느 해 우리 어린 딸이 결국 "엄마, 어째서 외할머니께서는 우리를 미워하시는 거예요?" 하고 묻고 나는 눈물을 글썽이며 목멘 소리로 "얘, 외할머니는 우리를 미워하시지 않아. 그냥 다만……" 하고 말하게 되면?

"베키? 괜찮아요?"

나는 다시 현실로 돌아온다. 로렐이 걱정스런 표정으로 나를 빤히 쳐다보고 있다. "어째 자기답지 않다. 좀 쉬어야 하는 거 아니에요?"

"전 괜찮아요! 정말." 나는 프로답게 미소를 지어본다. "자…… 여기 제가 생각했던 스커트가 있어요. 이 베이지색 옷과 상아색 스커트를 입으면……."

로렐이 여러 벌의 옷을 입어 보는 동안 나는 의자에 앉아서 고개를 끄덕이고 대충 건성으로 맞장구쳐준다. 속으로는 엄마에 대한 문제로 마음 졸이면서 말이다. 결국 이 지경에 이른 것이 전부 내가 질질 끌어온 탓이라는 생각이 든다. 내가 균형을 잘 잡지 못했던 거다. 내가 플라자에서 결혼한다고 이야기하면 엄마는 화가 머리끝까지 치밀어 등을 돌리실까? 그러지 않으실까? 정말 모르겠다.

내 말은 크리스마스 때 일을 생각해보라는 거다. 나는 내가 루크하고 함께 고향집에 못 갈 거라고 하면 엄마가 무척 낙담하실 줄 알았다. 그래서 엄마한테 그 이야기를 할 용기를 끌어 모으는 데 정말 숱한 시간을 보냈다. 하지만 놀랍게도, 엄마는 자상하게 받아들이시면서 두 분이서 재니스 아주머니와 마틴 아저씨와 함께 즐겁게 보내시겠다고 하셨다. 그러니까 이번 일도 마찬가지일 것이다. 엄마한테 모든 걸 다 잘 설명하면, 엄마는 "어머, 얘, 웃기는 소리 마라, 당연히 네가 원하는 곳에서 결혼식을 올려야지"하고 말씀하실 것이다.

아니면 눈물을 흘리시면서 네가 엄마를 이렇게 속일 수 있느냐고, 눈에 흙이 들어가기 전까지는 플라자 결혼식에 참석하지 않겠다고 하실 것이다.

"그래서 게시판에 해고사실을 게시했지. 그랬더니 그 눈에 뵈는 게 없는 계집애가 나를 고소한 거야! 말이 돼? 제가 감히 날 고소하다니!"

로렐의 목소리가 한 단계 걸러져서 내 머릿속으로 들어오는 동안 경종이 울리기 시작한다. 고개를 들어보니 로렐이 내가 마련해놓은 하늘하늘한 이브닝드레스를 집어 들려고 한다.

"그것이 감정적 신체적 상처를 입었다고 주장을 하는 거야! 그렇게 뻔뻔한 계집애가 어딨어?"

"로렐," 나는 신경이 곤두서서 말한다. "그 드레스는 나중에 입어보는 게 어때요?" 나는 그 옷 대신에 그녀에게 줄 수 있는 튼튼하고 잘 찢어지지 않을 만한 것을 찾아 정신없이 둘러본다. 트위드 천으로 된 외투나 스키웨어. 하지만 로렐은 내 말을 무시한다.

"그 계집애의 변호사 말이, 그 계집이 선택한 사람과 사랑을 추구하는 기본적인 인간으로서의 권리를 내가 방해했다는 거야. 내 쪽에서 비합리적이고 공격적인 말을 했다고 인용하더라. 말이나 돼? 비합리적이고 공격적이라고?" 로렐은 금발 인턴의 머리를 발로 차기라도 하듯이 드레스에 한 발을 넣는다. "물론 내가 공격적이긴 했지! 하지만 내 남편을 훔치고 내 보석도 훔친 주제에 그럼 나한테서 어떤 대우를 받길 바래?" 로렐은 팔을 끼우려고 옷소매를 비틀어 올리고 나는 부욱 하고 들려오는 옷 찢어지는 소리에 그만 움찔한다.

"옷값은 배상할게요." 그녀는 숨도 안 쉬고 덧붙인다.

"보석을 훔쳤다니 무슨 얘기예요?"

"내가 그 얘기 안 했어요? 세상에! 글쎄 빌이 걔를 우리 아파트에 들일 무렵 보석이 한두 가지씩 없어지기 시작했지 뭐야. 할머니께서 주신 에메랄드 펜던트랑 팔찌 한 쌍. 물론 나는 전혀 어떻게 된 영문인지 몰랐기 때문에, 내가 부주의해서 그런 줄 알았어. 그런데 그 일이 터지고 난 뒤에 깨달았지. 그게 다 그 계집 짓이었던 거야."

"그래서 그냥 두셨어요?" 나는 바싹 구미가 당긴다.

"그냥 둘 리가 있나. 경찰을 불렀지." 로렐이 턱을 치켜올리며 드레스의 단추를 채운다. "경찰이 그 계집의 아파트로 가서 수색을 했지. 하지만 아무것도 못 찾았어. 당연하지." 로렐은 나를 보며 묘한 미소를 살짝 짓는다. "그런데 빌이 그 사실을 안 거야. 빌은 화가 머리끝까지 나서 경찰을 찾아가서는…… 그 인간이 경찰한테 정확히 뭐라고 했는지는 나도 잘 몰라. 하지만 그날 오후에 경찰이 나한테 와서는 사건에서 손을 떼겠다고 하더라구. 나를 소박맞고 질투에 눈이 먼 여편네라고 생각했던 게 틀림없어. 정말 내 꼴이 그랬으니까."

그녀는 거울 속의 자기 모습을 바라본다. 얼굴에서 생기가 천천히 사라진다. "난 항상 그이가 제정신을 차릴 거라고 생각했어." 그녀는 조용히 말을 잇는다. "한 달이면 땡일 거라고. 아니면 기껏해야 두 달. 그럼 제 발로 기어들어올 거라고. 내가 아무리 내쫓아도 다시 기어이 기어들어오고, 그럼 한바탕 싸운 뒤에 결국……." 그녀는 천천히 한숨을 내쉰다. "하지만 그이는 그러지 않았어. 돌아오지 않았어."

그녀와 나의 시선이 거울 속에서 마주치고 나는 갑자기 울컥 하는 분노를 느낀다.

"이 드레스 맘에 들어요." 그녀는 덧붙인다. 목소리가 한결 밝다. "물론 찢어지지 않은 걸로."

"가서 다른 걸 가져다 드릴게요. 매장에 가면 있어요."

나는 퍼스널 쇼핑부를 나서서 드레스 옷걸이로 간다. 일반 쇼핑객들이 오기에는 아직 이른 시간이라서 매장은 정말 한산하다. 하지만 로렐의 사이즈에 맞는 다른 드레스를 찾는 동안 언뜻 낯이 익은 얼굴이 눈에 들어와서 휙 돌아본다. 그러나 사라지고 없다.

이상하다. 마침내 드레스를 찾은 나는 거기에 어울리는 스카프를 찾고 다시 돌아섰다. 그런데 거기 그가 있다. 대니다! 대체 쟤가 여기서 뭘 하는 거지? 가까이 다가가면서 그를 빤히 쳐다본다. 그의 눈은 시뻘겋게 충혈되어 있고 머리는 온통 헝클어져 있으며 태도가 어딘지 모르게 불안하다.

"대니!" 내가 부르자 그는 펄쩍 뛴다. "여기서 뭐해?"

"어머나! 아무것도 아냐! 그냥…… 구경해."

"괜찮아?"

"괜찮지! 아주 괜찮아." 그는 자기 시계를 힐끔 본다. "그런데…… 자기 지금 일 때문에 온 거 아냐?"

"실은 그래." 나는 아쉬움에 이렇게 말한다. "기다리는 손님이 있어서. 아니면 함께 커피라도 마시러 갈 텐데."

"아냐. 됐어." 그는 말한다. "가봐. 나중에 보자."

"그래." 나는 이렇게 말하고 피팅룸으로 돌아온다. 약간 수상하다.

로렐은 내가 골라준 세 가지 아이템을 모두 사기로 정하고 나가면서 나를 포근히 안아준다. "결혼식 때문에 너무 속상해하지 말아요." 그녀는 말한다. "괜히 내 넋두리에 신경 쓰지도 말고. 난 결혼에 대해서 넌더리가 났지만 자기하고 루크는 행복할 거예요."

"로렐." 나는 그녀를 꼭 끌어안는다. "로렐이 최고예요."

로렐은 내가 가장 좋아하는 사람 중 하나다. 만약에 로렐의 그 반편이 남편을 만나면 내가 단단히 손을 봐주고 말리라!

그녀가 가고, 나는 나머지 스케줄을 확인한다. 다음 손님이 올 때까지 한 시간이 비었기에 신부 아틀리에로 구경을 가서 내 드레스를 한 번 더 보기로 결심한다. 이거 아니면 베라 왕 드레스 중에서 고를 게 확실하다. 아님 트레이시 코놉이나.

어쨌거나 그 셋 중에 하나는 확실하다.

매장을 나서던 나는 놀라서 멈춰 선다. 상의 진열대에서 대니가 제멋대로 옷들을 쑤석대고 있다. 쟤가 아직도 여기서 뭘 하는 거야? 막 그의 이름을 불러서 내 드레스나 함께 보고 카푸치노라도 한 잔 하자고 말을 하려는데 놀랍게도 그가 주위를 살피더니 슬쩍 허리를 굽혀서는 자기 가방에서 뭔가를 꺼낸다. 옷걸이에 걸린 반짝거리는 소매가 달린 티셔츠다. 그는 그 옷을 옷걸이에 끼워 넣고는 다시 주위를 살피며 다른 것을 또 끄집어낸다.

나는 너무 기가 막혀서 아무 말 못하고 그냥 쳐다본다. 대체 무슨 짓을 하고 있는 걸까? 그는 다시 주위를 살피더니 가방에서 자그마한 아크릴 판을 꺼내서는 진열장 끝에 세워 놓는다.

쟤가, 쟤가 대체 무슨 짓을 꾸미고 있는 거야?

"대니!" 나는 그를 향해 다가가 부른다.

"엥?" 그는 화들짝 놀라 돌아서더니 나를 본다. "베키! 쉬잇! 간 떨어질 뻔했네!"

"그 티셔츠 뭐야?" 나는 비난의 목소리를 높인다.

"내 작품을 거는 거야."

"그게 무슨 소리야?"

그는 고갯짓으로 아크릴 판을 가리킨다. 거기에는 기가 찬 내용이 적혀 있다.

대니 코비츠 컬렉션
바니스의 톡톡 튀는 신선한 인재

"바니스의 옷걸이에 걸지는 않았지만," 대니가 티셔츠를 두

장 더 옷걸이에 걸면서 말한다. "그래도 뭐 크게 문제는 없을 거라고 봐."

"대니…… 이럼 안 돼! 이렇게 맘대로…… 옷을 걸면!"

"안 되긴 뭘 안 돼."

"그렇지만……."

"선택의 여지가 없어, 알아?" 대니는 고개를 돌린다. "형이 지금 이리로 오고 있다고. 바니스에 걸린 대니 코비츠 라인을 보러."

나는 질려서 그를 쳐다본다.

"형이 절대로 확인하러 오지 않을 거라고 했잖아!"

"내 말이 그 말이야!" 대니는 옷걸이를 하나 더 건다. "그런데 그 얼빠진 여자친구가 괜히 참견을 했어. 전에는 관심도 보이지 않더니 바니스란 말을 듣자마자, '어머, 랜덜, 가서 자기 동생을 도와주자! 내일 바니스에 가서 그의 작품을 사주자!' 뭐 그러길래, 내가 그럴 필요 진짜 없다고 했는데, 일단 머릿속에 생각이 박힌 형이 잠깐 들러보겠다고 우기는 바람에. 그래서 밤새 한 잠도 못 자고 이 짓을……."

"이걸 다 하룻밤 새 만들었어?" 나는 믿을 수가 없어서 티셔츠 한 장을 집어 든다. 가죽 끈 하나가 바닥에 떨어진다.

"그래서 끝마무리가 평소보다 잘 안 됐어." 대니는 핑계를 댄다. "그러니까 살살 만져, 알았지?" 대니는 옷걸이의 개수를 세어본다. "둘, 넷, 여섯, 여덟, 열. 그 정도면 충분해."

"대니……." 나는 매장을 힐끗 돌아본다. 점원 중에 한 명인 클라라가 우리를 수상쩍게 보고 있다. "안녕! 손님 중에 한 분을 돕고 있어…… 여자친구 줄 옷인데……." 나는 쾌활하게 그녀에게 말한다. 클라라가 다시 의혹의 눈길을 보내더니 시선을 돌린다.

"이래 갖곤 소용없어!" 클라라가 우리 말이 들리지 않을 정도로 멀찍이 가기를 기다려서 나는 말한다. "이거 다 내려. 여기에다 옷 걸면 큰일 나!"

"딱 2분이면 돼." 그는 말한다. "그 정도면 돼. 형이 들어와서 이 표시를 보고 갈 때까지만. 베키, 제발. 아무도……." 그가 얼어붙는다. "왔다."

내 시선이 그의 눈길을 따라간다. 대니의 형인 랜덜이 우리를 향해 매장을 가로질러 오고 있다.

수도 없이 떠오르는 생각이지만 랜덜이랑 대니가 한 부모 밑에서 태어났다는 건 도무지 수수께끼다. 대니는 꼬챙이처럼 마른데다가 잠시도 가만히 있지를 못하는 반면, 랜덜은 더블정장에 꽉 들어차는 몸집에 항상 뭔가 불만스런 인상을 쓰고 있다.

"대니얼," 그는 대니를 부르고는 나한테 까딱 인사를 한다. "베키, 안녕하세요?"

"어서와요, 랜덜." 나는 자연스런 미소를 억지로 지어본다.

"어쩐 일이세요?"

"여기 있어!" 대니가 옷걸이에서 한 발짝 물러서 자기 티셔츠들을 가리키며 의기양양하게 말을 한다. "바니스에 걸린 내 컬렉션이야. 내가 말했던 대로."

"그렇군." 랜덜은 이렇게 말하며 신중하게 진열대의 옷들을 유심히 바라본다. 팽팽한 침묵이 흐르고 나는 그가 고개를 들어서 너 대체 무슨 짓을 꾸민 거냐고 말할 것만 같다. 하지만 그는 아무 말이 없다. 오히려 완전히 속아 넘어간 듯 살짝 충격에 싸인 눈길을 던진다.

그러고 보니, 대니의 옷도 옷걸이에 주르륵 걸어 놓으니까 뭐 그렇게 후져보이지도 않는다.

"축하한다." 랜덜이 마침내 말한다. "대단한 성공이구나." 그는 어색하게 대니의 어깨를 두드린다. 그러더니 나를 향해 "잘 팔려요?" 하고 묻는다.

"어…… 예!" 나는 대답한다. "아주 인기 있을 거예요."

"그래, 가격은 얼마나 해요?" 그는 티셔츠를 집어 든다. 대니와 나는 무심결에 헉 하는 소리를 내고 만다. 우리는 꼼짝도 못하고 그대로 서서 랜덜이 상표를 뒤지는 모습을 지켜본다. 그는 인상을 쓰며 말한다. "가격표가 없네."

"그건 말이에요…… 팔린 거라 그래요." 나는 어느새 이렇게 둘러대고 있다. "하지만 원래 가격이…… 저…… 89달러로 책

정되어 있을 거예요."

"그렇군요." 랜들은 고개를 가로젓는다. "하이패션 쪽은 내가 잘 몰라서……."

"먹혀들고 있어." 대니가 내 귀에 대고 속삭인다.

"하지만 잘 팔린다면, 뭔가 장점이 있다는 뜻이야. 대니, 너참 대단하구나." 그는 다른 것을 집어 든다. 목 언저리에 징이 박힌 것이다. 그는 난감한 듯 그 옷을 꼼꼼하게 들여다본다. "어떤 옷을 사지?"

"사지 마!" 대니가 곧바로 대꾸한다. "내가…… 하나 만들어줄게. 선물로."

"아니야." 랜덜이 말한다. "내가 내 동생을 도와주지 않으면……."

"형, 제발." 대니의 목소리가 갈라진다. "제발 선물할 수 있게 해줘. 형이 몇 년 동안이나 나를 데리고 있어준 데 대한 최소한의 보답이야. 진심이야."

"정 그렇다면." 랜덜이 마침내 어깨를 으쓱하며 말한다. 그는 시계를 본다. "가야겠다. 만나서 반가웠어요, 베키."

"내가 엘리베이터까지 데려다줄게." 대니는 이렇게 말하며 내게 기쁨에 찬 표정을 짓는다.

그들이 멀어져가는 사이 안도의 웃음이 속에서부터 솟구친다. 와, 하마터면 큰일 날 뻔했다. 그렇게 쉽게 위기를 모면하다니 실감이 나지 않는다.

"어머!" 갑자기 뒤에서 어떤 목소리가 들린다. "이것들 좀 봐! 새 거 아니니?" 매니큐어를 칠한 손이 어깨 위로 나타나더니 대니의 티셔츠 중에 하나를 집어 든다. 미처 손 써볼 겨를도 없이 말이다. 홱 고개를 돌려본 나는 그만 눈앞이 캄캄해진다. 리사 팔라다. 성격은 좋지만 도무지 어디로 튈지 모르는 에린의 고객이다. 스물두 살 정도 되었고 일자리는 없는 듯하며 머릿속에 떠오른 생각이면 듣는 사람의 기분 따위는 아랑곳없이 뭐든 입 밖으로 내뱉어야 직성이 풀리는 타입이다. (한 번은 천진난만한 얼굴로 에린한테 '그렇게 괴상하게 생긴 입을 달고 살려면 짜증나지 않아요?' 하고 물었던 적도 있다.)

그런 그녀가 대니의 티셔츠를 들고 마음에 드는 듯 쳐다보고 있다. 망했다! 즉시 옷들을 치워버렸어야 하는 건데.

"어머, 베키!" 그녀가 반색을 한다. "이거 귀엽잖아요? 전에 못 보던 건데."

"실은," 나는 재빨리 말한다. "아직 팔지 않는 거예요. 사실, 저기…… 창고로 갖다 넣어야 하거든요." 나는 대니의 티셔츠를 빼앗으려고 해보지만 그녀는 저쪽으로 걸어간다.

"거울에 한번 비춰보고요. 어머, 트레이시! 어떻게 생각해?"

새로 나온 디오르 프린트 재킷을 입고 있는 또 다른 여자가 우리를 향해 온다.

"뭐가?"

"이 새 티셔츠 말야. 근사하지 않아?" 그녀는 대니의 다른 옷을 집어서 트레이시에게 건넨다.

"이제 돌려주시면……." 나는 절박하게 부탁해본다.

"진짜 괜찮다!"

이번에는 두 사람 모두 바삐 옷걸이를 뒤진다. 얼렁뚱땅 만들어진 티셔츠는 결국 견디지 못하고 뜯어지고 만다. 솔기는 뜯어지고, 줄줄이 큐빅과 반짝이들이 늘어지고 동전장식들은 바닥에 우수수 떨어진다.

"어머, 이거 뜯어졌잖아." 리사가 어쩔 줄 모르고 날 쳐다본다. "저절로 이렇게 된 거예요. 난 아무 짓 하지 않았어요."

"괜찮아요." 나는 조용히 말한다.

"애초부터 모든 게 다 이렇게 떨어지게 되어 있는 거예요? 어머, 크리스티나!" 리사가 갑자기 소리를 친다. "새로 들어온 이 옷들 진짜 웃겨요!"

크리스티나? 뒤를 돌아본 나는 그만 움찔하고 만다. 크리스티나가 퍼스널 쇼핑부 입구에 서서 인사부 팀장하고 대화를 하고 있다.

"어떤 것 말이에요?" 그녀가 이쪽을 본다. "어, 베키!"

망했다! 당장 이 대화를 막아야 한다.

"리사……." 나는 필사적으로 말한다. "이리 와서 새로 들어온 마크 제이콥스 코트 좀 볼래요?"

리사는 내 말을 듣는 둥 마는 둥 "새로 들어온…… 뭐냐면……" 그녀는 상표를 힐끗 본다. "대니 코비츠! 에린이 이런 게 새로 입점할 거라는 말은 안 한 것 같은데! 엉터리야 엉터리!" 그녀는 비난하는 듯 손가락을 흔든다.

나는 당황해서 크리스티나의 기색을 살핀다. 자기가 담당하고 있는 곳이 완벽하지 못하다는 말을 듣는 일처럼 그녀를 민첩하게 만드는 것도 없다.

"잠깐만요." 그녀는 인사팀장에게 말하고 매장을 가로질러 우리에게로 온다.

"에린이 무슨 이야기를 하지 않았어요?" 그녀는 밝은 음성으로 묻는다.

"새 디자이너 브랜드 말이에요!" 리사가 말한다. "처음 듣는 이름인걸요."

"앗!" 트레이시가 갑자기 티셔츠에서 손을 뗀다. "핀에 찔렸어!"

"핀?" 크리스티나가 되묻는다. "줘봐요."

그녀는 걸레가 된 티셔츠를 어리둥절 쳐다본다. 그러더니 대니의 아크릴 표지판을 발견한다.

아, 난 정말 바보다! 최소한 저것만이라도 치웠어야 하는 건데.

거기 적힌 걸 읽는 크리스티나의 표정이 점차 변한다. 그녀는 고개를 들어 나를 똑바로 바라본다. 몸 전체가 두려움으로 따끔거린다. 전에는 한 번도 크리스티나와 마찰이 없었다. 하지만 그녀가 다른 사람들하고 전화통화하는 걸로 봐서는 꽤나 잔혹할 가능성이 농후한 여자다.

"이 옷에 관해서 아는 것 있어요, 베키?" 그녀는 즐기듯 묻는다.

"전……." 나는 목소리를 가다듬는다. "그게 저……."

"알았어요. 리사. 유감이지만 뭔가 혼동이 있었던 것 같군요." 크리스티나는 리사를 보고 직업적인 미소를 짓는다. "이 아이템들은 판매용이 아니에요. 베키, 내 사무실로 좀 와요."

"크리스티나, 죄…… 죄송해요." 내 얼굴은 홍당무처럼 시뻘겋게 변한다. "정말로……"

"무슨 일이에요?" 트레이시가 끼어든다. "왜 안 팔아요?"

"베키가 곤란해진 거예요?" 리사가 어안이 벙벙해서 묻는다. "해고되는 거예요? 베키를 해고하지 말아요! 에린보다 베키가 더 좋다구요…… 엇!" 그녀는 손으로 입을 막는다. "미안해요, 에린. 거기 있는 줄 몰랐어요."

"괜찮아요." 에린이 씁쓸한 미소를 짓는다.

아, 갈수록 꼬인다, 꼬여!

"크리스티나, 사죄의 말밖에 드릴 말씀이 없습니다." 나는 머리를 조아린다. "문제를 일으키려는 뜻은 없었어요. 고객들께 혼란을 불러일으킬 생각도……."

"사무실로 와요." 크리스티나는 내 말을 뚝 자르며 말한다. "할 말이 있으면, 베키, 내 사무실로 와서……."

"그만!" 멜로드라마 같은 음성이 뒤쪽에서 들려와서 우리 모두 돌아보니 대니가 이쪽을 향해 오고 있다. 그의 눈은 평소보다 더 똥그랗다. "베키는 가만히 있어! 이 일로 베키를 탓하지 마세요!" 그는 내 앞을 가로막더니 말한다. "베키는 아무 상관 없어요. 해고하시려거든 저를 해고하세요!"

"대니, 너를 어떻게 해고해?" 나는 투덜거린다. "넌 바니스 직원이 아니잖아."

"누구시죠?" 크리스티나가 묻는다.

"대니 코비츠예요."

"대니 코비츠. 아!" 크리스티나의 얼굴에 회심의 빛이 어린다. "그렇다면 당신이…… 이 의류를 우리 진열대에 몰래 걸어 놓은 거군요?"

"뭐예요? 그럼 진짜 디자이너가 아니에요?" 트레이시가 질겁한다. "그럴 줄 알았어! 내 눈은 못 속이지." 그녀는 전염병이라도 옮을까 봐 겁나는 듯 들고 있던 옷을 다시 옷걸이에 건다.

"그거 불법 아니에요?" 리사가 눈을 똥그랗게 뜨고 묻는다.

"그럴 수도 있죠." 대니가 변명한다. "하지만 제가 어째서 범죄자 취급을 받는 처지까지 전락했는지 말씀드려도 되겠어요? 이 소위 패션업계라는 곳에 파고들기가 정말이지 불가능하다는 건 아세요?" 대니는 청중들이 자기 말을 듣고 있는지 확인하듯 주위를 둘러본다. "제가 원하는 건 이것들을 사랑할 사람들에게 내 아이디어를 전달하는 것뿐이에요. 나는 내 목숨을 다해서 작품을 만들어요. 나는 눈물을 흘려요, 고통으로 울부짖어요. 창조를 위해서 온몸의 피를 쥐어짜요. 하지만 패션계에서는 새로운 인재에 관심조차 없어요! 이쪽 사람들은 자기들하고 조금이라도 다른 시도를 하는 신출내기를 키우는 데는 도무지 관심이 없다구요!" 그의 음성은 제풀에 높아진다. "제가 그래서 결국 무모한 수단을 택했어야만 한다면 저를 비난하실 수 있겠어요? 저를 칼로 베시면 제가 피를 흘리지 않을까요?"

"와!" 리사가 감탄한다. "패션업계가 그렇게 치열한 덴 줄 몰랐어요."

"진짜 피가 났어요." 리사에 비해서 그다지 대니의 연설에 감동을 받지 않은 듯한 트레이시가 핀잔을 준다. "댁의 그 핀 때문에."

"크리스티나, 이분에게도 기회를 주셔야 해요!" 리사가 주장한다. "보세요! 얼마나 열정적인지!"

"제 작품을 사랑해줄 사람들에게 제 아이디어를 전달하고 싶을 뿐입니다." 대니가 다시 이야기를 시작한다. "제 유일한 소망은 누군가가 제 옷을 입고 변신한 느낌을 갖게 되는 것뿐이에요. 하지만 그들에게 두 손과 두 무릎으로 기어가는 동안 제 앞에는 수많은 문들이 계속해서……."

"그만하세요. 됐습니다!" 화가 나기도 하고 어처구니가 없기도 한 마음에 크리스티나가 말한다. "대대적인 기회를 원한다 이거죠? 어디 한 번 옷들을 보죠."

갑작스럽게 모두들 기대감을 갖고 입을 다문다. 나는 재빨리 대니를 본다. 아마 지금이 기회일지 모른다! 크리스티나가 그의 천재성을 발견하고 컬렉션을 모두 사주어서 그가 성공을 할지도! 그러면 기네스 펠트로가 그의 티셔츠를 입고 토크쇼에 나올 것이고 그의 옷을 사려고 사람들이 몰려들어서 갑자기 그는 유명인사가 되고 자기 부티크도 갖게 될 것이다!

크리스티나가 염색을 하고 앞면에 큐빅을 박은 티셔츠를 집어 든다. 그녀가 옷을 아래위로 훑어보는 동안 나는 숨을 죽인다. 리사와 트레이시는 서로 눈썹을 찡긋한다. 대니는 비록 꼼짝하지 않고 서 있지만 기대감으로 표정이 점점 굳어가고 있다. 그녀가 대니의 티셔츠를 내려놓을 때까지 모두 숨을 죽이고 있다. 그리고 그녀가 두 번째 티셔츠를 집어 들었을 때 우리는 모두 놀란다. 러시아 심판의 손이 6점 만점짜리 점수판을 들어올리기라도 한 듯 말이다. 낱낱이 뜯어보려는 듯 미간을 찡그려가며 관찰하던 그녀가 티셔츠를 제대로 보기 위해서 잡아당긴다…… 그러자, 팔소매 하나가 뜯어져서 그녀의 손에 남고 티셔츠는 너덜너덜한 솔기를 드러낸다.

모두들 할 말을 잃고 그 꼴을 바라본다.

"그게 바로 그 옷의 룩이에요." 대니가 한 발 늦게 얼버무린다. "디자인에 대한 해체적 접근으로……."

크리스티나는 고개를 가로젓더니 티셔츠를 도로 내려놓는다.

"젊은이. 재주는 있군요. 재능도 있는 것 같고. 하지만 이 정도로는 모자랍니다. 옷을 제대로 만들 수 있을 때까지는 힘이 좀 들겠군요."

"제 디자인은 보통 흠이 전혀 없는 완벽한 마무리를 자랑합니다!" 대니는 즉각 반박해본다. "아마 이번 컬렉션은 조금 서두르다보니……."

"기초부터 다시 시작하는 게 좋겠습니다. 몇 작품이라도 아주 정성껏……."

"제가 부주의하단 말씀이십니까?"

"한 가지 프로젝트를 끝까지 완성하는 법을 배울 필요가 있다는 말을 하고 있는 겁니다." 크리스티나는 그를 보고 자상한 미소를 짓는다. "기본이 갖춰진 다음에 보죠."

"저도 프로젝트를 끝까지 완성할 수 있어요!" 대니가 버럭 화를 낸다. "그게 바로 제 강점 중 하납니다! 그렇지 않으면 제가 베키의 웨딩드레스를 만들 수 있겠습니까?" 그는 나하고 같이 듀엣으로 노래를 부르기라도 할 참으로 나를 붙잡는다. "베키 평생에 가장 중요한 옷 말입니다! 다른 사람은 다 믿지 않아도 베키는 저를 믿습니다. 베키가 플라자 호텔의 결혼식장에 제가 만든 드레스를 입고 입장할 때는 더 이상 저에게 부주의하다는 말은 못 하실 겁니다. 그리고 전화통에 불이 나기 시작하면……."

"뭐?" 나는 어안이 벙벙해서 묻는다. "대니……."

"당신이 베키의 웨딩드레스를 만든다고?" 크리스티나가 나를 돌아본다. "리처드 타일러 드레스를 입을 줄 알았는데?"

"리처드 타일러?" 대니가 멍하니 되묻는다.

"난 네가 베라 왕 드레스를 입는 줄 알았는데?" 조금 전에 무슨 일인가 싶어서 이쪽으로 와서 열심히 지켜보던 에린이 참견한다.

"나는 베키가 엄마의 웨딩드레스를 입을 거라고 들었는데?" 리사도 끼어든다.

"난 자기 드레스를 만들고 있단 말야!" 충격에 대니의 눈이 휘둥그레졌다. "약속했잖아, 베키! 합의를 봤잖아!"

"베라 왕이 제일 좋을 것 같은데!" 에린이 말한다. "베키는 그걸 입어야 해."

"나라면 리처드 타일러로 하겠다." 트레이시도 참견한다.

"베키의 엄마 웨딩드레스는 어쩌고?" 리사도 끼어든다. "그럼 참 낭만적일 텐데."

"베라 왕처럼 멋진 건 없을 거야." 에린이 딱 잘라 말한다.

"하지만 베키네 엄마의 웨딩드레스를 물려 입어야죠." 리사가 주장한다. "어떻게 집안의 전통을 그렇게 내팽개칠 수가 있어요? 베키, 안 그래요?"

"문제는 예뻐야 한다는 거죠!" 에린이 말한다.

"문제는 낭만적이야 한다는 겁니다!" 리사가 반박한다.

"그럼 내 드레스는 어쩌고?" 대니의 애처로운 목소리가 들린다. "절친한 친구의 우정은 어떻게 하고? 응, 베키?"

그들의 목소리가 내 머릿속을 송곳처럼 파고든다. 모두들 나를 뚫어져라 바라보며 대답을 기다리고 있다…… 별안간 쓰러질 것만 같다.

"나도 모르겠어요, 됐어요?" 나는 절망적으로 소리친다. "난…… 나도 어떻게 하면 좋을지 모르겠다구요!"

갑자기 눈물이 쏟아질 것만 같다. 이건 정말 말도 안 된다. 드레스를 입지 못하는 것도 아닌데 말이다.

"베키, 잠시 얘기 좀 나눠야겠군요." 크리스티나가 냉철한 표정으로 나를 본다. "에린, 이거 모두 치우고 클라라한테 미안하다고 말해주겠어요? 베키, 따라와요."

우리는 베이지 색과 스웨이드 천이 깔끔한 조화를 이루는 크리스티나의 사무실로 들어선다. 그녀는 문을 닫더니 돌아선다.

나는 잠시 그녀가 버럭 소리를 지르기만을 기다린다. 하지만 그녀는 앉으라는 손짓을 하더니 내 속을 훤히 들여다보는 듯한 표정을 한참 동안 짓고 있다. 그러고는 말한다.

"괜찮아, 베키?"

"괜찮습니다!"

"그렇단 말이죠." 크리스티나는 믿어지지 않는 기색으로 고개만 까딱한다. "베키, 무슨 마음에 걸리는 일 있어?"

"아뇨, 별 일 없습니다." 나는 명랑하게 대답한다. "만날 그렇고 그런……."

"결혼 준비는 잘 돼가고 있고?"

"예!" 나는 곧바로 대꾸한다. "그럼요. 당연히 아무 문제 없습니다."

"그렇단 말이지." 크리스티나는 잠시 침묵을 지킨다. 펜으로 이빨을 두드리면서. "최근에 병원에 입원한 친구 병문안을 다녀왔지, 그게 누구였어?"

"아, 예. 그 사람은…… 루크의 친구예요. 마이클이라고. 심장발작을 일으켜서."

"큰 충격이었겠군."

잠시 나는 아무 말도 못한다.

"뭐…… 그렇죠 뭐. 그럴 거예요." 나는 마침내 손가락으로 의자의 팔걸이를 문지르며 말한다. "특히 루크에게는요. 두 사람이 아주 절친한 사이거든요. 그런데 다툼이 좀 있어서 서로 멀어졌어요. 루크는 그 후로 죄책감을 느껴왔구요. 그런데 마이클이 아프다는 연락을 받았어요. 만약에 그가 그대로 죽었더라면, 루크는 화해할 기회도……." 나는 말을 잇지 못하고 얼굴을 문지른다. 왠지 감정이 울컥 복받치는 것 같다.

"그리고 루크와 그의 생모 사이에도 문제가 생겼어요. 그분이 루크를 완전히 이용해먹었거든요. 사실, 이용한 정도가 아니에요. 기만했죠. 그는 말도 못하게 배신감을 느끼고 있어요. 하지만 제게는 도대체 그런 이야기를 하지 않아요." 내 목소리가 떨리기 시작한다. "이제는 저한테 아무것도 이야기해주지 않아요. 결혼식이나 신혼여행에 대해서도…… 어디서 살지에 대해서도! 지금 사는 아파트를 비워줘야 하거든요. 그런데 아직 다른 곳을 마련하지 못했어요. 게다가 언제 집을 보러 다니게 될지도 모르겠고……." 놀랍게도 눈물이 코 양쪽을 따라 흘러내리기 시작한다. 웬 눈물?

"그런 문제만 없으면 베키는 괜찮을 거야, 그렇지?" 크리스티나가 나를 달랜다.

"예!" 나는 얼굴을 문지른다. "그것만 빼면 모두 다 좋아요!"

"베키!" 크리스티나가 고개를 가로젓는다. "울지 마. 이래서는 아무래도 안 되겠어. 좀 쉬는 게 어때? 어쨌거나 베키는 휴가를 쓸 자격이 있으니까."

"휴가는 필요 없어요!"

"요즘 계속 긴장하고 있다는 거 나도 알아. 하지만 이 정도인 지는 몰랐어. 로렐이 오늘 아침에 이야기해줘서 알았어⋯⋯."

"로렐?" 나는 당황한다.

"로렐도 걱정을 하더군. 베키가 생기를 잃은 것 같다고. 에 린도 그런 눈치를 챘고. 에린 말이 어제 베키에게 케이트 스페 이드 견본품 세일 이야기를 꺼냈는데 별로 관심을 보이지 않았 다고 하더군. 이건 내가 고용한 베키가 아니야."

"절 해고하시는 건가요?" 나는 쓸쓸하게 묻는다.

"해고는 무슨! 걱정이 돼서 그래. 베키, 방금 나한테 말해준 여러 가지 사건들이 복합적으로 작용했을 거야. 친구⋯⋯ 루 크⋯⋯ 아파트⋯⋯."

그녀는 생수병을 집어 들더니 물 두 잔을 따라서 하나를 내 게 건넨다. "그게 전부야, 베키?"

"무슨 말씀이세요?" 나는 적잖이 찔려서 묻는다.

"말하지 않은 또 다른 복잡한 문제가 있는 것 같아서. 결혼 식하고 관련해서." 그녀의 시선이 나를 똑바로 본다. "내 말이 맞지?"

아, 난 몰라! 어떻게 알았을까? 내가 얼마나 입조 심을 했는데, 내가 얼마나⋯⋯.

"내 말이 맞지?" 크리스티나가 다정하게 다시 묻는다.

잠시 나는 꼼짝도 할 수가 없다. 그러다 천천히 고개를 끄덕인다. 비밀이 새어 나갔다고 생각하니 차라리 마음이 편하다.

"어떻게 아셨어요?" 나는 의자에 몸을 기대며 묻는다.

"로렐이 말해줬지."

"로렐이?" 새로운 충격이 나를 휩쓸고 지나간다. "하지만 전 전혀……"

"틀림없다고 하던데. 게다가 베키가 흘린 사실도 좀 있고…… 베키, 비밀을 유지한다는 건 생각보다 훨씬 힘든 일이야."

"저는 다만…… 알고 계시다니 믿을 수가 없어요. 차마 아무한테도 말을 못했는데!" 나는 화끈거리는 얼굴에 흘러내린 머리를 쓸어올린다. "저를 어떻게 생각하실지……."

"아무도 나쁘게 생각하는 사람 없어." 크리스티나가 말한다. "진짜야."

"이렇게까지 만들 생각은 없었어요."

"당연히 그랬겠지! 자책하지 마."

"하지만 다 제 탓이에요."

"아니, 그렇지 않아. 충분히 그럴 수 있어."

"충분히?"

"그럼! 신부들은 누구나 자기 어머니하고 결혼식 문제로 싸우기 마련이야. 베키, 당신만 그런 거 아니야."

나는 어리둥절해서 그녀를 바라본다. "로렐이 뭐라고 했는데요?"

"베키가 겪고 있는 스트레스, 나도 이해해." 크리스티나는 안됐다는 듯 나를 바라본다. "특히 전에는 어머니하고 사이가 좋았으니까 더 그렇겠지."

그럼 크리스티나는 내가……

갑자기 그녀가 대답을 기다리고 있다는 것을 깨닫는다.

"어…… 맞아요!" 나는 마른침을 삼킨다. "그동안…… 힘들 었어요."

크리스티나는 자기의 모든 의혹을 내가 다 확인해주기라도 한 듯 고개를 끄덕인다.

"베키, 내가 잔소리를 자주하는 편은 아닌 거 알지?"

"그야…… 그렇죠."

"하지만 이번 문제만큼은 내 말을 들어줬으면 좋겠어. 기억 해. 이 결혼은 어머니의 결혼식이 아니라 베키의 결혼식이야. 당신하고 루크의 결혼식이며 기회는 딱 한 번뿐이지. 그러니까 원하는 대로 해. 내 말 들어, 그러지 않으면 후회하게 될 거야."

"음. 문제는……" 나는 마른침을 삼킨다. "그게 그렇게 단순 하지만은 않아서……."

"단순해. 더 이상 단순할 것도 없어. 베키, 당신의 결혼식이 야. 다른 사람이 아닌 당신의 결혼식."

그녀의 목소리는 또렷하고 명확하다. 나는 물컵을 입으로 가져가다 말고 그녀를 빤히 쳐다본다. 먹구름 사이로 한 줄기 빛이 내려오는 것만 같다.

'나의 결혼식이다.'

전에는 그런 생각을 못했었다.

"엄마를 기쁘게 해드려야 한다는 갈망의 함정에 빠지기가 쉬워." 크리스티나가 말한다. "착한 마음에서 우러난 자연스러운 본능이지. 하지만 때로는 자기 자신을 앞세울 필요가 있어. 내가 결혼을 할 때도……."

"결혼했어요?" 나는 놀라서 묻는다. "몰랐어요."

"아주 오래전에. 결과는 좀 그렇지만. 아마 내가 결혼식 과정을 워낙에 싫어해서 그렇게 되었는지도 몰라. 결혼 행진곡에서부터 결혼서약까지 일일이 전부 다 어머니께서 시키시는 대로 하는 게 끔찍하게도 싫었어." 플라스틱으로 된 스푼을 쥔 그녀의 손에 힘이 들어간다. "그 야한 파란색 칵테일부터 그 볼품없는, 볼품없기 짝이 없는 드레스에 이르기까지……."

"진짜예요? 어쩌면 그럴수가!"

"다 흘러간 일이야." 스푼으로 물을 젓다 말고 그녀가 반짝 미소를 짓는다. "하지만 내 말은 새겨 둬. 당신의 날이야. 베키와 루크의 날. 원하는 식으로 해. 죄책감 갖지 말고. 그리고 베키?"

"예?"

"베키와 베키의 어머니 두 사람 다 성인이라는 점을 잊지

마. 그러니까 어른스런 대화를 해봐." 그녀는 눈썹을 찡긋한다. "대화를 해보고 나면 그 결과에 스스로도 놀랄 거야."

크리스티나가 옳다! 옳고말고!

집으로 가는 길에 나는 갑자기 모든 걸 또렷하게 깨닫게 된다. 결혼식에 대한 내 모든 접근 방식이 변했다. 신선하고 투명한 결단! 마음이 뿌듯하다. 이건 내 결혼식이다. 내 날이다. 그러므로 내가 뉴욕에서 결혼식을 올리고 싶으면 거기서 하는 거다. 베라 왕 드레스를 입고 싶으면 그것을 입을 것이다. 거기에 대해서 죄책감을 느낀다는 건 우스운 노릇이다.

엄마한테 말씀드리는 걸 너무 오래 미뤄왔다. 엄마가 대체 어떻게 하시리라 예상하는가? 눈물을 쏟으시리라고 보는 건가? 우린 두 사람 다 성인이다. 우리는 분별 있게 성숙한 대화를 나눌 것이며 나는 내 견해를 차분하게 전달하고, 이 모든 것을 깨끗이 정리할 것이다. 한 방에. 와, 해방된 기분이다! 당장 엄마한테 전화를 걸리라.

나는 씩씩하게 침실로 가서는 침대에 핸드백을 던지고 다이얼을 돌린다.

"안녕하세요, 아빠." 나는 아빠가 받으시자 곧바로 말한다. "엄마 계세요? 드릴 말씀이 있거든요. 좀 중요한 이야기예요."

거울에 비친 내 얼굴을 보니 NBC 방송의 앵커우먼 같다. 명쾌하고 세련되고 자기 일을 똑 부러지게 처리하는 사람.

"베키?" 아빠가 웬일인가 싶어 물으신다. "너 별일 없니?"

"아주 잘 지내요. 그런데 엄마하고 몇 가지…… 몇 가지 얘기를 좀 하려구요."

아빠가 엄마를 찾으시러 간 사이 나는 숨을 깊이 들이쉰 다음에 머리를 쓸어올린다. 갑자기 한결 성숙해진 기분이다. 자, 엄마하고 성인 대 성인으로서 솔직담백한 전화통화를 제대로 한 번 할 참이다. 내 평생 처음으로 말이다.

아마 이것이 나와 부모님과의 전혀 새로운 관계의 시작이 될지도 모른다. 새로운 상호존중. 인생에 대한 공통적인 이해.

"여보세요?"

"엄마!" 나는 숨을 깊이 들이쉰다. 자, 간다! 차분하고 성숙하게. "엄마……."

"어머, 베키, 그러잖아도 전화하려고 했다. 레이크 디스트릭트에서 우리가 누굴 봤는지 모르지?"

"누굴 봤어요?"

"재니 숙모! 왜 너 옛날에 어렸을 때 그분 목걸이를 치렁치렁 두르고 다니곤 하지 않았니? 기억 안 나? 그리고 그분 구두도. 네가 그러고 기우뚱거리며 걸어다니는 걸 보고 우리가 얼마나 웃었는데……."

"엄마. 의논할 게 좀 있어요. 중요한 일이에요."

"게다가 그 마을 식품점 아저씨도 그대로더라. 너한테 딸기 아이스크림을 팔곤 했던 사람 말이야. 너무 많이 먹어서 배탈이 났었잖니, 기억나지? 그때도 우리가 얼마나 웃었는데!"

"엄마……"

"그리고 티버튼 씨 댁도 아직 그 집에 살더라…… 그렇지만……"

"왜요?"

"그게 애야…… 당나귀 캐러트가……" 엄마는 목소리가 낮아진다. "하늘나라로 갔단다. 워낙에 나이가 들어서…… 하늘나라에 가서 행복할 게야……."

이건 도무지 불가능하다. 성숙해진 느낌이라곤 들지 않는다. 여섯 살배기가 된 느낌인데 뭘.

"모두들 네게 안부 전해달라더라." 엄마는 이렇게 말씀하시며 결국은 추억담을 마무리 지으신다. "그리고 모두들 결혼식에 오신다는구나! 그래, 너희 아빠 말씀이 네가 할 말이 있다던데 뭐냐?"

"난……" 나는 목을 가다듬는다. 그러다가 전화선을 통해 들려오는 울림에 우리 두 사람 사이의 거리를 실감한다. "그게, 실은…… 저기……."

아, 난 몰라! 입술이 떨리고 앵커우먼 같던 목소리는 생쥐 울음처럼 떨리고 깩깩거린다.

"무슨 일이니, 베키?" 엄마의 목소리가 근심으로 높아진다. "무슨 일 있는 게냐?"

"아니에요! 그냥…… 그냥……."

됐다.

크리스티나의 말이 옳다는 건 나도 안다. 죄책감 가질 필요 없다는 것도 안다. 내 결혼식이고 나는 성인이며 내가 원하는 대로 해야 옳다는 것도 안다. 엄마하고 아빠한테 비용을 대달라고 할 것도 아니고 결혼식 준비로 고생을 해달라고 하는 것도 아니다.

그렇지만.

전화로 플라자 호텔에서 결혼하고 싶다는 말을 하고 싶지는 않다. 그렇게는 도저히 못하겠다.

"집에 가서 엄마를 만나볼까 하고요." 어느새 나는 이렇게 얼버무리고 있다. "그 말씀을 드리고 싶었어요. 집에 간다고."

파이너먼 웜스타인 변호사 사무실

파이너먼 하우스
애비뉴 오브 더 아메리카즈 1398 번지 뉴욕, NY 10105

레베카 블룸우드 씨
아파트 B W 11번 스트리트 251번지 뉴욕 NY 10014

2002년 4월 18일

블룸우드 씨께

4월 16일자 귀하의 유언장에 대한 서신 잘 받았습니다. 두 번째 조항의
(e) 항목에 부탁하신 대로 '또한 나의 새 데님 천으로 된 하이힐 부츠
도' 라는 내용을 추가하였음을 알려드리는 바입니다.

제인 카도조

집에서 결혼식을 올려야 하는 이유들

엄마를 보자마자 마음이 편치 않다. 엄마는 4번 터미널에 아빠하고 나란히 서서 도착한 사람들이 나오는 문을 열심히 바라보시다가, 나를 보시곤 얼굴이 환히 펴지신다. 기쁨 반, 걱정 반이 뒤섞인 표정이다. 엄마는 내가 루크 없이 혼자 고향집에 간다니까 무척 당황하셨다. 사실, 우리 둘 사이는 여전히 괜찮다는 것을 몇 번씩이나 확인시켜 드려야 했다.

그런 다음에 또 내가 직장에서 잘리지 않았다는 것도 확신시켜 드려야 했다. 그리고 또 국제적인 채무 해결사들에게 쫓기는 입장도 아니라는 것까지 확실히 보증해야 했다. 그러고 보면, 지난 몇 년을 돌아볼 때, 나로 인해 부모님들이 겪으셨던 온갖 일들에 대해서 이따금씩 죄송한 감정이 드는 것은 사실이다.

"베키! 여보, 왔어요!" 터번을 쓴 어떤 가족들을 제치고 엄마가 앞으로 달려 나오신다. "베키, 내 딸! 어떻게 지냈니? 루크는 어때? 정말 별일 없지?"

"엄마!" 나는 엄마를 와락 끌어안는다. "전 건강해요. 루크가 안부 전해달래요. 다 좋아요."

'한 가지 아주 사소한 문제만 빼고. 엄마 몰래 뉴욕에서 엄청난 결혼식을 준비하고 있다는 그 사실만 빼고 말이에요.'

그만! 나는 내 뇌에 단호하게 명령한다. 아빠는 그 사이 내게 키스해주시고는 내 트렁크를 넘겨받으신다. 지금 그 이야기를 할 필요는 없다. 아직은 그 문제를 생각해봤자 아무런 의미도 없다. 나중에 자연스레 화제를 끄집어내자. 집에 도착해서 대화를 하는 와중에 자연스럽게 기회가 생기면 말이다.

반드시 그렇게 될 것이다.

"그런데 베키, 미국에서 결혼식하는 문제에 대해서 생각은 좀 해봤니?"

"그게, 엄마. 엄마가 그 얘길 물어보시니까 참 묘하네요. 실은……."

바로 이런 대화를 나눌 기회를 기다려보자.

하지만 한껏 마음 편한 척 행동을 해도, 도무지 딴생각을 할 수가 없다. 차를 찾고, 어느 출구로 나갈지 의견 차이를 보이고, 한 시간에 3.60파운드라는 주차요금이 합리적인지에 대해서 언쟁을 벌이는 내내 '결혼식', '루크', '뉴욕' 혹은 '미국'이라는 말이 나오거나 그런 말이 스쳐 지나갈 때조차도 가슴 한가운데에 맺힌 근심의 응어리가 점점 더 딱딱하게 굳어간다. 꼭 고등학교 진학시험에서 고급수학 시험을 치르게 되었다고 부모님께 거짓말했을 때 같다. 옆집 톰이 고급수학 시험을 준비하고 있다고 재니스 아주머니가 하도 자랑을 하시기에 엄마 아빠한테 나도 시험을 볼 거라고 말해버렸던 거다. 결국 시험은 치러졌고, 나는 부모님께 그 시험을 치르는 연기를 해야했다. (물론 그날 나는 세 시간 동안 쇼핑을 하며 보냈다.) 그러고는 시험 결과가 나왔을 때 부모님들은 계속해서 물어보셨다. "그런데 고급수학 성적이 어떻게 나왔냐?"

그래서 나는 이번 시험이 다른 과목에 비해서 너무 어려워서 채점을 하는 데 시간이 오래 걸린다고 둘러댔었다. 난 정말이지 솔직히 엄마 아빠가 그 얘기를 믿으실 거라고 생각했다. 그런데 재니스 아주머니가 뛰어 들어오셔서는 "톰이 고급수학에서 A를 받았다우! 베키는 뭘 받았수?" 하고 물어보실 줄은 꿈에도 몰랐다.

빌어먹을 톰.

"결혼식에 대해서 왜 아직 물어보지 않는 거니?" A3 도로를 따라 옥스샷을 향해서 달리는데 엄마가 물으신다.

"아차! 그러네요." 나는 짐짓 명랑한 목소리를 꾸며본다. "그래서 저기…… 준비는 어떻게 돼가요?"

"솔직히 별로 준비를 못했단다." 아빠가 옥스샷으로 나가는 인터체인지에 들어설 무렵 말씀하신다.

"아직 시간이 많잖아요." 엄마가 주저 없이 말씀하신다.

"하긴 그까짓 결혼식 갖고 뭘." 아빠가 덧붙이신다. "사람들은 왜 그런 문제에 그렇게 안달복달인지 모르겠어. 내가 보기엔 그냥 밀어붙이면 되는 건데 말이야."

"그렇고말고요!" 나는 안심한다. "제 말이 바로 그 말이에요!"

야, 이렇게 고마울 데가! 나는 좌석에 편히 몸을 기대고 앉아서 근심걱정이 빠져나가는 걸 느껴본다. 이렇게만 풀려준다면 모든 것이 한결 쉬울 것이다. 아직 별로 준비하지 않으셨다면 다 취소하는 건 금방일 것이다. 다 잘 될 것이다. 내가 괜한 걱정을 했잖아!

"그건 그렇고 수지가 전화했더라." 엄마는 집 근처에 이르자 말씀하신다. "오늘 오후에 너를 만날 수 있겠느냐던데? 그래서 그럴 거라고 했지…… 아차! 너한테 꼭 일러둘 게 있는데 말이다." 엄마께서 나를 돌아보신다. "톰하고 루시 말이다."

"예?" 나는 새로 단장한 그들의 신혼집 주방 이야기나 루시가 직장에서 승진한 이야기라면 진짜 듣고 싶지 않다.

"헤어졌단다." 엄마께서 목소리를 낮추신다. 차 안에는 우리

세 사람밖에 없는데도.

"헤어져요?" 나는 놀라서 엄마를 쳐다본다. "진짜예요? 결혼한 지 얼마나 됐다구……."

"2년도 채 안됐지. 너도 상상이 가겠지만 재니스가 어찌나 상심이 컸는지 몰라."

"근데 왜요?" 나는 어안이 벙벙해서 묻는다. 엄마는 입술을 오므리신다.

"루시가 드럼 치는 사내하고 눈이 맞아 달아났단다."

"드럼 치는 사내?"

"악단에서. 그 녀석 글쎄 피어싱을 했는데 어디다 했냐면……." 엄마는 비난하듯 고개를 가로저으시고, 내 머리는 온갖 가능성을 마구 떠올린다. 그 중에 어떤 부위는 엄마가 생전 들어보시지도 못한 말이리라. (솔직히, 나도 들어보지는 못했다. 웨스트 빌리지로 이사 가기 전까지는 말이다.) "젖꼭지에다 했다지 뭐니." 엄마는 마침내 이렇게 말씀하신다. 나는 살짝 안도감을 느낀다.

"그러니까 루시가 달아났는데…… 악단 드러머하고…… 근데 그 남자가 젖꼭지에 피어싱을 했다 이거죠?"

"그 녀석은 트레일러에서 산다더라." 아빠가 좌회전 깜빡이를 켜시며 참견하신다.

"톰이 그 사랑스런 온실에 그렇게 정성을 기울였는데," 엄마는 고개를 절레절레 흔드신다. "하여튼 사람 고마운 줄 모르는 계집들이 꼭 있다니까."

머리가 돌아가질 않는다. 루시는 웨더비 인베스트먼트 은행에서 일한다. 그녀와 톰은 레이게이트에 산다. 커튼하고 소파를 같은 무늬의 천으로 꾸민 집에서. 그런데 대체 어떻게 젖꼭지에 피어싱을 한 드러머를 만났을까?

갑자기 지난 번 내가 고향집에 왔을 때 엿들었던 대화가 떠오른다. 그때도 루시는 그다지 기분이 좋은 것 같지 않았다. 하지만 그렇다고 집을 나갈 사람 같지도 않았다.

"그래서 톰은 어때요?"

"그럭저럭 적응하고 있지." 아빠가 말씀하신다. "지금은 마틴 내외하고 같이 집에 있단다. 가여운 녀석."

"말이 나와서 말인데, 그 녀석은 잘 이겨낼 거야." 엄마가 명쾌하게 말씀하신다. "재니스가 안됐어. 그렇게 고생해서 결혼식을 치러줬는데. 그 계집애한테 홀딱 속았지."

우리는 집 밖에 차를 세운다. 놀랍게도 진입로에는 두 대의 흰색 밴이 서 있다.

"무슨 일이에요?" 나는 묻는다.

"별거 아니다." 엄마가 말씀하신다.

"배관 공사하는 거야." 아빠의 대답이시다.

하지만 두 분 다 약간은 묘한 표정을 짓고 계시다. 엄마의 눈은 밝게 빛나고, 현관으로 가는 동안 몇 번이나 아빠를 힐끔힐끔 보신다.

"자, 준비 됐니?" 아빠가 불쑥 말씀하신다. 아빠는 열쇠로 문을 따시더니 문을 활짝 여신다.

"짜잔!" 엄마 아빠께서 동시에 소리치시고 나는 그만 턱이 땅에 떨어진다.

낡은 벽지는 간 곳이 없다. 낡은 카펫도 사라졌다. 전체가 다 밝고 생생한 색으로 도배되어 있고, 바닥에는 사이잘삼으로 짠 카펫이 깔려 있으며 여기저기 새 조명기구가 달려 있다. 믿을 수 없는 심정으로 시선을 위로 올리니 작업복을 입은 참하게 생긴 일꾼이 난간에 페인트칠을 새로 하고 있다. 층계에도 두 사람이 더 있다. 사다리에 올라서서 촛대를 달고 있다. 페인트 냄새와 새 도배지 냄새가 진동한다. 돈이 많이 드는 공사임을 한눈에 알 수 있다.

"집을 새로 단장하셨네요." 나는 우물쭈물 말한다.

"결혼식을 위해서지!" 엄마는 나를 보며 환하게 웃으신다.

"하지만 아까는……" 나는 마른침을 삼킨다. "아까는 별로 하신 것도 없다고 하셨잖아요."

"널 놀라게 하려고 그랬지!"

"어떠냐, 베키?" 아빠가 집안을 가리키며 물으신다. "맘에 드냐? 이 정도면 네 눈에 차냐?"

아빠의 목소리에는 장난기가 서려 있다. 하지만 내 마음에 드는지 아닌지가 아빠에게는 매우 중요하다는 걸 알 수 있다. 두 분 모두에게 말이다. 나를 위해서 이 모든 걸 하고 계신 거다.

"…… 환상적이에요." 내 목소리가 갈라진다. "진짜 아름다워요."

"자, 그럼 이리 와서 정원을 보렴!" 엄마가 말씀하신다. 나는 얼떨결에 발코니로 통하는 창문으로 엄마를 따라간다. 유니폼을 입은 정원사들이 화단에서 일하고 있는 게 보인다.

"'루크와 베키'라는 글씨가 나오게 팬지를 심을 거란다." 엄마가 말씀하신다. "6월에 맞춰서. 그리고 천막의 입구가 만들어질 곳 바로 근처에 분수도 놓을 거야. 정원 가꾸는 법에 대한 텔레비전 프로그램인 〈그라운드 포스〉에서 그런 걸 봤거든."

"그러면…… 훌륭하겠네요."

"그리고 밤에는 조명도 밝힐 거야, 그래야 불꽃놀이를 하면……."

"불꽃놀이라구요?" 나의 물음에 엄마는 놀라서 나를 쳐다보신다.

"불꽃놀이에 대해서 팩스를 보냈잖니, 베키! 설마 잊어버린 건 아니지?"

"아뇨! 잊지 않았어요!"

엄마께서 그간 보내셨던 한 무더기의 팩스가 떠오른다. 죄책감에 무조건 침대 밑에 처박았던 그것들 말이다. 어떤 건 대충 읽어보기도 하고 어떤 것은 전혀 거들떠보지도 않았었다.

내가 이제까지 무슨 일을 저질렀단 말인가? 어째서 나는 일이 어떻게 되어가는지 관심을 기울이지 않았을까?

"베키, 얘, 별로 몸이 좋아 보이지 않는구나." 엄마가 말씀하신다. "비행기를 타고 오느라 피곤해서 그렇겠지. 가서 커피 한 잔 하자."

우리는 주방으로 들어가고 나는 새로운 공포에 가슴이 찔끔한다. "부엌 가구도 새로 바꾸셨어요?"

"오, 아니다!" 엄마가 유쾌하게 말씀하신다. "칠만 새로 했을 뿐이야. 예쁘지, 그치? 자, 크루아상 하나 먹어보련? 새로 생긴 빵집에서 샀단다."

엄마가 빵 바구니를 내미시지만 난 먹을 수가 없다. 속이 메스껍다. 이렇게 대대적으로 일이 진행되고 있는 줄은 몰랐다.

"베키?" 엄마가 나를 빤히 들여다보신다. "무슨 일 있니?"

"아뇨!" 나는 재빨리 대답한다. "아무 일도 없어요. 다······ 완벽해요."

어쩌면 좋담?

"저기요······ 올라가서 짐을 풀어야겠어요." 나는 이렇게 말하고 희미한 미소를 지어본다. "정리할 게 조금 있어요."

방으로 들어와 문을 닫고 난 뒤에도 희미한 미소는 그냥 그 대로 내 얼굴에 눌어붙어 있지만 가슴속은 마구 요동치고 있다.

이건 계획에 없었다!

원래 계획하고는 거리가 멀어도 까마득하게 멀다. 새 벽지? 분수대? 불꽃놀이? 어떻게 이 모든 것에 대해서 내가 몰랐단 말인가? 짐작이라도 했어야 했다. 모두 다 내 잘못이다. 아, 난 몰라, 난 몰라…… 엄마하고 아빠한테 어떻게 이 모든 걸 다 도로 무르시라고 말씀드리지? 어떻게 그렇게 해? 난 못해!

하지만 해야 해! 그렇지만, 난 못해, 진짜 못해!

내 결혼식이라고 다짐을 하면서 나의 뉴욕식 자신감을 되찾으려고 애써본다. 하지만 도무지 마음대로 되질 않는다.

머릿속에서 그 말이 결국 정답이 아니라는 땡 소리가 들려와 나를 움찔하게 만든다. 처음 시기에야 그 말이 맞았을지도 모른다. 아무 일도 이뤄지기 전, 아무런 공도 들이기 전에 말이다. 하지만 지금은…… 더 이상 나의 결혼식이 아니다. 이건 엄마와 아빠가 내게 주시는 선물이다. 내가 태어난 뒤로 두 분이 내게 주시는 가장 큰 선물이다. 두 분은 이번 일에 모든 사랑과 정성을 다 쏟고 계시지 않은가. 그런데 내가 그것을 거절하다니? 고맙지만 사양하겠다는 말을 하려 하다니? 나는 대체 무슨 생각으로 살았던 걸까?

마구 뛰는 가슴을 안고 나는 비행기에서 메모한 쪽지를 주머니에서 꺼낸다. 내 자신을 정당화하는 말들을 모두 기억해내려고 애쓰며.

우리 결혼식을 플라자에서 치러야 하는 이유들
1. 공짜로 뉴욕까지 여행을 하시면 좋지 않으시겠어요?
2. 플라자는 환상적인 호텔이에요.
3. 아무 수고도 하지 않으셔도 돼요.
4. 천막을 치면 괜히 정원만 망가져요.
5. 실비아 숙모를 초대하지 않으셔도 돼요.
6. 공짜로 티파니 액자를 받게 돼요⋯⋯.

종이에 적을 당시에는 참 그럴 듯했다. 하지만 지금 보니 애들 장난 같다. 엄마와 아빠는 플라자에 대해서 아무것도 모르신다. 그러니 생전에 한 번도 둘러보신 적이 없는 고급 호텔까지 비행기를 타고 날아오고 싶어하실 리가 없다. 늘 꿈꾸셨던 결혼식을 치러주실 기회를 포기하실 리도 없다. 나는 당신들의 외동딸이다. 유일한 자식이란 말이다.

그럼⋯⋯ 이제 어쩐다?

나는 숨만 쌕쌕 몰아쉬며 종잇장을 들여다보고 있다. 온갖 생각들이 머릿속에서 충돌한다. 필사적으로 해결책을 헤집어보고 있다. 최후의 가능성까지 모두 다 시도해볼 때까지는 포기하지 않으려고, 빠져나갈 구멍을 찾는 중이다. 생각이 맴돈다. 한 자리에서 벗어나지 못하고 북치는 토끼 장난감처럼 제자리만 맴돈다.

"베키?"

엄마가 들어오신다. 나는 죄책감에 깜짝 놀라서 손에 쥔 목록을 구긴다.

"들어오세요!" 나는 명랑하게 말한다. "어머, 커피! 좋아요."

"카페인 없는 거야." 엄마께서 내게 머그잔을 내미신다. 거기에는 '결혼식 준비로 짜증 낼 것 없어, 엄마가 다 해줄 거니까.'라고 적혀 있다. "요즘엔 카페인 없는 걸로 마실지 모른다는 생각이 들어서 말이다."

"그렇진 않지만," 나는 놀라서 말한다. "상관없어요."

"그래 기분은 좀 어떠니?" 엄마는 내 옆에 앉으시고, 나는 구겨진 메모지를 몰래 다른 손으로 옮겨 쥔다. "피곤하니? 좀 아픈 것 같기도 하고."

"그렇게 심하지는 않아요." 뜻밖에 약간 침울한 한숨이 새어 나오고 만다. "기내식이 입에 좀 안 맞았던 것 같아요."

"힘을 내야 해!" 엄마는 내 팔을 꼭 잡으신다. "내가 널 위해 준비한 게 있단다, 우리 딸!" 엄마는 내게 종이 한 장을 내미신다. "어떻게 생각하니?"

종이를 펼쳐 든 나는 어리둥절해서 멍하니 바라본다. 집의 도면이다. 정확히 말해서 옥스샷에 있는 침실 네 개짜리 집이다.

"괜찮지?" 엄마의 얼굴이 환하게 밝아지신다. "이 설비들 좀 봐라!"

"엄마, 이사하실 거예요?"

"얘는! 우리가 살 게 아냐. 우리 집에서 모퉁이만 돌면 너희 집이야. 봐라, 바비큐 조리대가 붙박이로 되어 있고 서로 연결된 침실이 두 개 있고……."

"엄마, 전 뉴욕에 살아요."

"지금이야 그렇지. 하지만 영원히 뉴욕에 살고 싶지는 않을 게다, 아무렴. 장기적으로는 말이다."

갑자기 엄마의 목소리에 근심이 어린다. 비록 얼굴은 미소를 짓고 계시지만 눈빛에 긴장이 서려 있으시다. 나는 대답을 하려고 입을 뗀다. 그러다 깨닫는다. 놀랍게도 루크와 내가 장기적인 계획에 대해서는 제대로 이야기를 나눠본 적이 없다는 사실을 말이다.

나는 늘 언젠가는 다시 영국으로 돌아올 것이라고 막연히 짐작만 하고 있었던 것 같다. 하지만 그때가 언제지?

"영원히 거기 살 건 아니지, 응?" 엄마는 이렇게 덧붙이시며 살짝 소리 내어 웃으신다.

"모르겠어요." 나는 당황해서 대답한다. "아직 심각하게 생각해보지 않아서 잘 모르겠어요."

"손바닥만한 아파트에서 애들을 어떻게 키우니! 고향으로 돌아오고 싶어질 거야! 정원이 있는 주택에 살고 싶을 거다! 특히 지금은."

"지금 뭐요?"

"지금……" 엄마는 완곡하게 돌려서 어떤 제스처를 하신다.

"뭐 말이에요?"

"어휴, 베키." 엄마는 한숨을 쉬신다. "내놓고 밝히기가 조금…… 부끄럽겠지. 엄마는 다 이해한다. 하지만 괜찮아, 얘! 요즘에는 전혀 거리낄 것 없단다. 요새는 전혀 흠이 되지 않는다니까!"

"흠이라뇨? 엄마 대체……"

"우리가 알아야 할 것은 단지……" 엄마는 살짝 뜸을 들이신다. "드레스를 얼마나 풍성하게 수선해야 할지? 결혼식 날엔 말이다."

드레스를 수선한다고? 대체 이게 무슨……

잠깐!

"엄마! 설마 엄마는 내가…… 내가……." 나는 아까 엄마가 했던 그 제스처를 그대로 한다.

"아니냐?" 엄마의 얼굴에 실망의 빛이 역력하다.

"아니에요! 당연히 아니죠! 대체 어떻게 그런 생각을!"

"우리하고 의논할 중요한 문제가 있다고 네가 그랬잖니!" 엄

마는 무안하신지 커피를 한 모금 마신다. "루크도 아니고, 네
일자리도 아니고, 은행 빚 때문도 아니라고 하고. 수지는 임신
중이고 너희 둘은 항상 뭐든 같이 하기에, 우리는……."

"아니에요. 됐죠? 물어보시기 전에 말씀드리지만 마약에 중
독된 것도 아니에요."

"그럼, 대체 무슨 말을 하려고 했던 게냐?" 엄마는 커피 잔
을 내려놓으시면서 나를 걱정스런 눈빛으로 바라보신다. "뭐가
그리 중요하기에 여기까지 왔느냐고?"

방 안에는 침묵이 흐른다. 머그잔을 쥔 손에 힘이 팍 들어가
있다. 지금이다. 지금이 바로 그때다. 모든 것을 고백할 때다.
엄마께 플라자에 대해서 말할 때다. 지금밖에는 기회가 없다.
더 이상 일을 진척시키시기 전에. 더 돈을 쓰시기 전에.

"저기……" 나는 목을 가다듬는다. "다름이 아니고……."

나는 말을 하다 말고 커피를 한 모금 마신다. 목이 콱 메고
약간 속이 울렁거린다. 다른 데서 결혼하고 싶다는 말을 어떻
게 하지? 그런 말을 차마 어떻게?

나는 눈을 감고 플라자 호텔의 그 휘황찬란한 모습을 떠올려
본다. 그 흥분과 설레는 기분을 다시 끌어모아보려고 애쓴다.
황금빛으로 번쩍이는 방들, 눈길 닿는 곳마다 호화로운 그곳.
엄청나게 넓은 무도회장을 부러운 눈길로 바라보는 사람들 앞
을 휩쓸며 춤추는 내 모습.

하지만 어찌된 노릇인지…… 전처럼 그렇게 약발이 강력하지가 않은 것 같다. 그렇게 설득력이 있는 것 같지도 않다.

아, 난 몰라! 내가 원하는 게 뭐지? 내가 진정 원하는 게 뭐냐고?

"내 그럴 줄 알았다!"

고개를 들어보니 엄마가 낙담한 표정으로 나를 응시하고 계신다. "그럴 줄 알았어! 루크하고 너, 사이가 틀어진 게지? 맞지?"

"엄마……."

"내 그럴 줄 알았다! 너희 아빠한테도 몇 번 말했다. '베키가 결혼식을 취소하러 오는 거예요, 내 직감이 맞아요.' 하고 말이다. 너희 아빠는 웃기는 소리 말라고 했지만 난 느낄 수 있었어. 여기로." 엄마는 가슴을 치신다. "에미라면 그런 건 육감으로 알아. 내가 맞았지, 그렇지? 너 결혼식을 취소하고 싶은 게지, 맞지?"

나는 바보처럼 엄마를 쳐다본다. 엄마는 내가 결혼식을 취소하러 온 걸 알고 계시구나. 어떻게 아셨을까?

"베키? 너 괜찮니?" 엄마는 팔로 내 어깨를 감싸신다. "애야, 우린 괜찮아. 아빠하고 내가 원하는 것은 네 행복이야. 결혼식을 취소해서 네가 좋다면 우린 그렇게 할 게다. 100퍼센트 확신이 설 때까지는 섣불리 움직여서는 안 돼. 100퍼센트 말이다!"

"그렇지만…… 이렇게 애를 쓰셨는데……." 나는 똑바로 말을 못하고 웅얼거린다. "이렇게 많은 돈을 들이셨는데……."

"그건 상관없다! 돈은 문제가 아니야!" 엄마는 나를 꽉 끌어안으신다. "네가 아주 조금이라도 확신이 서지 않는다면 우린 당장에 취소할 거다. 우린 네 행복만을 바랄 뿐이야. 우리가 원하는 건 그뿐이다."

엄마의 목소리에 나에 대한 안쓰러움과 이해가 하도 짙게 담겨 있어서 나는 잠시 할 말을 잃는다. 이분이 우리 엄마다! 내가 부탁하려는 바로 그 문제를 먼저 말씀해주시는 분. 아무 질문도 하지 않으시고, 아무런 비난도 없이, 오직 사랑을 베푸시고 힘이 되어주시는 우리 엄마.

엄마의 다정하고 편안하고 낯익은 얼굴을 보고 있노라니 도무지 말을 할 수가 없다.

"괜찮아요." 나는 마침내 말한다. "엄마, 루크하고 나 사이가 틀어진 거 아니에요. 결혼식은…… 유효해요." 나는 얼굴을 문지른다. "저기 있잖아요…… 바깥바람 좀 쐬고 올게요."

정원에 내려서니 두 명의 정원사가 내게 인사를 한다. 나는 살짝 웃어준다. 내 비밀이 너무도 엄청나서 어떻게든 풀어 놓아야만 할 것 같은 마음이 나를 붙들고 놓아주지 않는다. 이미 비어져 나온 내 비밀을, 아니 내 머리 위에 떠 있는 생각풍선

속에 들어 있는 내 비밀을 사람들이 알아봐주면 속이 시원할 텐데.

'내게는 또 다른 결혼식 계획이 있어요.

이 결혼식하고 같은 날.

우리 부모님은 전혀 모르세요.

그래요, 나도 지금 내가 곤경에 처했다는 거 알아요.

그래요, 내가 바보였다는 거 알아요.

오, 부디 꺼져요, 날 혼자 내버려둬요

내가 지금 얼마나 스트레스를 받고 있는지 보이지 않아요?'

"베키구나."

깜짝 놀라 돌아보니 옆집 정원 울타리에 쓸쓸한 표정으로 나를 바라보고 있는 톰이 눈에 들어온다.

"톰! 안녕?" 나는 돌연한 그의 등장으로 인한 충격을 감추려고 애를 써본다.

그렇지만…… 아뿔싸! 그는 초라하게 보인다. 창백하고 초췌한 얼굴에 옷차림도 말이 아니다. 뭐 킹카라고는 할 수 없었지만, 루시가 곁에 있을 때는 그래도 그런대로 봐줄만 했었다. 사실, 그의 헤어스타일은 꽤 폼이 났었다. 그런데 지금은 다시 떡이 진 머리에 재니스 아주머니께서 5년 전 크리스마스 때 선물한 고동색 스웨터 차림이다.

"얘기 들었어……." 나는 어색해서 말을 하다 만다.

"괜찮아."

그는 불쌍하게 어깨를 으쓱하고는 내 뒤에서 땅을 파고 잔가지를 다듬는 정원사들을 둘러본다. "결혼식 준비는 잘 돼가니?"

"어, 그런대로." 나는 명랑하게 말한다. "지금은 그냥 목록만 많아. 할 일, 확인할 일, 결정을 내려야 할 사소한 일들 말야."

어느 대륙에서 결혼을 할 것인가 하는 것처럼 사소한 일 말이다. 아, 난 몰라. 아, 정말 몰라!

"그런데…… 너희 부모님들은 어떠셔?"

"내 결혼식 준비할 때가 생각난다." 톰이 고개를 가로젓는다. "꼭 한 백만 년 전 일 같아. 다른 사람의 이야기 같아."

"어머, 톰." 나는 입술을 깨문다. "유감이야. 우리 다른 이야기……"

"가장 끔찍한 게 뭔지 아니?" 톰은 내 말을 무시하고 계속 이야기한다.

"어……" 나는 '네 머리'라고 말할 뻔한다.

진짜 아슬아슬하게 거의 그럴 뻔한다.

"가장 끔찍한 건, 내가 루시를 이해한다고 생각했다는 거야.

우리는 서로를 이해했었어. 그렇지만 항상……" 그는 말을 멈추고 주머니에서 손수건을 꺼내 코를 푼다. "내 말은, 돌이켜 보니 그게 아니라는 신호가 있었다는 걸 이제야 알겠다는 거야."

"진짜?"

"그래. 단지 내가 눈치를 못 챘을 뿐이지."

"어떤……" 나는 내가 얼마나 호기심을 갖고 있는지 들키지 않으려고 조심한다.

"그게……" 톰은 잠시 생각한다. "루시는 레이게이트에서 조금만 더 산다면 권총으로 자살할지도 모르겠다는 말을 자꾸 하곤 했거든."

"그렇구나." 나는 약간 놀란다.

"함께 가구점에 가서는 소리를 지르며 발작을 일으켰던 일도 있었고……"

"소리를 지르며 발작을?"

"갑자기 소리를 지르기 시작했어. '난 스물 일곱이야! 나는 스물 일곱! 내가 여기서 뭘 하는 거지?' 하고 말야. 결국 경비원이 들어와서 그녀를 진정시켰어."

"그렇지만 이해를 못하겠다. 난 루시가 레이게이트를 좋아하는 줄 알았는데! 너희 둘이 얼마나……"

내가 찾던 말은 '뽐내다' 라는 표현이었다.

"얼마나…… 행복해 보였다구!"

"결혼선물을 다 풀어볼 때까지는 우리도 행복했지." 톰은 생각에 잠겨 말한다. "그렇지만 그 다음에는…… 갑자기 주위를 둘러보다가 이제 이 모든 게 자기 삶이라는 걸 깨달은 듯했어. 그리고 자기 눈에 보인 것들이 맘에 안 들었던 거야. 나까지도 그랬던 것 같아."

"어머, 톰!"

"그녀는 변두리가 지긋지긋하다고 말하기 시작했고 아직 청춘을 더 즐기고 싶어했어. 하지만 나는 갓 새로 페인트칠도 했고 새 온실도 반쯤 완성되어 가는 중간이라서 이사할 시기가 아니라고 생각해서……" 그는 고개를 든다. 두 눈에 참담함이 가득하다. "귀를 기울였어야 했어, 아무렴. 문신이라도 했어야 했어."

"너더러 문신을 하라고 했어?"

"자기 문신에 맞추라고."

루시 웹스터가 문신을? 난 그만 푸하하 웃을 뻔한다. 하지만 톰의 가련한 얼굴을 본 순간 울컥 화가 치민다. 맞다, 톰하고 나는 몇 년간 직접 눈을 마주 보며 이야기한 적이 없다. 하지만 그렇다고 해서 이런 꼴을 당할 정도로 톰이 못난 건 아니다. 톰은 톰이다. 루시가 톰이 맘에 안 들었다면 어째서 애초에 톰하고 결혼했단 말인가?

"톰, 자책할 것 없어." 나는 딱 잘라 말한다. "루시 자신한테 문제가 있었던 것 같은걸 뭐."

"그렇게 생각해?"

"당연하지. 너를 소유했던 건 루시에게 있어 행운이었어. 그 진가를 몰랐다니 루시가 어리석었어." 나는 충동적으로 울타리 너머로 몸을 내밀어 그를 안아준다. 다시 몸을 빼는데 톰이 눈을 똥그랗게 뜨고 나를 바라본다. 강아지처럼.

"넌 항상 나를 이해해주는구나, 베키."

"그야 뭐, 우리가 어디 한두 해 안 사이니?"

"너처럼 나를 잘 아는 사람은 없어."

그의 손이 아직 내 어깨 위에 걸쳐 있다. 근데 도무지 놓아줄 생각이 없는 것만 같다. 그래서 나는 작업복을 입은 남자가 창틀에 페인트칠을 하는 집을 가리키는 척하면서 뒤로 물러선다.

"우리 엄마 아빠가 해놓으신 거 다 봤어? 정말 대단하시지?"

"어, 그래. 정말 돈을 많이 쓰고 계셔. 불꽃놀이 이야기도 들었어. 무척 기대되겠다."

"진짜 기다려지는 거 있지?" 나는 자동적으로 말한다. 누군가 결혼식에 대한 이야기를 내게 할 때면 언제나 그 즉시 내가 해온 말이다. 하지만 지금, 오래되고 친숙한 우리 집이 새색시처럼 단장을 하고 있는 걸 보니 묘한 감동의 물결이 일기 시작한다. 가슴이 아릿하고 찡하다.

그리고 갑작스런 통증과 함께 나는 내가 이 결혼식을 정말 기대하고 있다는 것을 깨닫는다.

나는 우리 집 정원이 풍선으로 아기자기하게 장식된 모습이 보고 싶다. 엄마가 예복을 차려입으시고 행복해하시는 모습도 보고 싶고, 내 방에서 결혼식 준비를 하고, 내 화장대에서 화장을 하고 싶다. 내 옛 생활에 제대로 작별을 고하고 싶다. 나하고 아무런 특별한 인연이 없는 호텔 스위트룸이 아니라…… 여기서. 집에서, 내가 자란 곳에서.

뉴욕에 있을 때 나는 이곳에서의 결혼식을 마음속에 그릴 수가 없었다. 플라자의 호사스러움에 비해서 너무 좁고 단조롭게 여겨졌다. 하지만 막상 이곳에 와보니 비현실적으로 여겨지기 시작하는 것은 오히려 뉴욕에서의 결혼식이다. 낯선 타국에서의 아득한 휴가에 빠져드는 것처럼 나는 뉴욕에서의 결혼식에 대한 환상에서 슬슬 벗어나고 있다. 이미 나는 잊어가고 있다. 최고급 요리를 시식하고, 오래 묵은 고급 샴페인과 백만 달러짜리 꽃 장식에 대해서 이야기를 나누는, 뉴욕의 공주 신부님 역할을 하는 것도 참 재미있었다. 하지만 중요한 건 그게 아니다. 나는 연극을 해왔을 뿐이었다.

여기가 바로 내가 속한 곳이다. 이것은 나의 현실이다. 내가 이제껏 알고 지내온 이 영국식 정원 말이다.

그럼 이제 나는 어떻게 해야 하지?

정말로…… 생각할 수조차 없다.

그럼 내가 정말 그 거대하고 엄청난 호화판 결혼식을 포기하려는 것인가? 생각만으로도 간이 오그라든다.

"베키?" 엄마 목소리가 내 사념 속을 파고들어서 나는 멍한 표정으로 고개를 든다. 엄마가 손에 식탁보를 들고 문간에 서 계시다. "베키! 너한테 전화 왔다."

"예, 누구예요?"

"로빈이라는 사람이다. 어머, 톰이구나!"

"로빈?" 나는 집으로 들어가면서 영문을 몰라 미간을 찌푸린다. "로빈이 누구더라?"

내가 아는 사람 중에 로빈이라는 사람이 있었던가? '인베스트먼트 먼슬리'에서 일했던 로빈 앤더슨 빼고, 근데 그 사람도 그다지 친한 사람은 아니었는데.

"성은 내가 미처 못 들었는데 어쩌니?" 엄마께서 말씀하신다. "하지만 괜찮은 사람 같더라. 뉴욕에서 전화하는 거라던데……."

'로빈?'

갑자기 몸이 말을 듣지 않는다. 나는 공포감에 사로잡혀 그만 앞뜰의 계단에서 그대로 굳어버린다.

로빈이 여기까지…… 전화를 걸었다?

이건 아니다. 로빈은 이 세계에 속하지 않은 사람이다. 그녀

는 뉴욕에 속한 사람이다. 꼭 사람들이 시간을 거슬러 올라가
서는 2차 세계대전을 뒤죽박죽으로 만든 것 같다.

"친구니?" 아무것도 모르시는 엄마가 물으신다. "결혼식에
대해서 잠깐 수다를 떨었는데……."

발 아래 땅이 흔들린다.

"뭐…… 뭐라고 했어요?" 나는 겨우 이렇게 묻는다.

"뭐 특별한 얘긴 없었어!" 엄마는 놀라서 나를 쳐다본다. "어
떤 색깔의 옷을 입을 거냐고 묻기에…… 근데 바이올린 연주자
에 대한 이상한 이야기를 계속하더라. 너 설마 결혼식에 바이
올린 연주자를 부를 건 아니지? 그렇지 애?"

"그럼요!" 내 음성이 날카로워진다. "바이올린 연주자는 불
러서 뭐하게요?"

"베키, 애, 너 괜찮니?" 엄마는 나를 빤히 바라보신다. "네가
다시 전화 건다고 말해주련?"

"아뇨! 다시는 그 여자하고 말씀 나누지 마세요! 제 말
은…… 괜찮아요. 제가 받을게요."

나는 서둘러 집안으로 들어간다. 심장이 마구 뛴다. 뭐라 말
하지? 마음이 바뀌었다고 말해야 하나? 수화기를 드는데 엄마
가 나를 따라 들어와 계신 게 보인다. 아, 난 몰라! 이 사태를 어
떻게 수습하지?

"로빈, 안녕하세요?" 나는 자연스러운 어조를 유지하려고

애쓴다. "어떻게 지내요?"

좋다. 가능한 한 빨리 전화를 끊으리라.

"어머, 베키! 자기 어머니랑 이야기를 나눌 기회를 갖게 돼서 참 좋았답니다!" 로빈이 말한다. "아주 다정한 부인 같아요. 뵙게 될 일이 정말 기대돼요."

"나도 그래요." 나는 짐짓 진심인 것처럼 대꾸한다. "서로 만날 날이 정말…… 기다려져요."

"비록 비엔나 현악 오케스트라에 대해서 모르고 계셔서 좀 놀라긴 했지만. 쯧쯧! 그런 소식은 엄마한테 빨리빨리 알려야죠, 베키!"

"알아요." 나는 잠시 뜸을 들인다. "좀 바빠서 그만……."

"이해해요." 로빈은 동정하듯 말한다. "어머니께 결혼식 자료를 보내드리면 어떨까요? 국제택배로 보내면 간단한데. 그러면 직접 보신 듯이 전체적으로 파악이 되실 텐데! 주소를 일러 주면……."

"아뇨!" 나는 그만 나도 모르게 소리를 지르고 만다. "내 말은…… 걱정 말라는 뜻이에요. 다 전달할게요. 진짜로. 그러니…… 아무것도 보내지 말아요. 진짜 아무것도."

"메뉴 카드도? 보시면 좋아하실 텐데?"

"아뇨! 아무것도 싫어요!"

수화기를 잡은 손에 힘이 들어가고 얼굴에서는 진땀이 난다.

감히 엄마를 볼 엄두는 더더욱 나지 않는다.

"그렇다면 좋아요! 자기가 주인공이니까! 그건 그렇고, 쉘든 로이드하고 테이블 장식에 대해서 얘기했는데……."

그녀가 계속해서 지껄이는 동안 나는 힐끔 엄마를 본다. 엄마는 내게서 채 1미터도 안 되는 곳에 서 계신다. 수화기에서 들려오는 소리가 엄마한테도 들릴까? '플라자'라는 말을 들으셨을까? '웨딩'과 '풍선'이라는 말도 들으셨을까?

"알았어요. 그거 좋겠군요." 나는 로빈의 말을 귓전으로 흘려보내며 대꾸한다. 그리고 전화선을 손가락에 돌돌 감으며 말한다. "하지만…… 저기, 로빈. 제가 지금은 모든 문제에서 벗어나려고 집에 온 거니까 더는 여기로 전화하지 말아 주세요."

"진행 소식을 듣고 싶지 않다구요?" 로빈이 놀라서 묻는다.

"예. 전 괜찮아요. 그냥…… 하실 대로 하세요, 그럼 전 다음 주에 돌아가서 얘기를 들을게요."

"그야 문제없죠. 이해해요. 쉴 시간이 필요하겠죠, 베키. 긴급 상황이 아니면 귀찮게 하지 않겠다고 약속하죠. 그럼 푹 쉬다 와요!"

"고마워요. 그럴게요. 안녕, 로빈."

전화기를 내려놓는 손이 안도감으로 떨린다. 천만다행으로 그녀를 떼어버렸다.

하지만 안전하다는 느낌은 들지 않는다. 로빈이 여기 전화번호를 알고 있다. 언제든 전화할 수 있다는 이야기다. 결혼식 준비에 있어서 긴급 상황이 생기면 어떻게 하나는 거다. 그게 어떤 일이 되었건 말이다. 장미 꽃잎의 위치가 잘못 되었다든가 뭐 그런 일 말이다. 그래서 그녀가 엄마한테 쓸데없는 말을 해버리고 두 사람 모두 돌아가는 사태를 깨닫게 되면! 엄마가 내가 여기에 왜 왔는지, 내가 무슨 말을 하려 했던 것인지를 그 즉시 깨달으신다면?

아, 난 몰라! 엄청 상처를 받으실 거다. 그런 일이 일어나게 둘 수는 없다.

좋다, 두 가지 선택사항이 있다. 하나는 엄마와 아빠를 즉시 이사하시게 하는 것. 둘째는……

"엄마," 나는 돌아서서 말한다. "로빈이라는 이 여자는……"

"왜?"

"이 여자…… 미쳤어요."

"미쳤어?" 엄마는 나를 바라보신다. "애야, 그게 무슨 말이냐?"

"이 여자…… 루크한테 빠져 있어요!"

"어머나, 세상에!"

"응, 그래서 자기가 그이하고 결혼한다는 웃기지도 않는 망상에 사로잡혀 있거든요."

"루크랑 결혼을?" 엄마는 나를 보고 입을 딱 벌리신다.

"예! 플라자 호텔에서! 심지어는…… 저기…… 예약까지 했어요. 내 이름으로!"

내 손가락들이 이리저리 꼬여버린다. 내가 미쳤지. 엄마는 이런 거짓말에 속으실 리가 없다. 결단코! 죽었다 깨어나도…….

"하긴, 뭐 그렇게 놀랍지도 않구나." 엄마께서 말씀하신다. "그 여자 얘기를 듣고 즉시 뭔가 석연찮은 구석이 있다는 걸 눈치 챘거든. 바이올린이니 뭐니 말도 안 되는 소리를 해대더니! 그리고 내가 무슨 색깔의 옷을 입을 건지에 대해서 집착을……."

"어머, 정말 문제네. 그러니까…… 혹시라도 이 여자가 다시 전화하면, 핑계를 대고 그냥 끊어버리세요. 그리고 뭐라고 하든, 꽤 그럴 듯한 소리를 하더라도…… 단 한 마디도 믿지 말아요. 알았죠?"

"걱정마라, 애." 엄마는 고개를 끄덕이신다. "네 말대로 하마."

엄마가 주방으로 들어가시면서 "불쌍한 여자. 당신도 가엽게 여겨야 해요, 진짜로. 여보, 당신 들었어요? 미국에서 베키한테 전화한 그 여자. 루크를 짝사랑하고 있대요!"

더는 감당이 안 된다. 수지를 만나봐야겠다.

수지가 아들을 낳았다!

슬로언 스퀘어에서 수지랑 만나 차나 한 잔 하기로 했다. 도착해보니 관광객들 때문에 수지는 눈에 띄지 않는다. 그러다 사람들 무리가 흩어지고 나자 그녀가 보인다. 분수대 옆에 앉아 있는 수지는 이제 엄청나게 배가 나온 상태이다. 그녀의 긴 금발이 햇살을 받아 반짝거린다.

그녀를 보니 마구 달려가 소리치고 싶어진다. "아, 난 몰라, 수지. 악몽이야, 악몽!" 그러고는 모든 걸 훌훌 털어놓고 싶다.

하지만 나는 우뚝 멈춰 선다. 저기 저렇게 앉아 있는 수지가 천사처럼 보인다. 임신한 천사. 아니면 성모 마리아. 너무도 평온하고, 사랑스럽고, 완벽하다.

그에 비해 돌연 내 자신이 너무도 어수선하고 바보같이 느껴진다. 나는 이 모든 사태에 대한 짐을 벗어서 수지에게 얹어줄 참이었다. 항상 그래왔듯이 말이다. 그러고는 수지가 해답을 찾아주기를 기다릴 참이었다. 그런데 지금 보니…… 그럴 수가 없다. 너무도 차분하고 행복해 보인다. 내가 그녀에게 털어놓는다면 아름답고 맑은 바다에 독극물을 갖다 붓는 꼴이 되리라.

"벡스, 어서 와!" 나를 보고 그녀가 일어선다. 나는 그녀의…… 덩치가 너무도 커 보여서 그만 신선한 충격을 받는다.

"수지!" 나는 잰걸음으로 다가가 와락 껴안는다. "정말 건강해 보인다!"

"응, 난 아주 좋아!" 수지가 말한다. "넌 어때? 결혼식은?"

"어…… 난 괜찮아!" 나는 잠시 머뭇거리다 말한다. "다 괜찮아. 가자. 가서 차나 한 잔 하자."

말하지 않으리라. 됐다. 내 평생에 처음으로 내 문제는 내 힘으로 해결해보리라.

우리는 오리엘에 가서 창가 자리를 잡는다. 나는 핫 초콜릿을 주문한다. 그러나 수지는 티백을 하나 꺼내더니 웨이터에게 건넨다.

"나무딸기잎 차야." 그녀가 설명한다. "자궁을 강화해준대. 출산을 대비해서 먹는 거야."

"그렇구나." 나는 고개를 끄덕인다. "출산. 물론 그래야지!"

나는 등줄기 아래쪽이 살짝 오싹해서 그것을 감추느라 재빨리 미소를 지어본다.

　사실 나는 출산이라는 것이 전반적으로 이해가 되지 않는다. 수지의 배 크기를 보아도 그렇고 다 자란 태아의 크기를 생각해도 그렇고. 그렇게 큰 아기가 어떻게 거기로 나올 수 있을까?

　이론은 나도 안다. 하지만 도무지…… 솔직히 말해서 나로서는 그럴 수 있다는 게 도무지 이해가 되지 않는다.

　"예정일이 언제라고 했지?" 나는 수지의 배를 바라보며 묻는다.

　"이제 4주 남았어!"

　"그럼…… 아기가 더 자라겠네?"

　"그럼!" 수지는 자기 배를 기분 좋은 듯 톡톡 두드린다. "꽤 클 거야, 아마."

　"잘됐다." 나는 웨이터가 핫 초콜릿 컵을 내 앞에 놓는 사이 슬그머니 말한다. "아주 잘 됐어. 그래…… 타르퀸은 어때?"

　"잘 지내!" 수지가 말을 한다. "지금은 크레이에 가 있어. 스코틀랜드에 있는 타르키의 섬 알지? 지금 새끼 양을 낳을 철이라서 도와주러 다녀와야겠다고 갔어. 아기가 태어나기 전에 어서 다녀오려고."

　"어, 그렇구나. 넌 왜 안 갔어?"

　"좀 위험할 수도 있어서." 수지는 생각에 잠겨서 나무딸기 잎 차를 젓는다. "그리고 문제는 내가 타르키만큼 양에 관심이

77

없다는 거야. 꽤 흥미롭긴 하지만," 수지는 진지하게 덧붙인다. "그렇지만, 있잖아, 수천 마리 양떼를 보고 나면……."

"그래도 때맞춰 돌아오기는 하겠지?"

"어, 그럼. 얼마나 기대하는데! 강의도 다 듣고 별 것 별 것 다 했어!"

세상에, 몇 주만 있으면 수지가 아기를 낳는다니 실감이 나질 않는다. 나는 그 자리에 없을 테고.

"만져봐도 돼?" 나는 수지의 배에 조심스레 손을 대본다. "아무 느낌도 없는데?"

"걱정 마. 잠들었을 거야." 수지가 일러준다.

"아들인지 딸인지 알아?"

"아직 안 알아봤어." 수지는 진지하게 다가앉으며 말한다. "근데 왠지 딸 같아. 왜냐면 가게에 있는 앙증맞은 원피스들이 자꾸만 끌리거든. 일종의 열망처럼 말이야. 그런데 책에서 보니까, 아기가 어떤 걸 필요로 하는지 몸이 말해주는 거래. 그러니까 있잖아, 그게 징조일지도 몰라."

"그럼 딸을 낳으면 뭐라고 이름을 지을 거야?"

"결정할 수가 없어. 어찌나 어려운지! 있잖아, 온갖 이름이 다 나온 책을 샀는데 마음에 드는 이름이라곤 하나도 없지 뭐야……." 수지는 차를 한 모금 마신다. "너라면 뭐라고 지을래?"

"어머! 나도 모르지! 로렌은 어떨까? 랄프 로렌을 따서 말이야." 나는 잠시 생각을 한다. "아님 돌체."

"돌체 클리드 스튜어트." 수지가 되뇌어본다. "제법 맘에 드는걸. 줄여서 돌리라고 불러도 되겠다."

"아님 베라. 베라 왕을 따서."

"베라?" 수지가 나를 빤히 쳐다본다. "내 아기를 베라라고 부르진 않을 거야!"

"네 아기에 대해서 얘기하는 게 아니야!" 나는 따지듯 말한다. "내 아기에 대해서 얘기하는 거야. 베라 로렌 꼼프 데 브랜던. 마음에 찡하고 와 닿는 이름 같아."

"베라 브랜던은 꼭 〈코로네이션 스트리트〉에 나오는 인물 이름 같다야! 하지만 난 돌체가 좋아. 근데 아들이면 어쩌지?"

"하비. 아님 바니." 나는 잠시 생각을 해보고 이야기한다. "런던에서 태어나느냐 뉴욕에서 태어나느냐에 따라서."

나는 핫 초콜릿을 한 모금 마신다. 고개를 들어보니 수지가 진지한 얼굴로 나를 바라보고 있다.

"너 정말로 미국에서 애를 낳을 생각은 아니지, 그치, 벡스?"

"어…… 잘 모르겠어. 사람 일을 누가 알아? 몇 년 동안 애가 생기지 않을지도 모르고."

"우리 모두 너를 얼마나 그리워하고 있는데."

"얘, 수지 너만은 제발 그러지 말아라." 나는 살짝 소리 내어 웃는다. "오늘 엄마가 옥스샷으로 이사 오라는 말을 하시더라."

"진짜야. 지난번에 타르키도 그랬어. 네가 없으니까 런던이 예전 같지 않다구."

"진짜?" 나는 묘한 기분을 느끼며 수지를 바라본다.

"그리고 너희 엄마가 자꾸만 나한테 네가 영원히 뉴욕에 살 것 같냐고 물어보신단 말이야…… 너 안 그럴 거지, 응?"

"솔직히 나도 몰라." 나는 난감하다. "다 루크한테 달렸어…… 그이 사업하고…….'

"뭐든 루크 사정을 따를 거야? 너한테도 결정권이 있는 거야. 넌 거기서 살고 싶어?"

"몰라." 나는 뭐라 설명할 말을 찾느라 얼굴을 찌푸린다. "어떤 때는 그런 것 같기도 해. 뉴욕에 있으면 뉴욕이 세상에서 가장 중요한 곳 같거든. 일도 환상적이고 사람들도 환상적이고 모두 다 근사해. 하지만 고향에 돌아오면, 갑자기, 여기가 내가 있을 곳이라고 생각하게 돼. 여기야말로 내가 속한 곳이라고 말이야." 나는 설탕봉지를 들어서 찢는다. "하지만 지금 고향으로 돌아올 준비가 되어 있는지는 잘 모르겠어."

"베키, 영국으로 돌아와서 아기를 가져!" 수지가 나를 살살 달랜다. "그래서 함께 엄마 노릇을 하는 거야!"

"수지, 너도 참!" 나는 핫 초콜릿을 한 모금 더 마시며 눈을 굴린다. "넌 내가 아기를 가질 준비가 됐다고 생각해?" 그러고는 그녀가 뭐라고 더 말하기 전에 화장실로 간다.

하지만 다시 생각해보면…… 수지의 말도 일리가 있다. 나라고 아기를 갖지 말란 법은 없지? 다른 사람들도 다 하는데, 나라고 못할 건 없지? 내 말은 출산의 고통을 어떻게든 피할 수만 있다면 말이다. 잠이 들어서 아무것도 느낄 수 없는 사이에 아기를 낳는 수술을 받을 수 있을지도 모른다. 깨어나 보면 아기가 태어나 있는 거다!

갑자기 수지와 내가 유모차를 밀며 함께 길거리를 거니는 유쾌한 장면이 떠오른다. 그러면 정말 꽤 재미있을 거다. 요즘에는 근사한 아기용품들이 많이 나와 있으니까 말이다. 앙증맞은 모자라든가, 손바닥만한 데님 재킷이라든가…… 그리고, 그래, 구찌에서는 세련된 아기 구두는 안 만드나?

수지와 함께 카푸치노를 마실 수도 있고 상점을 돌아다닐 수도 있고…… 엄마들이란 기본적으로 다들 그러니까, 아무렴! 이제 와서 생각해보니, 그것도 완벽하게 잘할 수 있을 것 같다!

루크하고 꼭 이 얘기를 해봐야겠다.

오리엘을 나설 때가 되어서야 수지가 말한다. "근데, 벡스, 너 결혼식에 대해서는 한 마디도 안 한 거 알아?"

갑자기 가슴이 철렁해서 나는 고개를 돌린다. 외투를 입는 척하면서.

결혼식 문제에 대해서 그런 대로 잊고 있었는데.

"그래." 마침내 내가 말한다. "그게…… 저기…… 잘 돼가!"

내 문제로 수지를 귀찮게 하지 않을 거야. 절대로.

"영국에서 결혼하는 거 루크도 괜찮대?" 수지는 마음이 쓰이는 표정이다. "내 말은, 그 일로 두 사람 사이에 갈등은 없었냐구?"

"아니." 나는 잠시 머뭇거리다 말한다. "솔직히, 그렇지 않았어."

나는 수지가 나갈 수 있게 문을 잡아주고 우리는 슬로언 스퀘어로 나선다. 코르덴 반바지를 입은 초등학생들의 줄이 인도를 와글거리며 지나가는 바람에, 우리는 그들이 다 지나갈 때까지 한쪽으로 비켜 서 있다.

"넌 옳은 결정을 내린 거야." 수지가 내 팔을 잡는다. "네가 뉴욕으로 결정할까 봐 얼마나 걱정했는지 몰라. 결정적으로 무엇 때문에 영국을 택하게 됐니?"

"어…… 이것저것. 뭐 그런 거 있잖아. 근데…… 상수도 시스템을 사유화해야 한다는 새로운 제안에 대해서 읽어봤니?"

하지만 수지는 내 말을 무시한다. 하긴 수지가 국정현안에 대해서 관심이 있을 리 없지. "네가 플라자 결혼식을 그만두겠다니까 엘리노어 셔먼이 뭐래?"

"뭐라고 했냐면……음…… 좋아하진 않으셨어. 당연히. 마음이 아주 많이 상했다면서…… 저기……."

"'마음이 많이 상해?'" 수지는 눈썹을 찡긋한다. "그게 다야? 길길이 날뛸 줄 알았는데."

"정말 그랬어!" 나는 황급히 말을 바꾼다. "어찌나 길길이 날뛰던지…… 혈관이 터졌지 뭐야!"

"혈관이 터졌어?" 수지는 나를 빤히 쳐다본다. "어디 혈관?"

"어디냐면…… 턱."

침묵이 흐른다. 수지가 꼼짝 않고 길거리에 서 있다. 표정이 차츰 변한다.

"벡스……."

"가서 아기 옷 구경이나 하자!" 나는 황급히 말을 돌린다. "여기 어디에 아주 괜찮은 상점이 있을 거야……."

"벡스, 그냥 털어놔."

"털어놓을 것 없어!"

"있어! 내 눈은 못 속여. 너 뭔가 숨기고 있지?"

"아냐, 아니라니까!"

"너 정말 플라자 결혼식 취소했지, 응?"

"난……."

"벡스?" 그녀의 음성이 그 어느 때보다도 엄하다. "사실대로 말해."

아, 난 몰라! 더는 거짓말 못하겠다.

"하…… 할 거야." 나는 기어들어가는 목소리로 말한다.

"할 거라고?" 수지의 음성이 높아진다. "할 거라고?"

"수지……."

"진작 알았어야 하는 건데! 진작 눈치 챘어야 했는데! 너희 엄마가 계속해서 옥스샷 결혼식 준비를 하시기에, 또 아무도 뉴욕에 대해서 말을 안 하기에 네가 취소했을 거라고 생각했잖아. 벡스가 결국에는 고향에서 결혼식을 올리기로 했구나 하고 생각했는데……."

"수지, 제발. 걱정하지 마." 나는 재빨리 말한다. "그냥 진정 좀 해…… 숨을 깊이 들이쉬고……."

"내가 걱정 안 하게 됐니?" 수지가 소리를 버럭 지른다. "어떻게 내가 걱정을 안 하니? 벡스, 너 몇 주 전에 다 해결한다고 나한테 약속했잖아! 약속했잖아!"

"나도 알아! 그럴 거야. 다만…… 너무 어려웠어. 둘 중에 결정을 내리는 것이. 둘 다 너무도 완벽해 보여서, 서로 전혀 다른 방식으로 말야……."

"벡스, 결혼식은 핸드백이 아니야!" 수지가 회의적인 목소리로 말한다. "한꺼번에 두 개를 다 가질 수는 없는 거라고!"

"나도 알아! 안다구! 다 해결할 거라니까."

"왜 진작 말 안 했어?"

"네가 너무 평온하고 사랑스럽고 행복해 보여서!" 나는 울부짖는다. "바보 같은 내 문제로 네 태교를 망치고 싶지 않았단 말야!"

"어휴, 벡스." 수지는 말없이 바라보더니 나를 껴안는다. "그 래서…… 어쩔 건데?"

나는 심호흡을 한다. "엘리노어 셔먼한테 뉴욕 결혼식은 모두 취소라고 말할 거야. 그런 다음에 여기서 결혼할 거야."

"진짜? 너 정말 그럴 자신 있어?"

"응. 확실해. 엄마 아빠를 뵙고 나니까…… 엄마가 너무도 좋아보이셔서…… 내가 엄마 몰래 무슨 일을 꾸몄는지 전혀 모 르고 계셔서……" 나는 울음을 삼킨다. "그리고 아까 집을 나 서는데 내가 미국에서 결혼하는 게 어떨까 말을 붙여보셨다가 엄마가 너무도 낙담하시는 바람에 그만뒀다는 말씀을 아빠가 넌지시 해주셨어. 이번 결혼식은 엄마에게 삶의 전부야. 아, 난 몰라! 수지. 나 정말 바보 같아. 내가 무슨 생각을 하고 있었던 건지 나도 모르겠어. 플라자에서 결혼하고 싶지 않아. 고향 말 고 다른 곳에서는 결혼식을 올리고 싶지 않아."

"다시 마음 바꾸지 않을 거지?"

"아니. 이번엔 아냐. 정말이야, 수지. 이젠 됐어."

"루크는 어쩔래?"

"그인 상관 안 해. 줄곧 나한테 달렸다고 했는걸."

수지는 잠시 말이 없다. 그러더니 가방에서 휴대폰을 꺼내

내게 내민다. "좋아, 하려면 지금 해! 번호 눌러."

"못 해. 엘리노어 셔먼이 지금 스위스의 병원에 입원 중이거든. 편지를 쓸까 생각 중이었어."

"아니." 수지가 단호하게 고개를 가로젓는다. "당장 해. 전화를 걸 만한 사람이 있을 거야. 웨딩플래너 로빈에게 전화해서 취소한다고 해. 벡스, 더는 미룰 시간이 없어."

"좋아." 나는 마음속에서 벌어지고 있는 우려를 무시하며 말한다. "좋아, 할게. 전화…… 전화를 걸게. 번호 아니까."

나는 전화기를 들었다 다시 내려놓는다. 머릿속으로 결정을 내리는 것과 실제로 전화를 거는 것은 별개의 문제다. 내가 정말로 뉴욕 결혼식을 완전히 취소하려는 걸까?

로빈은 뭐라고 할까? 다들 뭐라고 할까? 아, 골치야! 정확히 뭐라고 말해야 할지 생각할 시간이 필요한데…….

"어서!" 수지가 말한다. "걸어!"

"알았어!" 떨리는 손으로 나는 미국의 국가번호를 누른다. 하지만 액정에는 아무것도 뜨지 않는다.

"어머……이런!" 나는 실망한 척하면서 소리친다. "신호가 잡히질 않네! 아무래도 나중에 전화해야겠다…….

"아니, 안 할걸! 신호가 잡힐 때까지 계속 걸어. 어서!" 수지는 킹스 로드를 향해서 걸어가기 시작하고 나는 불편한 마음을 안고 그녀의 뒤에서 허둥지둥 따라간다.

"다시 해봐." 수지는 첫 번째 횡단보도를 만나자 말한다.

"안 잡혀." 나는 떨리는 음성으로 대답한다. 난 몰라, 수지 표정이 무시무시하다. 뱃머리에 새겨진 괴물조각처럼. 금발머리는 바람에 나부끼고 얼굴은 단호한 결심으로 달아올랐다. 그런데 저런 에너지는 대체 어디서 나오는 걸까? 임신한 여자는 몸을 조신하게 해야 하는 줄 알았는데 말이다.

"다시 걸어!" 수지는 채 3미터도 못 가서 또 같은 소리를 한다. "다시 걸어! 네가 전화를 걸 때까지는 계속 이럴 거야!"

"신호가 안 잡혀!"

"진짜야?"

"그래!" 나는 될 대로 되라 싶은 마음으로 마구 버튼을 눌러보지만 신호가 떨어지지 않는다. "봐!"

"그래도 계속 해봐! 어서!"

"하고 있잖아!"

"아!" 수지가 갑자기 비명을 지르는 바람에 나는 기겁한다.

"걸면 되잖아! 알았어, 수지. 나 열심히 거는 중이야."

"그게 아냐! 봐!"

나는 멈춰 서서 뒤를 돌아본다. 수지는 아직 인도에 서 있다. 한 9미터쯤 뒤쪽에, 그런데 그녀의 발치에 물이 흥건하다.

"수지…… 걱정 마." 나는 거북스러워하며 말한다. "아무한 테도 말 안 할게."

"아냐, 벡스! 이건……" 그녀는 지푸라기라도 잡고 싶은 표정으로 날 쳐다본다. "양수가 터졌어."

"뭐?" 순간 겁이 더럭 난다. "어머나, 세상에! 그럼…… 너 지금!"

어찌 이런 일이?

"나도 몰라." 수지의 얼굴에 공포감이 번진다. "내 말은, 그럴 수도 있다는…… 하지만 아직 4주나 남았는데! 너무 일러! 타르키도 없는데, 아무 준비도 안 했는데…… 아, 이를 어째……."

수지가 이렇게 겁을 집어먹는 건 처음 본다. 숨 막히는 당혹감이 엄습하고 나는 울어버리고 싶은 유혹과 싸운다. 내가 지금 무슨 일을 저지른 거야? 다른 일은 다 제쳐두고라도 단짝 친구를 조산에 이르게 만들다니!

"수지, 정말 미안해." 나는 울음을 삼킨다.

"네 탓이 아니야! 바보 같은 소리 하지 마!"

"내 탓이야. 넌 행복하고 평온한 상태였는데 나를 보더니 그만! 아무래도 난 임신한 사람들 곁에 가지 말아야 할까 봐."

"나 병원에 가야 해." 수지의 얼굴이 창백하다. "우리 집안 여자들은 애를 빨리 낳는단 말이야. 엄마는 나를 30분만에 낳으셨어."

"30분?" 나는 전화기를 거의 떨어뜨릴 뻔한다. "그럼 어서

가자! 어서!"

"그치만 가방도 아무것도 없어. 애를 낳으려면 필요한 물건들이 아주 많은데……." 수지는 걱정스러운 듯 입술을 깨문다. "우선 집에 갔다 오면 안 될까?"

"그럴 시간이 어딨니!" 나는 겁에 질려서 말한다. "뭐가 필요한데?"

"배냇저고리……기저귀…… 그런 것들……."

"그럼 어디서……" 나는 이리저리 주위를 둘러본다. 그러다가 피터 존스의 간판을 발견하고 안도한다.

"좋아," 나는 그녀의 팔을 잡아끈다. "가자."

피터 존스에 들어간 나는 점원을 찾는다. 그리고 다행히도 빨강 립스틱을 바르고 줄을 늘어뜨린 금테 안경을 쓴 중년의 부인이 다가온다.

"제 친구한테 구급차가 필요해요." 나는 헐떡거리며 말한다.

"택시도 괜찮아요." 수지가 끼어든다. "양수가 터졌어요. 그래서 병원에 가야 돼요."

"저런! 이리 와서 앉아요, 애기 엄마. 내가 택시를 불러줄 테니……."

우리는 수지를 계산대 근처의 의자에 앉히고 어린 점원이 물을 한 잔 갖다 준다.

"좋아, 뭐가 필요한지 말해봐." 내가 말한다.

"정확히 기억이 안나." 수지의 표정에 걱정이 어려 있다. "목록을 받았는데…… 유아용품 코너에서 알고 있을지도 몰라."

"나 없어도 괜찮겠어?"

"괜찮을 거야."

"진짜?" 나는 초조한 마음으로 그녀의 배를 힐끔 본다.

"벡스, 어서 갔다 와!"

솔직히, 어째서 유아용품 코너는 왜 그렇게 매장 입구에서 멀리 배치를 해놓는 것일까? 아무도 관심 없는 쓸데없는 의류, 화장품, 가방 코너는 뭐 하러 몇 층씩 있냐는 거다. 에스컬레이터를 여섯 번이나 갈아탄 뒤에야 마침내 나는 유아용품 코너를 찾는다. 나는 잠시 숨을 고른다.

매장을 둘러본 나는 생전 들어본 적도 없는 온갖 이름들에 그만 넋을 잃는다. 속싸개? 배앓이 방지용 젖꼭지?

아, 골치야! 그냥 다 사버리자. 나는 가장 가까운 진열대로 가서는 닥치는 대로 물건을 챙기기 시작한다. 배냇저고리, 갓난아기용 양말, 모자…… 곰돌이 인형, 아기침대용 담요…… 또 뭘 사지? 아기 바구니…… 기저귀…… 아기가 따분해할 때를 대비해서 손가락 인형…… 진짜 귀여운 크리스찬 디오르 재킷……우, 이 디자인으로 어른들 사이즈도 나왔으면 좋으련만…….

이 물건들을 모두 계산대로 가져간 나는 당당하게 비자카드를 꺼낸다.

"친구 줄 거예요." 나는 숨도 쉬지 않고 설명한다. "지금 진통이 왔거든요. 이거면 되나요?"

"유감이지만 저도 잘 모르겠네요." 점원은 아기 목욕물 온도계의 가격표를 입력하며 말한다.

"여기 목록이 있어요." 근처에 있던 임부복을 입고 브리켄스톡스 구두를 신은 여자가 말한다. "국가출산위원회에서 출산 시 준비하라고 권하는 것들이에요."

"어머 고맙습니다!"

그녀는 종이 한 장을 건네준다. 이 끝도 없는 목록을 훑는 동안 갈수록 기가 질린다. 이만하면 됐다 싶었는데 웬걸? 이 목록에 나온 것의 반도 사지 못했다. 한 가지라도 빠트렸는데 하필 그것이 꼭 필요한 것이라면 큰일 날지도 모른다. 그러면 난 영원히 내 자신을 용서하지 못할 것이다.

헐렁한 티셔츠…… 향초…… 화분용 스프레이…….

이거 정말 제대로 된 목록 맞아?

"화분용 스프레이요?" 나는 영문을 몰라 묻는다.

"산통을 겪는 산모의 얼굴에 물을 뿌려줘야 하니까요." 임부복을 입은 여자가 설명한다. "병실은 아주 덥거든요."

"그걸 사시려면 가정용품 코너에 가셔야 하는데요." 점원이 끼어든다.

"아, 알았습니다. 고마워요."

테이프 레코더······ 마음의 위안이 되는 테이프······ 바람을 넣을 수 있는 공······.

"바람을 넣을 수 있는 공? 공을 갖고 놀기에는 아기가 아직 어리지 않아요?"

"산모들이 기대앉는 데 쓰는 거예요."여자가 친절하게 설명해준다. "산통을 완화시키기 위해서. 아니면 큼직한 콩 주머니를 쓸 수도 있어요."

산통? 아, 난 몰라! 수지가 그런 고통을 겪을 걸 생각하니 마음이 산란하다.

"가서 공하고 콩 주머니를 가져와야겠네요." 나는 황급히 말한다. "그리고 아스피린도, 강력한 걸로."

마침내 나는 다시 맨 아래 층으로 낑낑거리며 내려간다. 얼굴은 시뻘겋고 숨은 헐떡인다. 모두 제대로 갖췄기를 바라는 마음뿐이다. 이 엉터리 상점을 모두 뒤졌지만 바람을 넣을 수 있는 공을 찾지 못했다. 대신에 바람을 넣을 수 있는 고무보트를 집어서 바람을 넣은 후 갖고 왔다. 겨드랑이에 그걸 끼고 텔레토비 콩 주머니와 아기 바구니는 다른 쪽 겨드랑이에 꼈다. 그래도 내 양쪽 손목에는 여섯 개쯤 되는 그득그득한 쇼핑백들이 걸려 있다.

나는 시계를 힐끔 본다. 이를 어째! 벌써 25분이나 흘렀다. 수지가 벌써 갓난아기를 안고 의자에 앉아 있는 것은 아닐까 싶다. 몸을 웅크리고 수지가 의자에 앉아 있다.

"벡스. 왔구나! 자궁수축이 시작된 것 같아."

"너무 오래 걸려서 미안해." 나는 더럭 겁이 난다. "너한테 필요할지도 모르는 것들을 다 챙기려다 그만." 스크래블 상자가 쇼핑백에서 비어져 나와 바닥에 뒹굴고, 나는 허리를 굽혀 그걸 집어 든다. "무통분만을 하게 되면 심심할 테니까 낱말 맞추기나 하라고." 나는 설명한다.

"택시 왔어요." 금테 안경을 쓴 부인이 끼어든다. "좀 들어드릴까요?"

부릉거리는 택시로 다가가는데 수지가 어이없다는 표정으로 내 짐들을 쳐다본다.

"벡스…… 고무보트는 왜 샀어?"

"너 누우라고. 아님 딴 데라도 쓰겠지 뭐."

"그럼 물뿌리개는?"

"화분용 스프레이를 찾을 수가 없었어." 나는 숨쉴 틈도 없이 쇼핑백들을 택시에 밀어 넣는다.

"그게 왜 필요한데?"

"그건 내 아이디어가 아니었어, 알아?" 나는 변명한다. "어서 타기나 해, 가자!"

그럭저럭 우리는 모든 것을 택시에 쑤셔 넣는다. 문을 닫는데 고무보트의 노가 떨어졌지만 그걸 집는 노고를 할 생각은 없다. 수지가 수중분만을 할 것 같지는 않으니까 말이다.

"타르키네 비즈니스 매니저가 연락을 취하고 있어." 수지는 차가 킹스 로드를 따라서 달리는 사이 말한다. "하지만 곧장 비행기를 탄다고 해도, 늦을 거야."

"그렇지 않을 거야!" 나는 수지를 격려한다. "그건 모르는 일이야!"

"늦을 거야." 당혹스럽게도 수지의 목소리가 떨리기 시작한다. "첫 아기 출산을 놓치다니. 그렇게 오래 기다렸는데. 강의도 다 듣고 그렇게 열심히 했는데. 호흡법도 아주 잘했단 말야. 어찌나 잘했는지 강사가 다들 보는 앞에서 우리더러 시범을 보이라고 했는데."

"얘, 수지." 그만 울음이 나올 것 같다. "몇 시간이 걸릴지도 몰라, 그러면 타르키도 곁에 있어줄 수 있을 거야."

"너, 내 곁에 있어 줄 거지?" 수지가 갑자기 정색을 하며 돌아앉는다. "나만 두고 가지 않을 거지?"

"당연하지!" 가슴이 찡하다. "끝까지 같이 있어줄게, 수지." 나는 그녀의 양손을 꼭 잡는다. "너랑 함께할 거야."

"너 출산에 대해서 아는 거 있어?"

"어…… 그럼." 나는 거짓말을 한다. "엄청 알아!"

"예를 들어?"

"예를 들어……음…… 뜨거운 물수건이 필요하다는 거……
그리고……"

문득 쇼핑백 중 한 개에서 비어져 나온 아기 분유팩이 눈에
띈다. "……아기들이 태어나면 비타민 K를 섭취해야 돼."

수지가 감동한 듯 나를 쳐다본다. "와. 너 그거 어떻게 알았
어?"

"내가 원래 아는 게 많잖아." 나는 발로 아기 분유팩을 감춘
다. "그러니까 걱정 마, 괜찮을 거야!"

좋다, 나도 할 수 있다. 나도 수지를 도울 수 있다. 차분하게
냉정을 잃지 말고 괜히 겁먹지 않으면 된다.

수백만 명의 사람들이 매일 아기를 낳는데 뭘, 아무렴! 말로
들을 때는 진짜 무서울 것만 같지만 막상 겪어보면 꽤 쉬운 일
중에 하나일지도 모른다. 운전면허 시험처럼 말이다.

"아, 난 몰라!" 수지의 얼굴이 갑자기 일그러진다. "또 진통
이 온다."

"좋아! 기다려!" 나는 허둥지둥 비닐봉지 중에 한 개를 뒤진
다. "여기 있다!" 내가 세련된 투명비닐 상자를 내밀자 수지가
무슨 일인가 하여 눈을 뜬다.

"벡스, 왜 나한테 향수를 주는 건데?"

"자스민 오일이 통증을 완화시켜 준대." 나는 숨쉴 겨를도 없이 말한다. "하지만 찾을 수가 없어서 대신에 랄프 로렌의 로맨스 향수를 샀어. 자스민 향도 조금 나잖아." 나는 포장을 북북 뜯어서 기대감을 갖고 그녀에게 뿌려준다. "도움이 돼?"

"아니 별로. 하지만 향기는 좋다."

"그렇지, 그렇지?" 나는 기분이 좋아서 말한다. "그리고 30파운드가 넘는 물건을 샀더니 굳은살 제거용 크림이 든 공짜 화장품 백하고……"

"세인트 크리스토퍼 병원입니다." 택시 기사가 갑자기 말하며 큼직한 붉은 벽돌 건물 앞에 차를 세운다. 우리는 놀라서 몸이 뻣뻣하게 굳어 서로 얼굴만 쳐다본다.

"좋아, 차분하게, 수지. 겁먹을 것 없어. 그냥…… 잠깐 기다려.

나는 택시 문을 열고 산부인과라고 표시가 된 입구를 통해서 달려 들어간다. 파란색 천을 씌운 의자들이 있는 대기실이 나타난다. 가운을 입은 두 명의 여자가 잡지책을 읽다가 고개를 들지만 그 사람들 빼고는 인기척이라고는 없다. 미치겠군, 다 어디로 간 거야?

"친구가 아기를 낳으려고 해요!" 나는 고함을 친다. "빨리, 누구 없어요? 들것을 가져와요! 산파도 부르고!"

"괜찮아요?" 흰 유니폼을 입은 여자가 불쑥 어디선가 나타나서 묻는다. "내가 산파예요. 무슨 일이에요?"

"친구가 산통이 왔어요! 당장 도움이 필요해요!"

"어디 있어요?"

"여기 있어요." 수지가 한쪽 겨드랑이에 쇼핑백을 세 개나 끼고 문을 통해 낑낑거리고 들어오며 말한다.

"수지!" 나는 질색을 한다. "움직이지 마. 넌 누워 있어야 돼! 이 친구, 약 좀 주세요." 나는 산파에게 이야기한다. "진통제가 필요해요. 전신 마취하고 웃음가스 같은 거하고…… 기본적으로 해줄 수 있는 건 뭐든……"

"나 괜찮아. 진짜야."

"좋아요." 산파가 말한다. "우선 병실에서 안정을 취하도록 하죠. 그런 다음에 검사를 하고 몇 가지 세부적인 것들을……"

"나머진 내가 가져올게." 나는 문으로 향하며 말한다. "수지, 걱정 마, 곧 돌아올 거야. 산파를 따라가. 내가 금방 찾아갈 거니까……"

"잠깐," 수지가 갑자기 나를 향해 돌아서며 다급하게 말한다. "벡스, 기다려!"

"왜?"

"너 전화 안 걸었지? 뉴욕 결혼식 취소 안 했지?"

"나중에 걸게. 어서 가. 산파를 따라가야 돼!"

"지금 걸어."

"지금?" 나는 그녀를 물끄러미 바라본다.

"지금 전화 걸지 않으면, 영원히 하지 않게 될 거야! 난 다 알아, 벡스!"

"수지, 어리석은 소리 마! 언제 아기가 나올지 모르는 판에! 뭐가 급하고 뭐가 중요한지 모르겠어?"

"네가 전화 걸면 아기를 낳을 거야!" 수지가 고집을 피운다. "윽!" 갑자기 수지가 몸을 비튼다. "또 시작이야."

"좋아요." 산파가 차분하게 말한다. "자, 숨을 쉬어요…… 긴장을 풀고……"

"긴장을 풀 수가 없어요! 재가 결혼식을 취소할 때까지는! 그렇지 않으면 또 미루고 말테니까! 난 재를 잘 알아요!"

"미루지 않을게!"

"미룰 게 뻔해! 벌써 몇 달을 미뤄왔잖아!"

"남자한테 문제가 있나 보죠?" 산파도 거들고 나선다. "친구 말을 들어요. 산모가 뭘 좀 알고 하는 소리 같은데."

"진정한 친구라면 언제든 아닌 건 아니라고 말해줄 수 있어야 돼요." 분홍색 가운을 입은 여자가 거들고 나선다.

"그 사람이 '아닌 게' 아니라구요!" 나는 반박한다. "수지, 부탁이야! 진정해! 간호사를 따라가! 가서 약이라도 좀 먹어!"

"전화부터 해. 그럼 갈게." 수지는 얼굴이 일그러진 채로 날

재촉하며 고개를 든다. "어서, 전화 걸어!"

"아기가 안전하게 태어나기를 바란다면," 산파가 내게 말한다. "전화를 걸어요."

"전화해요, 아가씨!" 분홍색 가운의 여자도 참견을 한다.

"알았어요, 알았다구요!" 나는 휴대전화를 찾아서 번호를 누른다. "전화 걸고 있잖아. 이제 가, 수지!"

"네가 그 말을 하는 걸 듣기 전까진 못 가!"

"진통 중에 내내 호흡을 해요……."

"여보세요!" 로빈의 목소리가 쨍쨍하게 울린다. "결혼식 종소린가요?"

"아무도 없어." 나는 고개를 들고 말한다.

"그럼 메시지를 남겨." 수지가 앙다문 이 사이로 말한다.

"다시 한 번 숨을 깊이 들이쉬고, 이제……."

"귀하의 전화는 제게 매우 소중하며……."

"어서, 벡스!"

"좋아! 할게." 나는 삐 소리가 들리자 숨을 깊이 들이쉰다. "로빈, 나 베키 블룸우드예요…… 나, 결혼식을 취소하려고요. 다시 말하지만 결혼식을 취소하려고 해요. 이 일로 여러 가지 불편을 끼쳐드려서 정말 미안해요. 얼마나 이번 일에 애를 많이 쓰셨는지 알고 있어요. 그리고 엘리노어 셔먼 부인이 얼마나 화를 내실지도……" 나는 마른침을 삼킨다. "하지만 최종

결정을 내렸어요. 영국에서 결혼하기로. 이 문제로 저와 통화하고 싶으시면 우리 집 전화에 메모를 남기세요. 나중에 연락드릴게요. 그렇지 않으면 그렇게 결정된 줄 알게요. 그리고…… 고마워요. 그동안 즐거웠어요."

나는 전화를 끊고 내 손안에 잠잠하게 놓여 있는 전화기를 들여다본다. 해냈다!

"잘했어, 벡스." 수지는 얼굴이 벌겋게 되어서는 내 손을 꼭 잡더니 살짝 웃는다. "넌 옳은 일을 한 거야." 수지는 산파를 본다. "좋아요, 가요."

"그럼 난 가서…… 나머지 물건들을 가져올게." 나는 이렇게 말하고 천천히 병원 밖으로 통하는 문으로 향한다.

신선한 공기 속으로 발을 내디딘 순간 나도 모르게 진저리를 친다. 끝났다! 플라자 결혼식은 이제 없다. 요술에 걸린 숲도 없다. 마법 같은 케이크도 없다. 환상은 이제 끝이다.

그 모든 것이 사라졌다는 게 믿기지 않는다.

하지만…… 정말 솔직히 말하자면 그건 환상이었을 뿐이었다, 아무렴. 사실 어쩐지 현실감이 별로 없었다.

이게 바로 현실이다, 바로 이곳.

잠시 나는 조용히 서서 생각의 흐름에 마음을 맡기고 서 있다. 그러다가 구급차의 사이렌 소리에 정신을 차린다. 서둘러 택시에 실린 짐을 내리고 택시비를 내고 산더미 같은 물건들을 보며 이걸 대체 무슨 재주로 안으로 옮길 것인지 고민해본다. 근데 접을 수 있는 유아용 안전 울타리를 지금 굳이 살 필요가 있었나?

"베키 블룸우드 씨인가요?" 하는 목소리가 들려 돌아보니 아까 그 젊은 산파가 문간에 서 있다.

"예!" 괜히 가슴이 철렁한다. "수지는 괜찮나요?"

"괜찮습니다. 하지만 자궁수축이 더 빨리 진행되고 있어요, 아직 마취과 의사는 도착하지 않았고…… 그런데 산모가 필요한 게 있다고 해서……" 그녀는 어리둥절한 표정으로 나를 본다. "근데 그거, 고무보트 아니에요?"

아, 난 몰라! 몰라, 몰라!

난 도무지…… 밤 아홉시인데 벌써 나는 완전히 녹초가 되었다. 내 평생에 저런 일은 처음 본다. 난 정말 몰랐었다. 출산이 이렇게…… 그러니까 수지가 저렇게…….

모두 합쳐 여섯 시간이 걸렸다. 그래도 빠른 편이란다. 내가할 수 있는 말이라고는 난 저렇게 오랜 시간 생고생을 해가며 애를 낳고 싶지 않다는 거다.

믿을 수가 없다. 수지가 아들을 낳았다! 분홍빛의 자그맣고 쭈글쭈글한 사내아이. 한 시간 됐다.

몸무게를 재고, 키와 머리둘레와 뭐 그런 걸 재고, 아주 예쁜

101

흰색과 파란색의 배냇저고리를 입고 흰 싸개에 싸여 수지의 품에 누워 있다. 귀 뒤에서 넘어온 검은 머리카락이 얼굴을 덮었다. 수지와 타르퀸이 만든 아기. 울음이 나올 것만 같다…… 너무 감격적이어서! 참 묘한 기분이다.

나와 시선이 마주치자 수지는 황홀한 미소를 짓는다. 수지는 아기가 태어난 뒤로 계속해서 저렇게 미소를 짓고 있다. 나는 병원에서 수지에게 웃음가스를 너무 많이 마시게 한 것은 아닌지 은근히 걱정이 된다.

"정말 귀엽지?"

"정말 귀여워." 나는 아기의 앙증맞은 손톱을 건드린다. 저것이 수지의 몸속에서 여태껏 자라 왔구나 하는 생각이 든다.

"차 한 잔 하시겠어요?" 간호사가 따듯하고 환한 병실로 들어오며 묻는다. "많이 지치셨을 거예요."

"고마워요." 내 걱정을 해주는 그녀가 고마워서 손을 내민다.

"산모 말이에요." 간호사는 이상하다는 듯 날 쳐다보며 말한다.

"어머," 나는 무안해서 말한다. "그럼요, 당연히. 미안해요."

"괜찮아요. 벡스한테 주세요. 마실 자격이 있어요." 수지는 민망한 듯 미소를 짓는다. "미안해, 화내서."

"괜찮아." 나는 입술을 깨문다. "진짜 아프냐고 자꾸 물어봐서 미안해."

"아냐, 수고했어. 진심이야, 벡스. 네가 없었더라면 힘들었을 거야."

"꽃이 도착했습니다." 산파가 들어오며 말한다. "남편께서 메시지를 보내셨어요. 기상악화로 섬에 갇혀 계시지만 날씨만 좋아지면 곧 오실 거라고 하네요."

"고마워요." 수지는 가까스로 미소를 지어 보인다. "괜찮아요."

하지만 산파가 나가자 수지의 입술이 떨리기 시작한다.

"벡스, 타르키가 돌아오지 못하면 어떻게 하지? 엄마는 울란바토르에 계시고, 아빠는 아기를 어떻게 다루는지도 모르시고…… 나 혼자서 어떻게……."

"아냐, 무슨 소리야!" 나는 재빨리 수지를 안아준다. "내가 돌봐줄게."

"하지만 넌 미국으로 돌아가야 하잖아!"

"내 마음이야. 비행기 예약을 바꾸고 휴가를 더 받으면 돼." 나는 수지를 꼭 끌어안는다. "네가 나를 필요로 하는 한, 여기 네 곁에 있어줄 거야. 수지, 지금은 그게 제일 중요해."

"결혼식은 어쩌고?"

"더는 결혼식 걱정할 필요가 없잖아. 수지, 난 네 곁에 있을 거야. 지금은 그게 중요해."

"진짜?" 수지의 턱이 떨린다. "고마워, 벡스." 수지는 조심스레 팔을 바꿔 아기를 안는다. 아기가 살짝 코를 찡그린다. "너 근데…… 갓난아기 키우는 방법 좀 알아?"

"그런 거 알아서 뭐하니!" 나는 당당하게 말한다. "먹이고 예쁜 옷으로 갈아 입히고 유모차에 태워서 쇼핑이나 다니면 되는 거지."

"글쎄…… 정말 그럴까?"

"그건 그렇고, 우리 아르마니 봐라!" 나는 흰 싸개 속으로 손을 넣어서 아기의 볼을 살짝 건드려본다.

"우리 아기를 아르마니라고 부르지 않을 거야! 그런 식으로 부르지 마!"

"뭐, 이름이 뭐가 됐든. 천사 같지 않니? 아마 사람들이 '순둥이'라고 하는 아기가 될 거야."

"참 착하지, 그치?" 수지가 뿌듯한 얼굴로 말한다. "아직 한 번도 울지 않았다구!"

"수지, 걱정 붙들어 매." 나는 차를 한 모금 마시고는 그녀를 향해 웃는다. "일단 울었다 하면 우레 같을 테니까."

파이너먼 웝스타인 변호사 사무실

파이너먼 하우스

애비뉴 오브 더 아메리카즈 1398번지 뉴욕, NY 10105

레베카 블룸우드 씨

아파트 B W 11번 스트리트 251번지 뉴욕 NY 10014

2002년 5월 6일

블룸우드 씨께

4월 30일자 전화 메시지 잘 받았습니다. 부탁하신 대로 두 번째 조항에 (f) 항목을 추가하여 '나의 훌륭한 대자 언스트에게 1천 파운드를 남긴다.' 라는 내용을 추가하였음을 알려드리는 바입니다.

아울러 한 달 전에 처음 유언장을 만드신 이래 이번이 일곱 번째 수정이라는 점을 상기시켜드리는 바입니다.

제인 카도조

결혼식을 취소할 수가 없다고?

 집 앞의 계단을 오르다가 나는 그만 휘청한다. 살짝 비틀거리며 열쇠를 뒤진다. 그리고 세 번의 시도 끝에 겨우 열쇠 구멍에 열쇠를 끼운다.

다시 집에 왔다. 다시 평화를 찾았다!

"베키? 자기야?" 대니의 목소리가 계단을 내려오는 그의 발걸음 소리와 함께 들려온다.

초점이 잘 맞지 않은 눈길로 나는 멍하니 그를 올려다본다. 꼭 마라톤 완주를 한 느낌이다. 아니 마라톤 코스를 여섯 번 완주했다고 하는 편이 더 맞다. 지난 2주 동안 밤낮이 모두 뒤죽박죽이 되어 한숨도 편히 잘 수가 없었다. 나하고 수지하고 그리고 언스트 그 녀석, 이렇게 셋. 그리고 울음.

그렇다고 오해는 말기 바란다. 난 어니가 정말 귀엽다. 내 말은 내가 그 녀석 대모도 되고 녀석을 위해서라면 뭐든 해줄 거란 소리다. 하지만…… 질렸다. 녀석의 그 꽥꽥거리는 울음이란. 난 아기가 그런 소리를 낼 줄은 정말 꿈에도 몰랐다. 난 애기 보는 일이 재미있을 줄 알았다.

한 시간마다 수지가 아기 젖을 물려야 되는 줄도 몰랐었다. 아기가 잠투정을 부린다는 것도 몰랐었다. 게다가 그 녀석이 자기 요람을 그토록 싫어할 줄도 몰랐다. 세상에, 콘랜숍에서 산 그 비싼 물건을 싫어하다니! 근사한 너도밤나무 틀에 고급 흰 면 담요를 깔았는데! 누가 봐도 아기가 좋아할 거라고 생각할 담요인데! 그런데 거기에 눕히기만 하면 녀석은 발버둥을 치면서 "으아앙!" 하고 울어버린다.

그래서 데리고 쇼핑을 가보기도 했다. 처음 시작은 그런대로 괜찮았다. 사람들이 유모차를 보고 미소를 지었고 나를 보고도 미소를 지었다. 나는 우쭐하는 기분까지 느끼기 시작했다. 하지만 캐런 밀란에 들어가서 가죽 바지를 반쯤 살폈을 때쯤, 녀석이 귀청이 찢어져라 울기 시작했다. 귀엽고 앙증맞은 '응애' 소리가 아니라. 처량하게 훌쩍거리는 게 아니라 말이다. 목청껏 '이 여자가 나를 유괴했어요, 경찰을 불러주세요!' 수준의 비명을 지르는 것이 아닌가!

젖병이나 기저귀나 뭐 그런 것도 없었으므로 풀햄 로드를 따라 내리달려야 했고, 집에 도착했을 무렵 내 얼굴은 새빨갛게 달아오르고 숨은 턱에 차 있었으며 수지는 울었고 언스트 녀석은 내가 무슨 대량 학살범이라도 되는 것처럼 나를 바라보고 있었다. 설상가상으로 젖을 먹이고 난 뒤에도 녀석은 저녁 내내 꽥꽥 귀청이 떨어져라 울어댔고……

"기가 막혀!" 대니가 아래층으로 내려오더니 묻는다. "무슨 일이야?"

나는 거울을 힐끗 보고 그만 충격을 받고 만다. 피곤이 누적되어 얼굴은 핏기가 하나도 없고 머리는 푸석푸석하고 두 눈은 흐리멍덩하다. 드디어 집으로 돌아오는 비행기를 탄 뒤에도 상황은 그다지 좋지 못했다. 하필이면 6개월 된 쌍둥이를 데리고 탄 여자의 옆자리를 줄 게 뭐람!

"내 친구 수지가 아기를 낳았어." 나는 몽롱한 상태에서 말한다. "근데 걔 남편이 섬에 갇히는 바람에 갓난아기를 돌보느라고……"

"루크는 자기가 휴가 갔다고 하던데." 대니는 질린 얼굴로 나를 바라본다. "푹 쉬고 있다고 했는데!"

"루크는…… 하나도 몰라."

루크가 전화할 때면, 기저귀를 갈거나 우는 어니를 달래거나, 우는 수지를 달래거나 그것도 아니면 완전히 진이 빠져서 졸고 있었으니까. 우리는 딱 한 번 앞뒤가 맞지 않는 대화를 했을 뿐인데다가 내가 횡설수설하니까 루크가 나더러 가서 누워 쉬라고 말했었다.

그때를 제외하고는 아무하고도 말을 못해봤다. 엄마가 로빈이 긴급하게 전화를 해달라는 메시지를 남겼다는 걸 일러주러 전화하시긴 했었다. 그래서 5분 정도 여유가 생길 때마다 정말 전화하려고 했는데…… 도무지 용기가 나질 않았다. 일이 어떻게 되었는지 알 수가 없다. 어떤 언쟁이 있었고 그 결과로 얼마나 큰 피해가 났는지. 엘리노어 셔먼이 엄청 화가 나 있으리라는 건 안다. 나를 보면 가만히 두지 않겠다고 단단히 벼르고 있으리란 것도 안다.

하지만…… 난 상관 없다. 지금 내게 상관 있는 것은 자러 가는 것뿐.

"텔레비전 홈쇼핑에서 상자가 많이 왔어." 대니가 호기심 어린 표정으로 나를 본다. "자기 마리 오즈먼드 인형 주문했니?"

"몰라." 나는 멍하니 대꾸한다. "그런 것 같기도 하고. 거기서 꽤 여러 가지 것들을 주문했거든."

새벽 3시에, 수지가 좀 눈을 붙일 수 있도록 언스트를 안고 흔들어주면서 게슴츠레한 눈으로 텔레비전 화면을 바라보고 있었던 게 희미하게 떠오른다.

"오늘 새벽 3시에 영국 텔레비전이 얼마나 끔찍했는지 알아?" 나는 메마른 볼을 비비며 말한다. "게다가 영화는 도무지 볼 수가 없었어. 좀 재미있는 장면이다 싶으면 아기가 악을 쓰고 우니까 벌떡 일어나서 아기를 안고 왔다갔다 서성대다가, '맥도널드 씨 농장네, 이야 이야 오……' 하는 노래를 불러주고, 그래도 울음을 멈추지 않으면 말야, '오, 아름다운 아침……' 하는 노래를 불러주다가 그것도 안 먹히면……"

"그랬구나." 대니는 뒤로 물러선다. "자기 말…… 다 믿어줄게. 베키, 낮잠 좀 자는 게 좋겠다."

"응. 나도 그렇게 생각해. 나중에 만나."

나는 비틀거리며 안으로 들어가 우편물들을 모두 소파에 밀어놓고 침실로 간다. 안타를 갈망하는 야구광처럼 오직 한 가지 생각으로. 자고 싶다. 난 잠이 필요하다…….

침대에 누우려다 보니 자동응답기에 메시지가 있다는 신호가 깜박거린다. 나는 자동적으로 손을 뻗어 단추를 누른다.

"안녕, 베키! 로빈이에요. 21일 목요일 오후 2시 30분에 새로 바꾼 테이블센터 피스 디자인에 대해서 쉘든 로이드하고 회의가 있다는 거 알려주려구요. 그럼 안녕!"

"거 참 이상하다." 하는 생각을 하면서 베게에 머리를 누인 나는 꿈 한 번 꾸지 않고 깊은 잠에 빠져든다.

여덟 시간 뒤에 잠이 깬 나는 벌떡 일어나 앉는다.
그게 무슨 소리야?

나는 자동응답기에 손을 뻗어 재생 단추를 누른다. 로빈의 목소리가 정확하게 똑같은 말을 반복하고, 액정에는 그게 어제 남겨진 메시지라는 것이 표시되어 있다.

하지만…… 이건 말이 되지 않는다. 뉴욕 결혼식은 취소했는데.

나는 어두컴컴한 아파트를 어리둥절해서 둘러본다. 내 몸의 시간 감각이 완전히 엉망이 되어서 대체 몇 시인지 알 수가 없다. 어슬렁어슬렁 주방으로 가서 물을 한 잔 따른 뒤 창밖으로 건너편 빌딩의 벽에 그려진 무희들의 그림을 멍하니 바라본다.

난 분명히 결혼식을 취소했다. 목격자도 있다. 그런데 왜 로빈이 아직도 테이블 장식에 신경 쓰고 있는 거지? 난 그렇게 애매모호하게 말하지 않았는데. 무슨 일이 있었던 것일까?

나는 물을 마시고 한 잔 더 따라서 거실로 들어간다. 오후 5시…… 비디오의 시계가 그렇게 가리키고 있다. 그럼 로빈에게 전화 걸 시간이 아직 있다. 무슨 일인지 알아봐야겠다.

"여보세요! 웨딩 이벤트 사입니다." 낯선 여자의 음성이다. "무엇을 도와드릴까요?"

"안녕하세요? 실례지만 저는 베키 블룸우드거든요. 저기…… 제 결혼식 준비를 맡겼었는데?"

"어머, 베키! 전 커스텐이에요. 로빈의 비서죠. 베키의 잠자는 숲속의 미녀 컨셉을 보고 제가 무릎을 딱 쳤답니다! 친구들

111

한테 이야기해줬더니 다들 '나도 잠자는 숲속의 미녀를 좋아하는데! 나도 결혼할 때 그렇게 할 거야!'라고 하더라구요."

"어, 저기…… 고맙습니다. 그런데, 커스텐, 좀 이상하게 들리겠지만……"

뭐라고 말을 해야 하지? 내 결혼식이 아직도 유효한 거냐고 물어볼 수는 없잖아?

"제 결혼식이…… 아직도 유효한가요?"

"그렇죠!" 커스텐이 웃으며 대답한다. "루크하고 싸우지만 않았다면요!" 그녀의 어조가 갑자기 바뀐다. "정말 두 분이 싸우셨어요? 만약 그렇다면 저희들도 대비를 해야 되니까."

"아니에요! 싸우지 않았어요! 그냥…… 제 메시지 못 들었어요?"

"어떤 메시지 말씀이십니까?" 커스텐이 명랑하게 묻는다.

"2주 전에 제가 남긴 메시지요!"

"어머, 어쩌죠? 홍수가 나는 바람에……."

"홍수요?" 나는 영문을 몰라 전화기를 들여다본다. "물난리가 났어요?"

"그 소식을 알리려고 영국에 전화를 했던 것으로 아는데! 괜찮아요. 빠져 죽은 사람은 없으니까. 사무실을 며칠 동안 비워야 했어요. 그 일로 전화기가 몇 대 망가졌고…… 게다가 속상하게도 고객 소유인 골동품 반지 쿠션 한 개가 못쓰게 되어버리는 바람에……."

"그럼 제 메시지를 못 받았단 말이에요?"

"오르되브르에 대한 메시지 말인가요?" 커스텐이 생각을 하며 묻는다.

나는 마른침을 몇 차례 삼킨다. 머리가 텅 비어버린 느낌이다.

"베키, 지금 로빈 사장님이 들어오시네요. 직접 이야기를 나누고 싶으시면……."

일없다. 더는 전화를 믿을 수가 없다.

"말씀 좀 전해주세요." 나는 냉정함을 잃지 않으려고 애쓴다. "곧 사무실로 간다고. 기다려달라고. 가능한 한 빨리 도착하도록 할게요."

"긴급한 일인가요?"

"예, 아주 긴급해요."

로빈의 사무실은 96번 스트리트의 호화로운 건물에 있다. 노크를 하는데 까르르 까르르 그녀의 웃음소리가 들린다. 조심스레 문을 여니 그녀가 한 손에 샴페인 잔을 들고 다른 손에는 전화기를 들고 책상 앞에 앉아 있다. 책상에는 뚜껑이 열린 초콜릿 상자가 놓여 있다. 구석에는 털실방울을 머리에 단 아가씨가 컴퓨터 자판을 두드리고 있다. 커스텐임에 틀림없다.

"베키!" 로빈이 말한다. "들어오세요! 금방 끝나요! 제니퍼,

드보레 새틴 천으로 하는 게 좋겠어요. 알았죠? 좋아요. 또 봅시다." 그녀는 전화를 내려놓고서 나를 보며 환하게 웃는다. "베키, 어서 와요. 어떻게 지냈어요? 영국은 어때요?"

"잘 지냈어요. 로빈."

"방금 칼튼에서 허먼 윙클러 부인이 고맙다고 점심을 사주셔서 즐겁게 먹고 왔지 뭐예요. 정말 멋진 결혼식이었어요. 제단 앞에서 신랑이 신부에게 슈나우저 종 강아지를 건넸지 뭐예요! 어찌나 사랑스럽든지……." 그녀의 미간에 주름이 잡힌다. "내가 어디까지 얘기했더라? 아, 맞다! 그래서 말이에요, 그 부인 따님하고 사위하고 영국으로 신혼여행을 떠났답니다, 그래서 아마도 베키 블룸우드 씨하고 마주치게 될지도 모르겠다고 말했죠!"

"로빈, 할 말이 있어요."

"당연히 그렇겠죠. 혹시 디저트 접시에 대해서라면 벌써 플라자에 얘기를 해두었……."

"접시 얘기가 아니에요!" 나는 소리를 지른다. "로빈, 내 말 들어요! 영국에 있을 때 난 결혼식을 취소했어요. 메시지를 남겼다구요! 그런데 당신이 그 메시지를 못 받았어요!"

이 호사스런 사무실에 침묵이 감돈다. 그러더니 돌연 로빈의 얼굴에 웃음이 번진다.

"하하하! 베키, 하여튼 베키는 유별나! 그렇지 커스텐?"

"로빈, 진담이에요. 전부 다 없었던 걸로 해주세요. 난 영국에서 결혼식을 올리고 싶어요. 우리 엄마께서 벌써 결혼식 준비를 거의 다……"

"그렇게 되면 어떻게 되는지 알기나 해요?" 로빈이 킥킥거리며 묻는다. "당신은 취소할 수가 없어요. 결코. 왜냐면 혼전계약 때문이죠. 지금 취소를 하면 엄청난 돈을 물어야 해요!" 그녀는 뭐가 그렇게 재미있는지 소리 내어 웃는다. "샴페인 좀 마실래요?"

나는 잠시 멍하니 그녀를 바라본다. "혼전계약이라뇨?"

"당신이 서명한 계약서 말이에요, 이 아가씨야!" 그녀는 내게 샴페인을 한 잔 내밀고, 내 손가락은 자동적으로 그 잔을 거머쥔다.

"그치만…… 루크는 서명도 안 했어요. 자기가 서명을 하지 않으면 무효라고 그이가……"

"두 사람 사이의 문제는 그렇죠! 그렇지만 당신하고 나 사이에는, 아니, 우리 웨딩 이벤트 사라고 하는 게 맞겠군."

"뭐예요?" 나는 마른침을 삼킨다. "로빈, 지금 그게 무슨 얘기예요? 난 그런 거에 서명한 적 없는데."

"무슨 소리예요, 해놓구선! 신부들은 다 서명해요! 엘리노어 셔먼 부인에게 당신한테 전해달라고 줬었고 엘리노어 셔먼 부인이 나한테 돌려줬는데…… 한 부가 여기 있다구요!" 그녀는 샴페인을 한 모금 마시더니 의자를 빙그르 돌려서 우아한 목재 서류장에 손을 뻗는다.

"여기 있어요!" 그녀는 서류의 복사본 한 부를 내게 건넨다. "물론, 원본은 변호사에게 보냈고……."

맨 위에 큼직한 글씨로 '계약서'라고 박혀 있다. 가슴이 마구 뛴다. 맨 아래 칸을 보니 거기에 정말 내 서명이 있다.

내 기억은 어둡고 비 내리던 그날 밤으로 날아간다. 엘리노어 셔먼의 아파트에 앉아 있던 그때. 분노에 차서 내 앞에 놓인 종잇장마다 깡그리 다 서명을 했던 그때. 뭐라고 적혀 있는지 읽어보지도 않은 채 말이다.

아, 난 몰라! 내가 무슨 일을 저질렀던가! 내가 어디다 서명을 했던가? 열이 오른 나는 계약서 내용을 훑는다. 법률 용어나 문구는 반 정도만 이해가 된다.

"조직자는 전체적인 계획을 짤 것이며…… 시간은 상호합의를 보아야 하고…… 고객은 모든 문제에 대하여 상의를 받게 될 것이며…… 서비스 공급자들과 연락을 취하고…… 예산은 동의를 구해야 하며…… 최종결정은 고객에 의해 내려질 것이며…… 어떤 이유로 인한 취소나 계약의 파기는…… 배상을…… 30일…… 최종적으로 전액 지불…… 그뿐 아니라……."

그 다음 말들을 읽는데 민달팽이가 내 등줄기를 타고 오르락
내리락하는 기분이다.

"그뿐 아니라, 취소의 경우, 취소한 날로부터 1년 이내에 결혼
을 하는 경우, 10만 달러의 벌금을 웨딩 이벤트 사에 지급할 의무
가 있다."

10만 달러의 벌금. 근데 내가 여기다 서명을 했다니.

"10만 달러?" 나는 마침내 입을 뗀다. "그건…… 너무 많잖
아요."

"취소하는 척하고 다른 데서 결혼식을 올리려는 어리석은
아가씨들을 위한 조항이랍니다." 로빈은 기분이 좋은 것 같다.

"그렇지만 어째서……"

"베키, 결혼식 준비를 하는 사람의 입장에서는 그 결혼식이
성사되기를 바라는 게 당연하지 않겠어요? 나, 전에 그런 일을
많이 당했어요." 그녀의 목소리가 갑자기 딱딱해진다. "자기들
방식대로 하기로 결정한 아가씨들 말이에요. 내 아이디어와 내
인맥을 이용하기로 결정한 아가씨들. 내 전문성을 이용해먹으
려는 아가씨들 말이에요." 그녀는 눈을 반짝이며 몸을 앞으로
숙인다. "베키, 그런 사람이 될 작정이에요?"

미쳤다! 이 웨딩플래너는 미쳤다.

"조, 좋은 생각이네요." 나는 재빨리 대답한다. "자기 자신을 보호해야죠!"

"그렇습니다. 엘리노어 셔먼 부인 본인이 서명할 수도 있었습니다만 우리는 이런 방식에 동의를 했습니다. 엘리노어 셔먼 부인도 자기 투자금을 보호해야 하니까!" 로빈은 나를 보며 의미심장한 미소를 짓는다. "아주 깔끔한 계약이랍니다."

"아주 영리하시네요!" 나는 김새는 웃음소리를 내며 샴페인을 벌컥 마신다.

이제 어쩜 좋아? 여기서 빠져나갈 구멍이 반드시 있을 텐데. 반드시! 억지로 결혼식을 하도록 다른 사람을 몰아붙일 수는 없는 거야. 이건 윤리도덕상 맞지가 않아.

"기운을 내요, 베키!" 로빈은 갑자기 다시 명랑 유쾌 모드로 바뀐다. "모든 게 다 착착 진행되고 있어요. 당신이 영국에 있는 사이에 모든 일을 제대로 점검했거든요. 청첩장도 우리가 얘기 나눈 대로 작성했고……"

"청첩장?" 또 새로운 충격에 휩싸인다. "하지만 그건 말이 안돼요. 아직 초대할 사람 명단도 못 만들었는데."

"베키도 참! 벌써 만들어놓고선! 그럼 이건 뭐예요?"

그녀가 자기 컴퓨터 자판을 두어 번 두드리니 명단이 뜬다. 무심코 본 나는 그만 입이 딱 벌어진다. 낯익은 이름들과 주소가 화면에 주르륵 올라간다. 내 사촌들 이름. 동창들 이름. 순간 가슴이 철렁한다.

'재니스와 마틴 웹스터, 옥스샷, 엘든 로드 41번지, 오크스.'

이건 악몽이다. 어떻게 로빈이 재니스와 마틴에 대해서 알고 있지? 꼭 실수로 고약한 악당의 소굴에 발을 디딘 것만 같다. 지금 당장이라도 한쪽 벽이 비스듬히 돌면서 입에 재갈을 문 채 의자에 묶인 엄마와 아빠의 모습이 나타날 것만 같다.

"대체…… 어디서 이 명단을 얻었어요?" 나는 대수롭지 않게 묻는 것처럼 들리도록 안간힘을 써본다.

"루크가 명단을 줬어요! 내가 압력을 좀 넣었더니 집안을 살펴서 침대 밑인가 뭐 그런 이상한 데서 찾았다더군요. 그래서 내가 그런 데가 가장 안전한 법이라고 일러줬죠!"

그녀는 종이 한 장을 내밀고 나는 기가 막혀서 그걸 빤히 바라본다. 엄마의 글씨체다.

엄마가 우리한테 팩스로 보내온 손님 명단이다. 몇 주 전에. 결혼식에 초대된 일가친척 및 친지들의 주소와 이름이 빼곡하다. 물론 고향집에서 열릴 결혼식 말이다.

로빈이 엄마와 똑같은 사람들을 초대하다니!

"청첩장이 벌써 발송됐어요?" 내가 듣기에도 낯선 목소리로 내가 묻는다.

"아니에요." 로빈이 나를 보며 손가락을 내젓는다. "엘리노어 셔먼 부인 측 것은 지난주에 모두 나갔지만 베키 측 명단은 너무 늦게 받는 바람에 아직 이름을 쓰고 있는 상태예요! 다 쓰는 대로 발송할 거예요."

"멈추게 해요." 나는 필사적으로 말한다. "멈추게 해야 돼요!"

"뭐라구요?" 로빈이 놀라서 나를 쳐다본다. 커스텐도 무슨 일인가 싶어서 고개를 든다. "이유가 뭐죠, 베키?"

"청첩장을…… 제가 직접 발송해야 하거든요." 나는 이렇게 둘러댄다. "그건…… 우리 집안 전통이에요. 신부가 항상…… 청첩장을 직접 보내요."

나는 뜨겁게 달아오른 얼굴을 문지르며 냉정을 되찾으려고 애쓴다. 사무실 건너편에 앉아 있는 커스텐이 호기심 어린 표정으로 나를 쳐다본다. 망했다! 아마 이 사람들은 나를 완전히 정신 분열자로 생각할 거다. 하지만 상관없다. 이 사람들이 청첩장을 발송하는 걸 막아야만 한다.

"정말 특이하군요! 그런 전통은 또 난생 처음 듣네!"

"지금 제가 거짓말한다는 말씀이세요?"

"아뇨! 당연히 아니죠! 지금 당장 주디스에게 연락하죠." 로빈은 전화를 들고 명함철을 뒤지며 한숨을 쉰다.

내 머리는 팽팽 돈다. 너무 많은 일이 벌어지고 있다. 수지랑 어니와 갇혀 지내는 사이에 나도 모르게 모든 것이 술술 진행되고 있었던 거다. 이제 와서 내가 도무지 손을 쓸 수 없을 정도로 말이다. 마치 멋진 폼으로 저벅저벅 걷던 커다란 백마가 갑자기 땅을 박차더니 나도 태우지 않고 저 혼자 멀찌감치 달려가버린 꼴이다. 내 결혼식이 나 없이 이렇게 훌쩍!

로빈이 설마 나를 정말 고소할까? 그럴까?

"여보세요, 주디스? 그래요. 로빈이에요. 혹시…… 그랬어요? 일 한 번 빨리 하네요!" 로빈이 나를 본다. "믿고 싶지 않겠지만 벌써 다 처리했다네요!"

"뭐라구요?" 나는 그만 새파랗게 질려버린다.

"벌써 우체통 앞이라네요."

"멈추게 해요!" 나는 비명을 지른다. "멈추게 해요!"

"주디스," 로빈이 다급하게 말한다. "주디스, 잠깐만! 신부가 아주 특이해서. 청첩장을 자기 손으로 직접 발송하길 원해요. 집안 전통이래나 뭐래나." 로빈은 목소리를 낮춘다. "영국인이거든요. 그래요. 아뇨, 나도 모르죠."

그녀는 까탈스러운 세 살배기 꼬맹이 대하듯 조심스런 미소를 지으며 나를 본다.

"베키, 유감이지만 몇 통은 벌써 우체통에 들어갔다네요. 하지만 나머지는 돌려받게 될 거예요!"

"몇 통이요?" 나는 흥분을 한다. "몇 통이나?"

"몇 통이에요, 주디스?" 이렇게 물은 로빈이 나를 바라본다. "세 통 정도라는군요."

"세 통? 그럼…… 손을 넣어서 도로 꺼낼 수 있을까요?"

"그건 안 될 거예요."

"그럼…… 막대기 같은 걸로라도."

로빈은 잠시 아무 말 없이 나를 쳐다본다. 그러더니 전화기에 대고 말한다.

"주디스, 그 우체통 위치를 좀 일러줄래요?" 그녀는 종이쪽지에 위치를 받아 적더니 고개를 든다. "내 생각에 베키가 직접 가서…… 하고 싶은 대로 하는 게 가장 좋은 방법이겠네요."

"좋아요, 그러죠. 고마워요."

내가 외투를 걸치는 사이 로빈과 커스텐이 서로 모종의 눈짓을 주고받는다.

"저기, 베키, 바깥에 나가 찬바람을 좀 쏘이는 것도 좋겠어요. 모든 게 다 순조롭게 진행되고 있으니까. 걱정할 것 전혀 없어요!" 로빈은 신중하게 말한다. "신부들이 살짝 마음의 동요를 일으킬 때 종종 신부들에게 하는 말이지만, …… 이건 그냥 결혼식일 뿐이에요!"

그러나 나는 도무지 대꾸할 기분이 아니다.

우체통은 93번 스트리트와 렉싱턴 애비뉴의 모퉁이에 있다. 그쪽 길로 들어서니 주디스임에 틀림없는 여자가 짙은 색 바람막이 점퍼를 입고 건물 옆면에 기대 서 있다. 서둘러 다가가며 보니 그녀가 시계를 들여다보며 조바심이 나는지 어깨를 으쓱하더니 우체통으로 향해 간다. 그녀의 손에는 봉투가 한 다발 들려 있다.

"멈춰요!" 나는 단거리 육상경주 수준으로 속도를 높인다. "부치지 말아요!"

가까스로 그녀의 옆에 다가섰지만 숨이 헐떡거려서 말하기조차 힘이 든다.

"그 청첩장들 나한테 줘요." 나는 겨우 헉헉거리며 말한다. "내가 신부예요. 베키 블룸우드."

"여기 있어요." 주디스가 봉투를 건넨다. "몇 통은 벌써 들어갔어요. 하지만 부치지 말란 말은 사전에 못 들었다구요." 그녀는 변명한다.

"알아요. 미안해요."

"때마침 로빈이 전화를 안 해줬으면…… 다 보냈을 거예요. 모두 다!"

"저…… 고마워요."

나는 두툼한 짙은 회색 봉투들을 넘겨본다. 엄마의 초청장 명단에 있는 이름들이 고딕체로 멋지게 쓰여 있는 봉투들을 보니 살짝 몸서리가 쳐진다.

"부치실 거예요?"

"그럼요." 나는 문득 주디스가 내가 그것들을 부치기를 기다리고 있다는 걸 깨닫는다. "하지만 누가 보고 있는 건 싫어요."

나는 재빨리 덧붙인다. "사적인 일이니까. 각각 부칠 때마다…… 시를 암송하고 키스를 해야 하니까."

"좋아요." 주디스는 눈을 굴린다. "좋으실 대로."

그녀는 모퉁이를 향해서 걸어가고 나는 그녀가 시야에서 사라질 때까지 바윗돌처럼 그 자리에 그대로 서 있다. 그러고는 봉투 뭉치를 꼭 끌어안고서 서둘러 모퉁이로 향한다. 택시를 잡아타고 집으로 갈 요량으로.

●

도착해보니 루크는 아직도 돌아오지 않았다. 그리고 아파트는 내가 떠났을 때와 마찬가지로 침울하고 적막하다. 여행가방은 활딱 열린 채 바닥에 놓여 있다. 그 안에 엄마가 엘리노어 셔먼에게 전해 달라신 옥스샷 결혼식 청첩장 무더기가 보인다.

나는 이 두 번째 청첩장 무더기를 집어 들어 하나하나 살핀다. 한쪽은 흰 봉투, 다른 한쪽은 회색 봉투. 두 번의 결혼식. 같은 날. 앞으로 6주도 채 남지 않았다.

이쪽 결혼식을 택하면 엄마는 다시는 날 보지 않으실 것이다.

저쪽 결혼식을 택하면 나는 10만 달러짜리 소송을 당하게 될 것이다.

좋다, 일단은…… 진정하자. 논리적으로 생각하자. 여기서 빠져나갈 길이 있을 거다. 반드시 있어야 한다. 내 목숨이 붙어 있는 한 절대로⋯⋯.

갑자기 현관문이 열리는 소리가 들린다. "베키?" 루크의 목소리다. "너니?"

망했다!

완전히 새파랗게 질려서 나는 칵테일장을 열고 그 숱한 청첩장들을 안에 밀어 넣은 뒤에 문을 닫고 숨쉴 겨를도 없이 확하고 뒤돌아선다. 루크가 들어섬과 동시에!

"내 사랑!" 그는 얼굴을 환하게 밝히며 서류 가방을 내던진다. "돌아왔구나! 보고 싶었어." 그는 나를 꼭 끌어안는다. 그러더니 뒤로 물러서 걱정스런 얼굴로 나를 바라본다. "베키? 별일 없는 거지?"

"난 괜찮아!" 나는 명랑하게 대답한다. "진짜야, 정말 별일 없어! 그냥 좀 피곤해서 그래."

"완전히 녹초가 된 것 같은데. 내가 차를 끓여줄게. 수지가 어떻게 됐는지 이야기해줘."

그는 거실을 나서고 나는 맥없이 소파에 쓰러진다.

아, 대체 이 일을 어쩌면 좋지?

더 파인즈
엘튼 로드 43번지
옥스샷 서리

수신: 베키 블룸우드
발신: 엄마

2002년 5월 20일

베키, 얘야, 네게 걱정을 안겨주고 싶지 않구나. 하지만 네가 얘기한 그 미친 여자가 한술 더 떠서 청첩장을 찍었지 뭐니! 이렌느 숙모가 오늘 전화해서는 우편으로 괴상한 청첩장을 받으셨다는 거야. 네 말대로 플라자 호텔에서 열리는 결혼식 말이다.

청동색과 베이지색으로 된 청첩장이라는 걸 보니 제대로 된 결혼식 청첩장이라고 하기에는 아주 괴상하지 뭐니.

가장 좋은 방법은 그저 무시하는 거야. 그래서 내가 네 숙모에게는 당장 쓰레기통에 처넣고 신경 끄라고 했다. 그리고 너도 그렇게 하렴, 얘야. 어쨌거나 네게 알려줘야 할 것만 같아서 팩스를 보낸다.

엄마가

파이너먼 하우스

애비뉴 오브 더 아메리카즈 1398번지 뉴욕, NY 10105

레베카 블룸우드 씨

아파트 B W 11번 스트리트 251번지 뉴욕 NY 10014

2002년 4월 18일

수임료 청구서 번호 10956

4월 3일	유언장 초안 수정 지시 접수	$150
4월 6일	유언장 개정초안 추가 수정 지시 접수	$150
4월 11일	유언장 내용 추가 수정 지시 접수	$150
4월 17일	유언장 개정초안 추가 수정 지시 접수	$150
4월 19일	유언장 내용 추가 수정 지시 접수	$150
4월 24일	유언장 개정초안 추가 수정 지시 접수	$150
4월 30일	유언장 내용 추가 수정 지시 접수	$150

총계: $1050

감사드립니다.

"빠져나갈 구멍은 없습니다"

좋다. 진짜 중요한 것은 무엇이 더 중요한가에 대한 명확한 판단력을 유지하는 거다. 그러니까 원래 결혼식이란 다 사소한 문제가 있기 마련이라는 점을 직시하자, 그렇고말고! 전체적으로 모두 다 순조롭게 진행되기를 바라는 건 무리다. 나는 방금 『현실을 아는 신부』라는 책을 샀다. 아주 위안이 되는 책이다. 그 책에는 결혼식 준비 중에 발생하는 문제점을 다룬 엄청나게 두꺼운 챕터가 있는데 거기에 이런 말이 나온다. '제아무리 극복 불가능하게 보이는 문제라도 항상 해결책은 있는 법이다! 그러니 걱정 마라!'

예를 들어 피로연장으로 가는 길에 새틴 천으로 된 구두를 잃어버린 신부 이야기가 나온다. 근데 같은 날 서로 다른 대륙에서 두 번의 결혼식이 열리는데 청첩장의 절반을 칵테일장에 감춰둔, 담당 웨딩플래너가 소송광임을 알게 된 신부에 대한 이야기는 책 어느 부분에도 나오지 않는다.

그렇지만, 넓게 보면 이 문제도 원칙은 똑같다고 확신한다.

내가 이성을 잃지 않도록 해주는 또 다른 이야기는 모든 신부들에게 내가 권하고 싶은 정말 소중한 충고다. 사실 나는 신부용 잡지에 이런 이야기가 언급되지 않은 것이 놀랍다. 그 충고는 핸드백에 조그만 보드카 병을 넣어두고 사람들이 결혼식 얘기를 할 때마다 조금씩 마시라는 거다.

벌써 뉴욕으로 돌아온 지 한 주가 되었고 그 사이 나는 로빈의 계약서 건으로 열일곱 명이나 되는 변호사들을 만났다. 그들은 모두 다 계약서를 신중하게 살피더니 허점이 없는 철저한 계약서라고 하면서, 앞으로는 서명하기 전에 모든 내용을 다 읽어보라고 충고했다.

솔직히, 그건 100퍼센트 사실은 아니다. 한 변호사는 내가 로빈 드 벤던과 맺은 계약이라고 말을 하자마자 "미안합니다만, 저희가 해드릴 수 있는 일이 없습니다."라고 말했다. 그리고 또 다른 사람은, "아가씨, 일 났군요."라고 말하더니 전화를 끊어버렸다.

그래도 나는 도대체 빠져나갈 구멍이 없다는 게 믿어지지가 않는다. 마지막 몸부림으로 나는 맨해튼에서 가장 수임료를 많이 받는 변호사인 가슨 로에게 그 계약서를 보냈다. 〈피플〉지에서 그에 대한 기사를 읽었는데 법조계에서는 가장 샤프한 사람이라고 나와 있었다. 그는 철벽콘크리트에서도 허점을 찾을 수 있으며 모든 사람들에게서 존경받는다고 씌어 있었다. 그래서 난 내 모든 희망을 그에게 걸고 있다. 그리고 결과가 나올 때까지 정상적으로 행동하려고, 횡설수설해대는 정신병자로 전락하지 않으려고 안간힘을 쓰고 있다.

"오늘 마이클하고 점심 약속 있어." 루크가 상자 두 개를 안고 주방으로 들어오며 말한다. "마이클도 이제는 새 직장에 적응한 것 같아."

마이클은 뉴욕으로 직장을 옮기는 도박을 감행했다. 우리에게는 정말 다행스런 일이다. 그는 브랜던 커뮤니케이션즈에서 파트타임으로 일하고 있으며 나머지 시간에는 그의 표현대로 '자기 인생을 되찾는 일'을 하고 있다. 그림 강좌를 듣고 센트럴파크에서 파워워킹을 하는 사람들의 무리에 끼어 운동도 한다. 지난번에 만났을 때는 이탈리아 요리 강좌를 수강할까 한다는 이야기도 했다.

"진짜 잘됐다!" 나는 말한다.

"조만간 한 번 들르라던데……." 루크는 나를 빤히 바라본다. "베키, 괜찮아?"

그 말에 문득 나는 내가 연필로 주방 탁자 바닥을 너무 심하게 치는 바람에 바닥이 파일 지경이 되었음을 깨닫는다.

"괜찮고말고." 나는 과장된 함박웃음을 짓는다. "괜찮지 않을 일이 어딨어?"

루크에게는 전혀 아무런 말도 하지 않았다. 『현실적인 신부』에 보면 결혼식에 대한 세부사항으로 약혼자를 질리게 만들지 않으려면 그가 반드시 알아야 할 정보들만 전하는 것이 좋다고 나와 있다. 그리고 결과적으로 루크가 아직 아무것도 알 필요가 없다는 게 내 직감이다.

"결혼 선물이 두 가지 더 왔군." 루크가 말한다. 그는 주방 카운터에 상자들을 던지더니 나를 보고 씩 웃는다. "점점 다가오네, 그치?"

"응! 진짜 그러네!" 나는 웃어보려고 하지만 별로 성공을 거두지 못한다.

"또 토스터야…… 이번에는 블루밍데일즈네." 그가 얼굴을 찌푸린다. "베키, 대체 결혼선물목록을 몇 개나 뿌린 거야?"

"글쎄. 서너 장?"

"결혼선물목록을 만드는 이유는 토스터를 한꺼번에 일곱 대나 받지 않기 위한 거잖아?"

"우리가 어디 토스터를 일곱 개나 받았다고 그래?" 나는 상자를 가리킨다. "이건 브리오슈 그릴이야!"

"그리고 이건 또…… 구찌 핸드백이네." 그는 묘한 표정으로 눈썹을 찡긋한다. "결혼 선물로 구찌 핸드백이라니?"

"이건 신랑 신부를 위한 가방이라구!" 나는 변명한다. "자기를 위한 서류가방도 넣었단 말야."

"근데 왜 그건 아무도 안 사주냐?"

"그게 어디 내 탓이야? 뭐는 사고 뭐는 사지 말라고 정해주진 않았다구!"

루크는 의심의 눈초리로 고개를 절레절레 젓는다.

"그럼 신랑 신부를 위한 지미 추 구두도 적어 넣었어?"

"지미 추를 사 보낸 사람도 있어?" 나는 기쁨에 들떠서 묻다가 그의 표정을 보고 말을 멈춘다. "노…… 농담이야." 나는 괜히 헛기침을 해본다. "자. 봐, 수지네 아기야."

방금 필름을 세 통 인화했는데 전부 수지와 어니의 사진이다.

"이건 목욕하는 어니……" 나는 그에게 사진을 건네며 가리킨다. "이건 잠자는 어니…… 그리고 졸고 있는 수지…… 그리고 수지…… 잠깐만……" 나는 수지가 속바지 하나만 달랑 입고 아가에게 모유를 먹이는 사진을 황급히 뺀다. 실은 카탈로그를 보고 '집에서나 공공장소에서나 쑥스럽지 않게 편히 입을 수 있다'고 장담한 모유 수유용 특수 셔츠를 샀었다. 하지만 배달된 셔츠에 달린 지퍼가 도무지 말을 듣지 않는 바람에 열받은 수지는 그 옷을 하루 입고 내던져버렸다.

"그리고 봐! 아기를 집으로 데려온 첫날이야!"

루크는 탁자 앞에 앉아서 사진들을 본다. 그의 얼굴에 묘한 표정이 떠오른다. "참…… 더없이 행복해 보인다."

"그렇지?" 나는 맞장구친다. "아기를 어찌나 끔찍이 위하는지 몰라. 꽥꽥 울어댈 때도 마찬가지야."

"벌써 끈끈한 정이 생긴 것같이 보이는걸." 루크는 어니가 수지의 머리카락을 잡고 있고 수지가 막 웃는 사진을 빤히 들여다보고 있다.

"어, 정말이야. 내가 떠날 무렵에는 내가 자기를 엄마한테서 떼놓는 줄 알고 고래고래 소리 지르며 울어댔다니까."

나는 루크를 바라본다. 가슴 한 구석이 찡하다. 루크는 이 사진들에 완전히 빠져 있다. 사실 이건 꽤 놀라운 일이다. 그가 실제로 아기들을 예뻐하리라고는 생각을 못 해봤으니까. 그러니까 내 말은 남자들이란 대부분 아기들 사진을 한 무더기 받으면 그저……

"난 이런 갓난아기 때 사진이 하나도 없어." 수지의 품에서 곤히 잠든 어니의 사진을 넘기며 루크가 말한다.

"없어? 어머……"

"어머니가 다 가져가셨어."

도무지 표정을 읽을 수가 없다. 내 머릿속에서 경종이 울리기 시작한다.

"진짜?" 나는 아무렇지도 않은 척 말한다. "어쨌거나……"

133

"가까이 두고 싶으셔서 그랬을 거야."

"맞아." 마음은 회의적이지만 난 이렇게 대꾸한다. "그러셨을지도 몰라."

아, 난 몰라! 이 사진들이 루크에게 자기 생모에 대한 생각을 불러일으킬 수도 있다는 걸 왜 진작 깨닫지 못했을까?

나는 내가 떠나 있는 사이에 두 사람 사이에 무슨 일이 있었는지 잘 모른다. 내가 아는 것이라고는 결국 루크가 병원에 있는 그녀에게 연락했다는 것. 그리고 그녀가 신문기사에 루크에 대한 언급이 빠진 이유를 어설프게 둘러댔다는 것뿐이다. 기자들이 관심이 없었다든가 뭐 그런 식의 이유로 말이다.

루크가 그 말을 진짜 믿는지 어떤지는 모른다. 루크가 자기 생모를 용서했는지 말았는지도 모른다. 솔직히 나는 루크 자신도 그 점에 대해서 모른다고 본다. 루크는 수시로 멍하니 틀어박혀 있곤 한다. 그가 그 문제에 대해서 생각하고 있다는 걸 나는 알 수 있다. 한편으로 루크에게 이렇게 말하고 싶다. "루크, 잊어버려! 자기 어머니는 불여우야. 자길 사랑하지 않는다구. 자기 어머니가 없는 편이 자기한테는 차라리 나아."

그렇지만 몇 달 전에 그의 새어머니인 애너벨 부인을 만나서 이런저런 이야기를 나눴을 때 헤어지기 직전에 그녀가 해준 말이 떠올라 참는다. "믿기는 어렵겠지만, 루크한테는 엘리노어 셔먼이 필요해."

"아니에요, 그렇지 않아요!" 난 그때 화를 냈다. "루크한테는 새어머니가 있잖아요, 아버지도 있고, 저도 있고……."

하지만 애너벨 부인은 고개를 가로저었다.

"베키는 이해 못할 거야. 루크는 어렸을 적부터 생모를 몹시도 그리워했단다. 그 때문에 그토록 열심히 일했고 미국까지 가게 된 거야. 그건 이제 루크의 일부분이야. 사과나무를 감고 올라간 넝쿨처럼." 그러더니 나를 보고 사람을 꿰뚫어보는 듯한 표정을 지으며 그녀는 말했다. "조심해, 베키. 루크의 인생에서 그녀를 떼어내려고 하지 마. 그러면 루크에게 깊은 상처를 주게 될 거야."

어떻게 내 마음을 읽었을까? 내가 머릿속으로 내 자신과 엘리노어 셔먼과 도끼를 떠올렸다는 걸 어떻게 그렇게 족집게처럼 알았을까? 나는 루크를 바라본다. 그는 넝을 놓고 수지가 어니의 배에 뽀뽀하는 사진을 바라보고 있다.

"어쨌거나!" 나는 사진을 긁어모아 다시 봉투에 집어넣으며 명랑하게 말한다. "타르퀸과 어니 사이도 얼마나 끈끈한데. 아버지 사랑도 엄마 사랑만큼이나 중요하다구. 특히 요즘에는 더욱. 사실, 난 가끔 사람들이 엄마의 사랑이라는 걸 지나치게 과대평가하고 있다고……."

아, 이건 아니다. 루크는 전혀 듣지 않고 있다.

전화벨이 울리지만 루크는 꼼짝 않는다. 그래서 내가 거실로 가서 전화를 받는다. "여보세요?"

"여보세요. 레베카 블룸우드 씨입니까?" 낯선 남자의 목소리다.

"그런데요?" 포터리 반에서 온 새 카탈로그가 탁자 위에 놓여 있다. 저기에도 결혼선물목록을 등록해야겠다. "누구세요?"

"로 앤 어소시에이츠 변호사 사무실의 가슨 로입니다."

온몸이 얼어붙는다. 가슨 로가 직접? 우리 집으로?

"이렇게 일찍 전화를 드려서 죄송합니다." 그가 말한다.

"아뇨! 전혀!" 나는 다시 정신을 차리고 재빨리 루크가 듣지 못하도록 발로 문을 닫는다. "전화 주셔서 고마워요!"

아이고, 이렇게 고마울 데가! 소송에서 로빈을 이길 수 있게 나를 도와주려는 게 틀림없다. 법조 역사상 유례가 없거나 뭐 그런 일을 우리가 해낼지도 모른다. 그리고 법정 앞에서 쏟아지는 카메라 플래쉬 세례를 받게 될지도 모른다. 그럼 꼭 〈에린 브로코비치〉 같을 거다!

"어제 편지를 받았습니다." 가슨 로가 말한다. "그리고 그쪽의 곤란한 입장에 대해서 관심을 가지게 되었습니다. 운신조차 할 수 없는 처지에 빠지셨더군요."

"저도 알고 있어요. 그래서 부탁을 드렸던 거예요."

"약혼자가 지금 상황을 알고 있습니까?"

"아직은 몰라요." 나는 목소리를 낮춘다. "우선 해결책을 찾을 수 있게 되기를 바라고 있어요. 그런 다음에 말하려구요. 이해하시죠?"

"이해합니다."

좋다! 우린 말이 통했다.

"이런 경우," 그가 말한다. "단도직입적으로 말씀드리죠."

"그러세요!" 나는 안도감으로 가슴이 부푼다. 맨해튼에서 가장 값비싼 변호사의 자문을 구하면 이렇구나! 결과가 순식간에 나오는구나!

"우선 계약서가 매우 교묘하게 제시되었더군요." 가슨 로가 말한다.

"맞아요." 나는 고개를 끄덕인다.

"모든 우발적 사태를 다 포괄하는 지극히 교묘한 문구도 몇 가지 있구요."

"네, 그렇지요."

"철저하게 살펴봤습니다만 제가 아는 한 위약금을 물지 않고서는 영국에서 결혼식을 올릴 방법이 없습니다."

"그렇군요." 나는 기대감에 차서 고개를 끄덕인다.

잠시 침묵이 흐른다.

"그래서…… 빠져나갈 구멍이 뭔가요?" 내가 마침내 묻는다.

"빠져나갈 구멍은 없습니다."

"뭐라고요?" 나는 어이가 없어서 전화기를 바라본다. "그렇지만…… 그럼 왜 제게 전화하셨죠? 빠져나갈 구멍을 찾았다고 말씀하시려고 전화하신 거 아닌가요? 이길 수 있다고 말이에 요!"

"아뇨, 블룸우드 양. 제가 당신이라면 영국의 결혼식을 취소 할 거라는 말을 전하려고 전화드렸습니다."

어찌나 충격이 큰지 몸이 뭔가에 푹 찔린 듯 아프다.

"하지만…… 그럴 수가 없어요. 우리 엄마가 벌써 집을 새로 단장하시고 어지간한 것은 다 하셨어요. 만약 취소하면 엄만 돌아가실 거예요."

"그렇다면 유감입니다만 웨딩 이벤트 사에 위약금 전액을 물어야 할 것 같군요."

"그렇지만……" 목이 콱 멘다. "그럴 수도 없어요. 10만 달 러라는 거금이 어디 있겠어요! 다른 방법이 있을 거예요!"

"유감이지만……"

"뭔가 기발한 해결책이 있어야 해요!" 나는 머리를 쓸어올린 다. 공포감에 휩싸이지 않으려고 안간힘을 쓰면서. "제발! 당신 은 미국에서 제일 머리가 좋은 사람이잖아요! 뭔가 방법을 생 각해낼 수 있어야 하는 거 아니에요?"

"블룸우드 양, 확실히 말씀드립니다만 모든 각도에서 다 검 토를 했으며 기발한 해결책은 없습니다. 다른 방도가 없어요." 가슨 로가 한숨을 짓는다. "세 가지 작은 충고를 해도 되겠습니까?"

"뭔데요?" 나는 희미한 희망의 불꽃을 느끼며 묻는다.

"우선, 제대로 읽기 전에는 아무 서류에나 서명하지 마세요."

"그건 나도 알아요!" 나도 모르게 소리를 지르고 만다. "이제 와서 다들 그렇게 얘기하면 무슨 소용이냐구요!"

"두 번째는, 강력하게 권하고 싶은데, 약혼자에게 털어놓으세요."

"그럼 세 번째는요?"

"최선의 결과를 얻기를 비세요."

세상에. 100만 달러짜리 변호사가 생각해낼 수 있는 게 고작 이것이란 말인가? 약혼자에게 털어놓고 최선의 결과를 빌라고? 빌어먹을 바보 같은…… 비싸기만 한…… 순 사기꾼……

좋다, 진정하자. 난 그 변호사보다 더 머리가 좋다. 난 뭔가 생각해낼 수 있다. 난 할 수 있다. 난……

잠깐.

나는 아무 일도 없었던 척 부엌으로 들어간다. 루크가 수심에 잠겨 허공을 응시하고 있다.

"루크," 나는 그가 앉아 있는 의자 등받이를 매만지며 말한다. "저기, 자기 돈 많지?"

"아니."

"아니라니, 무슨 뜻이야?" 나는 약간 모욕감을 느낀다. "돈 많잖아!"

"재산이 있지. 회사도 있고. 하지만 현금은 없어."

"어쨌건 간에," 나는 초조해서 손을 내젓는다. "우리가 결혼하면, 있잖아, '모든 세속적인 것들'과 모든 게, 그러니까……" 나는 신중하게 뜸을 들인다. "내 것도 되는 거지?"

"그렇지……. 근데 무슨 꿍꿍이야?"

"그러니까…… 돈을 좀 달라고 하면 줄 거지?"

"그럴걸. 얼마나?"

"저기…… 10만 달러." 나는 아무렇지도 않은 척 말해본다.

루크가 고개를 든다. "10만 달러?"

"응! 사실 뭐 그리 많은 돈도……"

루크가 한숨을 쉰다. "좋아, 베키. 또 뭘 본거야? 혹시 또 맞춤 가죽 코트 얘기라면……."

"아냐, 코트가 아냐! …… 놀라운 비밀이 있어."

"10만 달러짜리 놀라운 비밀?"

"그래." 나는 잠시 머뭇거리다 말한다. 하지만 내가 보기에도 도무지 먹힐 것 같지가 않다. 이것도 해결책은 아닌 듯싶다.

"베키, 10만 달러는 큰돈이야. 엄청난 돈이라구!"

"알아. 안다구. 저기…… 아냐, 됐어." 나는 그가 더 질문하기 전에 그 자리를 빠져나온다.

좋다, 변호사들을 잊자. 돈도 잊자. 그래도 다른 해결책이 반드시 있을 것이다. 객관적으로 생각할 필요가 있다.

달아나버리면 되지 않을까? 해변에서 결혼식을 올리고 이름을 바꾼 다음에 식구들하고 다시는 만나지 않는 거다. 아니다, 이게 낫겠다. 나는 옥스샷 결혼식에 가고. 루크는 뉴욕 결혼식에 가고. 그러고는 서로 차였다고 하는 거다…… 그런 다음에 아무도 모르게 만나서는……

이건 더욱 아니다! 맞다! 대역을 구하는 거다! 역시 나는 천재야!

아이디어가 떠오른 이 순간 나는 출근하려고 에스컬레이터를 타고 올라가는 중이다. 어찌나 생각에 빠져 있었는지 그만 내리는 걸 잊을 뻔한다. 바로 이거다! 똑같이 생긴 사람을 구해서 플라자 결혼식에 세우는 거다. 그럼 다들 감쪽같이 속을 거다. 내 말은 그러니까 거기 참석할 사람들은 다 엘리노어 셔먼의 친구들일 테니까 말이다. 루크와 닮은 남자와 나도 잘 모르는 나. 신부를 닮은 여자에게는 아주 두꺼운 베일을 씌우고…… 루크를 닮은 남자는 면도를 하다 베었다고 말하는 거다. 그런 다음에 엄청나게 큰 반창고를 붙이고…… 그 사이에 우리는 영국으로 날아가서…….

"조심해, 베키!" 크리스티나가 미소 띤 얼굴로 말한다. 깜짝 놀라 고개를 들어보니, 마네킹하고 부딪히기 일보 직전이다.

"결혼식 생각으로 정신이 없군." 크리스티나는 퍼스널 쇼핑부로 들어서는 내게 이렇게 덧붙인다.

"맞아요." 나는 명랑하게 대답한다.

"요즘엔 한결 여유 있어 보여." 크리스티나가 만족스러운 듯 말한다. "휴가가 좋기는 좋았나 보군. 엄마도 만나고…… 고향의 정취도 느끼고."

"예, 그게…… 좋았어요!"

"근데 그렇게 무관심할 수 있다니 정말 존경스러워!" 크리스티나는 커피를 한 모금 마신다. "돌아온 이후로 결혼식에 대해서 우리한테 아무 말도 없잖아! 사실, 그 얘기를 회피하려는 것처럼 보일 지경이야."

"회피하는 거 아니에요!" 이렇게 말하며 내 얼굴은 굳어져버린다. "뭣하러 그러겠어요?"

아, 보드카를 마시고 싶다! 내 손이 살그머니 조심조심 핸드백으로 향한다. 멈춰야 한다.

"결혼식 때문에 야단법석을 피우는 신부들도 있던데. 아예 결혼식에 목숨 건 것처럼 말이야. 그런데 자기는 아주 절제를 잘하는 것 같아……"

"그렇고말구요!" 나는 더 명랑하게 얘기한다. "이만 놓아주시면, 가서 첫 손님을 맞……"

"아, 참 사정이 있어서 약속을 좀 조정했어." 내가 내 사무실

문을 막 여는데 크리스티나가 말한다. "10시에 첫 손님이 올 거야. 에이미 포리스터."

"좋아요!" 나는 말한다. "고마워요!"

나는 문을 닫고 의자에 털썩 주저앉아서 내 미니 스머노프 보드카 병을 들고 한 모금 마신다.

한결 낫다.

그건 그렇고, 에이미 포리스터가 오기 전에 닮은 꼴 찾아주는 회사에 전화 걸 시간이 있을까나?

맞다, 막상 일이 이렇게 되고 보니 전화를 걸기 전에 생각을 좀 정리했어야 하는 건데 싶다.

그리고 '스타즈 유 라이크' 같은 유명인사의 닮은 꼴들을 연결시켜주는 대행사에는 나를 닮은 사람들이 없을 수도 있다는 걸 미리 깨달았어야 하는 건데.

비록 무척 친절하게 답해주기는 했지만 말이다. 나더러 사진을 보내주면 자기네 서류를 찾아보겠다고 했다. 그러더니 내 발음이 영국식임을 깨닫고는 엘리자베스 헐리를 닮았는지 물었다. 그녀와 아주 쏙 빼닮은 여자가 있다는 이유에서였다.

그래 맞다.

그렇긴 하지만 사람 일은 모르는 거다. 혹시 모르니까 사진을 보내리라. 혹시 그 사람들의 이웃이나 누구하고 정말 귀신

같이 쏙 빼닮을 수도 있으니까 말이다.

"난 노랑이나 오렌지색은 싫어요." 에이미 포리스터의 목소리가 귓전에 왱왱거린다. "그리고 내가 드레시하다고 말하더라도 지나치게 드레시한 걸 뜻하는 게 아니에요. 일종의 격식을 차리면서도…… 섹시한 거죠. 내 말 알아듣겠어요?" 그녀는 껌을 짝짝 씹으며 기대에 찬 눈길로 나를 쳐다본다.

"어…… 알았습니다!" 그녀가 하는 이야기를 콧등으로도 안 들었으면서 나는 무조건 이렇게 대답한다. 맙소사, 저 여자가 어떤 옷을 원하는지도 생각나질 않는다. 정신 차려라, 베키. 정신을 집중해.

"그럼, 확인을 하겠습니다. 원하시는 게…… 이브닝드레스인가요?" 나는 수첩에 아무렇게나 끼적거리면서 모험을 감행해본다.

"아니면 바지 정장. 뭐든. 난 어떤 옷이든 잘 어울리니까." 에이미 포리스터는 거울에 비친 자기 모습을 뿌듯한 눈길로 바라본다. 그리고 나는 슬그머니 맨해튼식 호구조사를 한다. 딱 달라붙는 연보라색 탑에 청록색 레깅스. 겉보기에 그럴 듯한 가정용 운동기구 광고의 모델 같다. 금발의 헤어스타일이나 모든 게 그렇다.

"몸매가 아주 좋으시네요!" 그녀가 칭찬의 말을 기다리고 있다는 것을 뒤늦게 깨닫고 나는 말한다.

"고마워요! 신경을 많이 쓰거든요."

'롤라플랩만 있으면 됩니다! 문질러만 주세요, 군살이 쫙쫙 빠져요!' 하는 광고 멘트가 떠오른다.

"휴가용 의상들은 벌써 샀어요." 그녀는 다시 껌을 짝짝 소리 내어 씹는다. "근데 갑자기 남자 친구가 몇 가지 더 사지 그러느냐고 하잖아요? 그 사람은 날 얼마나 떠받드는지 몰라요. 정말 좋은 남자죠. 그래, 무슨 좋은 아이디어 있어요?"

"예." 마침내 정신을 집중하는 데 성공한 나는 이야기한다. "그럼요. 가서 어울릴 만한 것으로 좀 가져오겠습니다."

나는 매장으로 나가서 드레스들을 모으기 시작한다. 이 옷걸이에서 저 옷걸이로 옮겨가면서 점차 나는 긴장을 풀기 시작한다. 뭔가 다른 것에 초점을 맞추다 보면 숨통이 트인다. 결혼식이 아닌 다른 것에 대해서 생각할 수 있는 숨통……

"안녕, 베키!" 에린이 단골손님인 잘레스키 부인하고 지나가면서 인사한다. "방금 크리스티나하고 얘기했는데, 너한테 결혼 선물을 줘야지!"

아, 난 몰라!

"있잖아요, 우리 딸이 플라자에서 근무해요." 잘레스키 부인이 참견한다. "그 애 말이 모두들 댁의 결혼식에 대해서 얘기들을 한다는군요."

"그래요?" 나는 잠시 머뭇거리다 말한다. "그게 뭐 대단한 일이라고."

"대단한 일이 아니라구? 농담하는 거예요? 누가 서빙을 하게 될지를 두고 온 직원들이 서로 자리다툼을 하고 난리라는데! 누구나 그 요술에 걸린 숲을 보고 싶어한다구요!" 부인은 안경 너머로 나를 빤히 쳐다본다. "현악 오케스트라도 부른다면서요, 사실이에요? DJ하고 10인조 악단도?"

"어…… 맞아요."

"내 친구들이 내가 예식에 초대받은 걸 알고 얼마나 부러워하는데." 에린의 얼굴이 환하다. "걔들이 뭐래는 줄 알아? 결혼식 끝나고 사진이라도 좀 보여달래! 근데 사진 찍어도 되는 거지?"

"그게…… 잘 몰라. 아마 그렇겠지 뭐."

"가슴 설레겠어요." 잘레스키 부인이 말한다. "복도 많지!"

"에…… 예."

더는 견딜 수가 없다. 보드카가 또 필요하다.

"가봐야겠어요." 나는 이렇게 얼버무리고는 서둘러 퍼스널 쇼핑부로 돌아온다.

별의별 짓을 다하더라도 도망칠 방법이 없다. 이렇게 해도 저렇게 해도, 숱하게 많은 사람들을 실망시키게 될 것이다.

내가 골라온 첫 드레스를 입느라 에이미가 꿈지럭거리는 사이 나는 멍하니 바닥만 쳐다본다. 가슴이 마구 뛰기 시작한다.

전에도 곤란한 입장에 처한 적이 있었다. 전에도 바보같이 굴었던 적이 있었다. 하지만 이 정도 수준은 아니었다. 이렇게 엄청나고, 이렇게 돈이 많이 걸려 있고, 이렇게 중요한 일은…….

"이거 맘에 들어요." 에이미가 자기 모습을 뜯어보며 말한다. "하지만 앞가슴이 더 깊이 파인 게 낫지 않겠어요?"

"어……" 나는 그녀를 쳐다본다. 검은 쉬폰 드레스인데 앞이 거의 배꼽까지 파여 있다. "그런 것 같네요. 하지만 원하신다면 언제든지 수선이……"

"어머, 그럴 시간 없어요!" 에이미가 말한다. "뉴욕에 딱 하루만 더 있을 거예요. 내일 휴가를 떠난 다음에는 곧바로 애틀랜타로 이사 갈 거거든요. 그래서 쇼핑 나온 거예요. 짐을 꾸리느라 아파트가 난장판이라 미칠 것만 같아서요."

"그렇군요." 나는 건성으로 대꾸한다.

"내 남자친구가 내 몸매를 어찌나 끔찍이 좋아하는지." 그녀는 검은 쉬폰 드레스를 벗으며 새침을 떤다. "근데 그 사람 와이프는 자기 외모에 전혀 신경을 쓰지 않는 거 있죠. 전 부인이라고 해야 맞겠구나. 이혼소송 중이거든요."

"그렇군요." 나는 깍듯이 말하며 그녀에게 흰색과 은색으로 된 이집트풍 드레스를 건넨다.

"그인 어떻게 그렇게 오래 그 여자를 참고 살았나 몰라? 질투에 눈이 먼 마귀할멈이거든요. 법적 행동을 취할 거예요!" 에

이미는 드레스 속으로 발을 넣는다. "내가 내 몸 갖고 내 맘대로 하겠다는데 아니 자기가 무슨 권리로 막느냐구요? 정말 이 기적이야. 글쎄, 한 번은 길에서 나한테 주먹을 날린 거 있죠? 메디슨 애비뉴 한복판에서!"

메디슨 애비뉴. 어디서 들어본 이야긴데? 그제서야 내 머리가 돌아가기 시작한다.

"그래서 그 여자가 정말…… 때렸어요?"

"기가 막혀서! 그렇다니까요! 눈알이 튀어나올 뻔했다구요! 사람들이 쳐다보는 데 갖은 욕설을 다 퍼붓더니…… 정말 어떨 때는 한다하는 여자들이 40대가 되면 살짝 맛이 가는 게 아닌가 싶어요. 지퍼 좀 올려줄래요?"

설마 같은 여자일까? 그럴 리가 없다. 내 말은 뉴욕 시에만도 애인의 성난 전 부인에 의해서 메디슨 애비뉴에서 공격을 받은 금발의 정부들이 최소한 천 명은 있을 거란 소리다.

"저기…… 애인의 이름이 뭐라고 하셨죠?" 나는 아무렇지도 않은 척 묻는다.

"윌리엄." 그녀의 입술이 경멸의 의미로 살짝 말려 올라간다. "그 여잔 그일 빌이라고 불렀죠."

아, 난 몰라! 맞다. 그 금발머리 인턴이다. 내 코앞에!

좋다. 일단은…… 계속 미소를 짓자. 내가 의심을 품고 있다는 걸 알지 못하게 하자.

하지만 내 속은 분노로 부글거린다. 이 여자 때문에 로렐이 차였다? 이 덜떨어지고 꼴사나운 골빈당 때문에?

"그래서 애틀랜타로 이사를 가는 거예요." 에이미는 만족스러운 얼굴로 거울 속 자기 모습을 보면서 말한다. "함께 새 삶을 시작하고 싶어서요. 그래서 윌리엄이 회사에 전근을 요청했어요. 아무도 모르게. 그 마귀할멈이 따라오면 안 되니까." 그녀는 인상을 찌푸린다. "이게 더 맘에 드네요."

그녀가 허리를 굽히자, 나는 얼어붙는다. 잠깐. 목걸이를 하고 있다. 목걸이에 달린 저 펜던트는…… 초록색 저 보석은 에메랄드?

"에이미, 전화 한 통화만 하고요." 나는 짐짓 아무 일도 아닌 척 말한다. "계속 드레스들을 입어보고 계세요!" 그러고는 피팅룸을 빠져나온다.

마침내 로렐의 사무실로 전화가 연결되었지만 비서인 지나는 그녀가 아메리칸 에어라인즈 측과 회의 중이라서 중간에 전화를 연결시켜 줄 수 없다고 말한다.

"제발, 좀 불러내줘요. 중요한 일이에요."

"지금 중요한 일로 회의 중입니다." 지나가 대꾸한다. "기다리셔야 해요."

"말귀를 못 알아듣는군요! 말도 못하게 중요한 일이라구요!"

"베키, 프라다에서 새로 나온 스커트의 길이는 말도 못하게 중요한 일이 아니에요." 지나는 약간 짜증이 난 듯 대꾸한다. "비행기 리스 건만큼 중요한 일이냐구요?"

"옷 얘기가 아니에요!" 나는 열받는다. 그러다 잠시 로렐이 지나에게 얼마나 많은 이야기를 했는지 궁금해진다. "에이미 포리스터 건이에요." 나는 마침내 목소리를 낮춰 이렇게 말한다. "누군지 알죠?"

"예, 알아요." 지나가 나보다 훨씬 더 많이 아는 듯한 분위기를 풍기며 대답한다. "그 여자가 왜요?"

"지금 내가 잡고 있어요."

"잡고 있어요? 그게 대체……"

"내 피팅룸에 있어요. 지금!" 나는 누가 엿듣는지 확인하기 위에서 뒤를 살핀다. "지나, 그 여자가 지금 에메랄드가 박힌 목걸이를 하고 있다구요! 로렐이 할머니한테 물려받았다는 게 틀림없어요! 경찰에서도 못 찾았다는 그거 말이에요!"

한동안 잠잠하다.

"알았어요." 마침내 지나가 말한다. "로렐을 회의실에서 불러낼게요. 아마 당장 달려갈 거예요. 무슨 수를 써서라도…… 붙잡아둬요."

"걱정 말아요. 고마워요, 지나."

나는 전화기를 내려놓고 잠시 꼼짝 않고 서서 생각에 잠긴다. 그러다가 다시 내 피팅룸으로 향한다. 가능한 한 자연스럽게 보이려고 애쓰면서.

"자!" 나는 들어가면서 쾌활하게 말한다. "다시 드레스를 계속 입어보죠! 그리고 기억하세요, 에이미, 옷을 한 벌 입어볼 때마다 여유를 갖고 음미해봐요. 원하는 만큼 오래오래. 필요하다면 오늘 하루 종일 걸려도 좋으니까……"

"더 입어볼 필요 없어요." 에이미가 짝 달라붙은 빨간색 금화 장식이 달린 드레스를 입고 돌아선다. "이걸로 하겠어요."

"뭐예요?" 나는 멍하니 대꾸한다.

"맘에 쏙 들어요! 봐요. 완벽하게 맞잖아요." 그녀는 자기 모습을 거울에 비춰보면서 살짝 돈다.

"하지만 이제 겨우 시작인데!"

"뭐 어때요? 난 결정 내렸는데. 이걸로 할 거예요." 그녀는 시계를 들여다본다. "게다가, 시간도 별로 없어요. 지퍼를 좀 내려 줄래요?"

"에이미……" 나는 억지 미소를 짓는다. "결정을 내리기 전에 다른 것도 반드시 입어봐야 한다고 난 생각해요."

"더는 입어볼 필요가 없다니까요! 당신 옷을 고르는 안목이 꽤 좋은가 봐요."

"아니, 그렇지 않아요! 내가 보기엔 아주 꽝이에요!" 나는 아

무 생각 없이 말하고 그녀는 이상하다는 표정으로 나를 쳐다
본다. "내 말은…… 당신이 입어보면 어떨까 하고 점찍어둔 진
짜 멋진 분홍색 드레스가 있는데……" 나는 옷걸이를 틀어쥔
다. "그 옷을 입은 모습을 상상해 봐요! 아님…… 아님 이 끈 달
린 드레스나……."

에이미 포리스터는 짜증스런 표정으로 날 쳐다본다. "난 이
옷을 살 거예요. 제발 벗게 좀 도와줄래요?"

아, 난 몰라! 어쩌면 좋지? 억지로 붙들어 매놓을 수도 없고.

난 살그머니 시계를 본다. 로렐의 사무실은 여기서 겨우 한
두 블록 떨어져 있다. 금세 올 수 있을 것이다.

"제발 좀 벗는 걸 도와주세요, 네?" 그녀가 힘이 실린 목소
리로 같은 말을 반복한다.

"예!" 나는 당황한다. "좋습니다!"

나는 금화 장식이 달린 빨간 드레스의 지퍼 고리를 잡고 내
리기 시작한다. 그러다 갑자기 좋은 생각이 떠오른다.

"저기요," 나는 말한다. "실은, 머리 쪽으로 벗으시는 것이
한결 쉬울 거예요."

"좋아요." 에이미 포리스터가 조바심을 내며 말한다. "어떻
게든."

나는 지퍼를 아주 살짝 내린 다음에 쫙 달라붙는 드레스를
그녀의 힙 위로 끌어 올려서는 그녀의 머리 쪽으로 잡아당긴다.

하! 그녀는 꼼짝없이 끼였다! 쫀쫀한 빨강색 천이 얼굴을 완전히 덮어버렸고, 속옷 차림의 몸뚱이와 하이힐이 그대로 드러났다. 호두까기 인형과 바비 인형 사이의 잡종처럼 보인다.

"이봐요. 옷이 끼였잖아요." 그녀는 한쪽 팔을 허공에 대고 휘젓는다. 하지만 그 팔 역시 옷 때문에 머리 옆에 끼여 있다.

"그래요?" 나는 순진한 척 소리를 지른다. "어쩌나! 가끔 그럴 때가 있어요."

"어서 꺼내줘요!" 그녀는 몇 걸음 내딛는다. 나는 혹시 그녀가 내 팔을 잡을지 몰라서 불안한 마음에 뒤로 물러선다. 꼭 생일잔치에서 눈 가리고 술래잡기 놀이를 하는 여섯 살짜리 아이가 된 기분이다.

"어딨어요?" 드레스 속에서 그녀의 성질난 목소리가 들린다. "꺼내줘요!"

"저기…… 노력하는 중인데……" 나는 조심스럽게 드레스를 살짝 잡아당겨 본다. "진짜 끼였네." 나는 미안한 척 말한다. "몸을 구부리고 살짝 비틀어보면……."

로렐, 빨리! 대체 어딨는 거예요? 나는 피팅룸 문을 열고 재빨리 살펴보지만 아무도 없다.

"좋아요! 벗겨질 것 같네요!"

이를 어쩌면 좋담? 에이미의 손이 어느새 불쑥 나와서 매니큐어를 칠한 손톱으로 지퍼의 고리를 잡고 있다. "지퍼 좀 내리게 도와줄래요?"

"어…… 해볼게요……."

나는 지퍼를 잡고 그녀가 원하는 반대 방향으로 올리기 시작한다.

"걸렸어요!" 그녀가 짜증을 낸다.

"알아요! 빼내려고 애쓰는 중이에요……."

"잠깐." 그녀의 목소리에 갑자기 의심이 서린다. "어느 쪽으로 미는 거예요?"

"어…… 당신하고 같은 방향으로……."

"안녕하세요, 로렐." 크리스티나의 목소리가 들린다. "괜찮아요? 예약은 하셨어요?"

"아뇨. 하지만 베키가……."

"여기예요!" 나는 황급히 문밖을 내다본다. 얼굴이 벌겋게 달아오른 로렐이 씩씩거리며 서 있다. 새로 산 마이클 코어즈 스커트에 짙은 감색 블레이저를 입고. 근데 정말 어울리지 않는다. 내가 몇 번이나 말해줬는데. 솔직히 고객들에 대해서 더 자주 불시 점검을 해야겠다. 밖에서 어떤 꼴로 돌아다니는지 누가 알겠는가 말이다.

"여기 있어요." 나는 바비 인형과 호두까기 인형의 잡종을 턱으로 가리킨다. 그녀는 아직도 드레스의 지퍼를 내리려고 기를 쓰고 있다.

"좋아요." 로렐은 피팅룸으로 들어온다. "나한테 맡겨요."

"뭐야? 누구야?" 에이미가 로렐의 목소리를 듣는 순간 웬일인가 싶어 고개를 쳐든다. "어머나, 환장하겠군. 설마. 저 목소린……."

"맞아." 로렐이 문을 닫으며 말한다. "나야."

나는 문 앞에 서 있다. 내 피팅룸에서 들려오는 고성들을 무시하려고 애쓰면서 말이다. 몇 분이 지나자 크리스티나가 자기 사무실에서 나와 나를 쳐다본다.

"무슨 일이야, 베키?"

"어…… 로렐이 아는 사람하고 우연히 마주쳤어요. 둘만 있게 해줘야 할 것 같아서." 피팅룸에서 툭탁거리는 소리가 들리고 나는 큰 소리로 기침을 한다. "아마도…… 수다를 떠는 것 같네요."

"수다?" 크리스티나가 나를 매섭게 쳐다본다.

"예! 수다!"

별안간 문이 열리더니 로렐이 손에 열쇠 꾸러미를 들고 나타난다. "베키, 에이미의 아파트에 좀 다녀와야겠어요. 내가 돌아올 때까지 저 여잔 여기 있을 거예요. 맞지, 에이미?"

나는 로렐의 뒤를 돌아 피팅룸을 살핀다. 에이미가 속옷 바람으로 구석에 앉아 있다. 에메랄드 목걸이는 없다. 완전히 넋이 나간 표정이다. 그녀는 아무 말 없이 고개를 끄덕인다.

로렐이 성큼성큼 빠져나가자 크리스티나가 나를 의혹이 가득한 눈초리로 쳐다본다.

"베키."

"자!" 나는 재빨리 에이미에게 말을 건다. 바니스 직원 최상의 매너를 갖추어서. "기다리시는 동안 드레스를 좀 더 입어보시겠습니까?"

40분 뒤에, 로렐이 돌아온다. 얼굴에 승리의 빛이 역력하다.

"나머지도 찾았어요?" 나는 기대에 차서 물어본다.

"다 찾았어."

반대편에 있던 크리스티나가 고개를 들었다가 시선을 피한다. 이번 일로 나를 해고하지 않을 수 있는 유일한 방법은 이번 사건에 대해 자기가 모르는 것뿐이라고 그녀는 말했다.

그러니까 우리는 기본적으로 그녀가 이 문제에 대해서 모르는 걸로 합의를 봤다는 이야기다.

"여기 있어." 로렐은 열쇠꾸러미를 에이미에게 던진다. "이제 가도 좋아. 빌한테 안부나 전해. 너한테 딱 맞는 인간이니까."

에이미는 아무 말 없이 제대로 된 옷차림을 하고서 일어선다.

"잠깐," 로렐이 말한다. "베키한테 고맙단 말 했어?"

"난…… 저……" 에이미가 겁먹은 눈초리로 로렐을 힐끔 본다. "고마워요, 베키."

"뭘요." 나는 어색하게 말한다.

에이미가 비틀거리며 거의 달음질치다시피 에스컬레이터로 향하는 사이 로렐은 두 팔로 나를 감싼다.

"베키, 자긴 천사야!" 그녀는 다정하게 말한다. "이 은혜를 어떻게 다 갚지? 뭐든 원하는 게 있으면 말해. 다 해줄게."

"농담 말아요! 그냥 돕고 싶었을 뿐이에요."

"진담이야!"

"로렐……."

"명령이야. 말만 해. 그럼 결혼식에 맞춰 대령시킬 테니까."

결혼식! 갑자기 누군가 불쑥 연 창문으로 북풍한설이 몰아치는 듯 오한이 든다.

그 모든 흥분과 다급함 속에서 잠시 그 문제를 잊을 수 있었다. 하지만 이제 다시 모든 것이 내 머릿속에 차곡차곡 쌓인다.

내 두 번의 결혼식. 내 두 가지 거대한 실수.

꼭 두 대의 기차가 나를 향해 마주 달려오는 것만 같다. 점점 더 빨리, 내가 보고 있지 않을 때에도 점점 더 가까이 돌진하고 있다. 시시각각으로 가속도가 붙는다. 하나를 가까스로 피하더라도, 다른 하나에 치이게 될 것이다.

나는 로렐의 다정하고 활달한 얼굴을 물끄러미 바라본다. 지금 내가 원하는 건 그녀의 품에 안겨서 엉엉 우는 것이다. "내 인생을 좀 정리해주세요!"

"뭐든 도울께." 로렐은 다시 이렇게 말하더니 내 어깨를 힘주어 안는다. 천천히 다시 피팅룸으로 돌아오는 내 몸의 아드레날린은 모두 사라지고 없다. 낯익은 노곤한 근심걱정이 엄습하는 게 느껴진다. 하루가 또 갔다. 하지만 기발한 해결책에는 조금도 다가서지 못했다. 내가 지금 어디로 향하고 있는 건지 모르겠다. 이제 시간이 모자란다.

아마도 내 힘으로는 이 문제를 풀 수 없는 게 현실일지 모른다. 의자에 맥없이 주저앉아서 나는 생각한다. 아마도 도움이 필요할지도 모른다. 화재 진압반과 경찰특공대 팀의 합동작전.

아님 혹시 그냥 루크라도.

루크의 방황과 놀라운 사실들

집에 도착할 무렵 나는 놀랍도록 차분해져 있다. 사실, 차라리 안도감을 느낄 정도다. 모든 시도를 다 해봤다. 그런데 지금 나는 막다른 골목에 몰렸다. 모든 것을 루크에게 고백하는 것 외에는 아무것도 할 수 있는 게 없다. 그는 충격을 받을 것이다. 화도 낼지 모른다. 하지만 최소한 알게는 될 것이다.

나는 오는 길에 바에 들러서 술을 두어 잔 마셨고 어떻게 그에게 말할 것인지에 대해 신중하게 생각했다. 왜냐면, 다들 알듯이, 프레젠테이션이 가장 중요하니까. 대통령이 세금을 올릴 때도 "세금을 올리겠습니다."라고 말하지 않는다. 그는 "미국민들 모두가 교육의 중요성을 알고 있습니다."라는 말로 시작한다. 그래서 나도 나 자신을 위한 연설문을 썼다. 대국민 성명하고 조금 비슷하게. 그러고는 말 하나 하나를 모두 외웠다. 간간이 루크가 헉 하고 놀라는 것까지 감안해서. (아님 박수갈채를 보낼지도 모른다. 물론 좀 가망성 없는 얘기긴 하지만.) 원고대로만 따라한다면, 우간다의 정치상황에 대해 그가 질문을 던지지만 않는다면, 큰 무리가 없을 것이다.

아파트로 향하는 계단을 오르는데 다리가 좀 떨린다. 루크는 아직 돌아오지도 않았을 텐데 말이다. 아직도 준비할 시간은 있다. 하지만 문을 열어보니 놀랍게도 그가 있다. 엄청난 양의 서류를 탁자에 쌓아두고 앉아 있다.

좋아, 베키, 힘을 내! 신사 숙녀 국회의원 여러분. 어중이떠중이 여러분. 문은 닫히든지 말든지 내버려둔 채 나는 메모해둔 것을 꺼내며 숨을 깊이 들이쉰다.

"루크," 나는 나직하고 성인다운 목소리로 말을 꺼낸다. "결혼식에 대해서 할 이야기가 있어. 아주 심각한 문제야. 해결책을 찾기가 쉽지 않아. 해결책이 있다 해도 자기 도움이 있어야 돼. 그래서 지금 얘기하는 거야. 열린 마음으로 내 얘기를 들어주기 바래."

지금까지는 좋다. 은근히 내 자신이 자랑스럽기까지 하다. "열린 마음으로 들어주기 바래." 특히 이 대목은 아주 감이 좋다, 왜냐면 그 말을 듣고도 자기가 나한테 소리를 지르지는 못할 테니까.

"지금 내 처지를 설명하기 위해서는," 나는 말을 계속한다. "지나간 이야기를 해야만 해. 맨 처음으로 돌아가서. 지구의 생성이나 빅뱅 때가 아니라 클래리지스에서 차를 마셨던 그때."

나는 잠시 뜸을 들인다. 근데 루크가 아직도 아무 말 없이 듣고만 있다. 잘 먹혀들지도 모르겠다.

"거기였어, 클래리지스. 내 문제가 시작된 곳이. 나한테는 불가능한 임무가 주어졌어. 나는, 세 개의 사과 가운데 하나를 선택해야 하는 그리스의 신 같았어. 두 개의 선택사항이 있다는 점만 빼고 말이야. 그리고 그것들은 사과가 아니었어." 나는 의미심장하게 뜸을 들인다. "결혼식이었어."

그리고 그제서야 루크가 의자에 앉은 채 몸을 돌린다. 그의 눈동자는 새빨갛게 충혈되어 있고, 얼굴에는 묘한 표정이 어려 있다. 그가 나를 본 순간 나는 불안함에 몸이 떨린다.

"베키," 그는 엄청나게 고통스러운 듯 힘겹게 나를 부른다.

"응?" 나는 마른침을 삼킨다.

"우리 어머니께서 나를 정말로 사랑하신다고 생각하니?"

"뭐?" 나는 어리둥절해서 되묻는다.

"정직하게 말해줘. 너는 우리 어머니께서 나를 사랑한다고 생각하니?"

잠깐, 그럼 이 남자, 내 얘기는 한 마디도 안 들었던 거야?

"어…… 당연히 그렇게 생각하지!" 나는 이렇게 말한다. "그리고 엄마들이란, 어떻게 보면, 그러니까, 내 문제는 근본적으로……."

"내가 어리석었어." 루크가 잔을 들더니 위스키로 보이는 것을 벌컥벌컥 마셔버린다. "어머니는 나를 이용하셨어, 맞지?"

나는 당황해서 그를 물끄러미 쳐다본다. 테이블에 반쯤 비운 술병이 눈에 들어온다. 얼마나 오래 이렇게 앉아 있었던 것일까? 그의 얼굴을 다시 본 나는 금방이라도 부서져버릴 것 같은 팽팽한 긴장감 속에서 엘리노어 셔먼에 대해서 내가 하고 싶은 말 몇 가지를 입술을 깨물어가며 안으로 삭인다.

"물론 사랑하시지!" 나는 내 연설문을 집어치우고 그에게로 다가간다. "틀림없이 사랑하실 거야. 자기도 알잖아…… 어머님께서는 나름의 방식으로…… 어……" 나는 슬그머니 말꼬리를 삼킨다.

뭐라고 말한단 말인가? 보답은커녕 감사의 말 한 마디도 없이 자기네 직원을 데려다 쓰는 그런 방식으로? 루크를 물먹이고 스위스로 휭하니 가버리는 그런 방식으로?

"뭐야, 왜……" 나는 머뭇거리며 묻는다. "무슨 일 있었어?"

"내가 너무 어리석었어." 그는 고개를 절레절레 흔든다. "진작 낌새를 챘어야 했어." 그는 숨을 깊이 들이쉰다. "재단서류를 가지러 어머니 아파트로 갔었어. 근데 나도 모르게, 아마도 오늘 아침에 수지와 어니의 사진을 본 뒤라 그랬을 거야." 그가 고개를 든다. "옛날 사진을 찾으려고 어머니의 서재를 뒤지고 말았어. 내 어릴 적 사진을. 어머니와 내 사진을. 내가 무얼 찾고 있었는지 나도 모르겠어. 뭐라도 좋았을 거야."

"그래서, 찾았어?"

루크가 탁자 위에 널려 있는 종이들을 가리키고 나는 어리둥절해서 그 중 한 장을 힐끗 본다. "저게 뭔데?"

"편지야. 우리 아버지께서 보내신. 15년, 20년 전에, 헤어지신 후에 아버지께서 어머니께 보내신 편지. 나를 보러 오라고 간청하는 편지."

그의 목소리가 너무도 공허하게 들려서 나는 그를 찬찬히 바라본다.

"무슨 뜻이야?"

"아버지께서 어머니더러 방문해달라고 빌었단 말이야." 루크는 무덤덤한 목소리로 말한다. "호텔비까지 내주겠다고 하셨어. 나를 데리고 가겠다고. 거듭해서 자꾸자꾸 부탁하셨는데…… 난 그런 것도 모르고." 루크가 두 장의 종이를 집어서 내게 건넨다. "직접 읽어 봐."

충격을 감추려고 애쓰며 나는 그 편지를 대충 띄엄띄엄 훑어보기 시작한다.

'루크가 친엄마를 너무도 간절히 보고 싶어해서…… 당신의

태도를 이해할 수가 없구려……'

"이 편지들을 보면 다 설명이 돼. 어머니의 새 남편이 나를 데려가는 데 반대한 것이 아니라는 것도 나와 있어. 사실, 꽤 점잖은 사람이었던 것 같아. 우리 아버지하고 내가 찾아가도 좋다고 합의해주신 분이니까. 하지만 어머니가 관심이 없었던 거야." 루크는 어깨를 으쓱해 보인다. "하기야, 뭣하러 관심을 갖겠어?"

'……똑똑하고 사랑스런 아이로…… 훌륭한 기회를 놓쳐서……'

"루크, 정말…… 너무했다." 뭐라 말을 해야 할지 모르겠다.

"가장 안 좋은 건, 내가 그 모든 것을 우리 부모님 탓으로 여겼다는 거야. 10대였을 때, 나는 항상 두 분을 탓하곤 했어."

갑자기 애너벨 부인이 떠오른다. 그녀의 다정하고 온화한 얼굴이. 루크의 아버지가 이 편지들을 남모르게 쓰는 모습이. 엘리노어 셔먼에 대한 분노로 온몸이 찌릿하다. 그녀는 루크 같은 아들을 둘 자격이 없다. 가족을 곁에 둘 자격도 없다.

밖에서 들려오는 빗소리 외에는 아무런 소리도 들리지 않는다. 나는 손을 뻗어 루크의 손을 꼭 잡고 내가 줄 수 있는 모든 사랑과 온기를 그에게 실어주려고 안간힘을 써본다.

"루크, 자기 부모님께선 이미 이해하셨을 거야. 그리고……" 나는 엘리노어 셔먼에 대해서 하고 싶은 말들을 모두 억지로 삼킨다. "그리고 자기 어머니도 자기가 거기에 남아 있기를 진심으로 바랐을 거야. 그러니까 내 말은 당시에는 좀 어려운 사정이 있었거나 아니면…… 아니면 워낙에……."

"너한테 한 번도 말하지 않은 게 있어." 루크가 내 말을 가로막는다. "아니, 그 누구에게도." 그는 고개를 든다. "내가 열 네 살 때 어머니를 만나러 여기 온 적이 있어."

"뭐?" 나는 놀라서 그를 쳐다본다. "하지만 난 자기가 한 번도……"

"학교에서 뉴욕으로 수학여행을 왔었어. 나는 수학여행을 따라오려고 기를 쓰고 싸웠지. 엄마하고 아버지께서 반대를 하셨거든. 하지만 결국 두 손을 드셨지. 두 분은 어머니께서 다른 데 가고 안 계시다고 둘러대셨어. 물론 그 말은, 그렇지만 않았으면 날 보고 싶어하실 거란 뜻이었지."

루크는 위스키 병을 들어서 한 잔을 더 따른다. "나도 어쩔 수가 없었어. 어떻게든 어머니를 보고 싶었어. 혹시 부모님께서 잘못 알고 계실지도 모르니까." 그는 손가락으로 술잔 가장자리를 따라 원을 그리며 허공을 응시한다. "…… 여행 끝 무렵에 자유시간이 주어졌지. 다른 애들은 다 엠파이어스테이트 빌딩에 올라갔어. 하지만 나는 몰래 빠져나와 주소에 적힌 어머니 집을 찾아가서, 건물 밖에 죽치고 앉아 있었어. 지금 사시는 그 건물이 아니고, 그때는 파크 애비뉴 더 위쪽에 있는 다른 건물에 사셨거든. 나는 계단에 앉아 있었고 사람들이 지나가면서 자꾸만 쳐다봤지만 난 상관없었어."

그는 술을 한 모금 벌컥 마신다. 나는 그 자리에 그대로 굳은 채로 그를 바라본다. 도무지 어떤 소리도 낼 수가 없다. 숨소리 조차도.

"그런데, 12시쯤 되자 한 여자가 나왔어. 검은 머리에 아름다운 외투를 입고 있었어. 사진에서 본 우리 어머니였어!" 루크는 잠시 아무 말이 없다. "난…… 일어섰어. 어머니는 나를 보았어. 그러나 어머니는 채 5초도 안 되는 동안 나를 쳐다보시더니 돌아서셨어. 나를 보지 못한 것처럼. 어머니는 그대로 택시를 타고 가버리셨어. 그게 다였어." 루크가 잠시 눈을 감는다. "앞으로 나설 기회도 없었어."

"그래서…… 어떻게 했어?" 나는 들릴 듯 말 듯 묻는다.

"그 자리를 떠났어. 그러고는 도시를 헤매고 다녔지. 어머니가 나를 못 알아봤던 거라고 나 자신을 달랬어. 어머니는 내가 어떻게 생겼는지 전혀 모르실 거라고 말이야. 그게 나라는 것도 알지 못했을 거라고."

"그래, 그게 맞을지도 몰라!" 나는 애가 탄다. "대체 어떻게 어머님이……."

그가 꼭대기에 뭔가 클립으로 끼워진 빛바랜 푸르스름한 항공우편 봉투를 집어 드는 바람에 나는 입을 다문다.

"이게 내가 뉴욕으로 온다는 걸 어머니에게 알리기 위해서 우리 아버지가 보내신 편지야." 그가 종이를 들어 보인 순간 나는 그만 움찔한다. "그리고 이게 나야."

나는 10대 소년의 눈을 들여다보고 있다. 열네 살의 루크. 교복 차림이다. 머리 모양이 우스꽝스럽다. 사실 거의 알아볼 수 없을 정도다. 하지만 결의와 희망이 뒤섞인 눈빛으로 세상을 응시하는 그의 짙은 눈동자는 그때나 지금이나 변함이 없다.

도무지 뭐라 말을 해야 할지 모르겠다. 넋이 나간 듯 멍한 그의 얼굴을 보고 있자니 그만 울음이 터질 것만 같다.

"네가 옳았어, 베키. 난 어머니의 인정을 받기 위해서 뉴욕에 왔어. 어머니가 길에서 우뚝 멈춰 서서 돌아서서는…… 날 쳐다보며…… 나를 대견스러워해주기를 바랐는데……."

"어머님은 자길 대견스러워하셔!"

"아냐." 그는 반쯤 미소를 짓다가 만다. "이제 그만 포기해야겠어."

"무슨 소리야!" 그러나 벌써 늦은 감이 없지 않다. 나는 손을 뻗어 루크의 팔을 잡는다. 어찌할 바를 모르겠다. 루크에 비해 나는 더할 나위 없이 아늑한 환경에서 응석을 부리고 자랐다. 나는 우리 엄마 아빠가 나를 이 세상 그 무엇보다도 귀하게 여기신다는 것을 알고 자랐다. 당신들께서 나를 사랑하셨고 내가 무슨 짓을 하더라도 항상 사랑해주시리라는 것을 알고 있었다.

그리고 항상 나를 안온하게 감싸주는 분위기 속에서 살아왔다.

"미안해." 루크가 마침내 말한다. "내가 너무 말을 많이 했다. 잊어버려. 근데 무슨 얘기하려고 했던 거야?"

"아무것도 아냐." 나는 곧바로 대꾸한다. "그까짓 것…… 중요하지 않아. 나중에 말해도 돼."

돌연 결혼식이 아득히 멀리 떨어진 듯 여겨진다. 미리 적어온 메모는 꼬깃꼬깃 구겨 꽁꽁 뭉쳐서는 쓰레기통에 던져 넣는다. 그런 다음에 어지럽혀진 집안을 둘러본다. 탁자 위에는 편지들이 널브러져 있고 결혼선물은 구석에 쌓여 있고 자잘한 물건들이 여기저기 나뒹굴고 있다. 맨해튼의 아파트에 살면 일상에서 탈출하는 게 불가능하다.

"나가서 저녁이나 먹자." 나는 불쑥 일어서며 말한다. "그리고 영화라도 보자, 아님 딴 걸 하거나."

"입맛 없어." 루크가 말한다.

"내 말은 그게 아니야. 집이 너무…… 복잡해서 그래." 나는 루크의 손을 잡아끈다. "어서, 여기서 나가자. 그냥 다 잊어버려. 모두 다."

우리는 밖으로 나와 팔짱을 끼고 걷는다. 극장에 가서 마피아에 대한 영화에 빠져 본다. 영화가 끝나고 우리는 두 블록 정도를 걸어서 푸근한 분위기의 잘 아는 자그만 식당에 들어가서

레드 와인과 리조또를 주문한다.

우리 둘 다 단 한 번도 엘리노어 셔먼에 대한 언급은 하지 않는다. 대신에 우리는 데본에서 보낸 루크의 어린 시절에 대해서 이야기한다. 그는 해변으로 피크닉 갔던 일, 자기 아버지가 정원에 지어주셨던 나무 위의 집, 그리고 배다른 여동생 조가 친구들과 함께 루크를 졸졸 따라다니며 얼마나 귀찮게 굴었는지에 대한 이야기를 내게 들려준다. 그러고는 애너벨 부인에 대해서도 이야기한다. 자기에게 얼마나 항상 잘해주었는지, 모든 사람들에게 얼마나 상냥한지, 그리고 애너벨 부인이 자기를 친딸인 조보다 더 사랑하면 사랑했지 덜 사랑해주지는 않았다는 이야기까지도.

그런 다음 우리는 그동안 전혀 언급해본 적이 없는 것들에 대해서도 건드려본다. 아이를 갖는 문제 같은 것 말이다. 루크는 셋을 두고 싶어한다. 나는…… 수지의 출산을 보고 나니까 하나도 갖고 싶지 않지만 루크에게는 말하지 않는다. 그가 "아님 넷까지도"라고 말할 때는, 그냥 고개를 끄덕이며 임신한 척하고 아무도 모르게 입양을 하면 어떨까 잔머리를 굴린다.

그 저녁의 끝 무렵, 나는 루크가 한결 나아졌다고 생각한다. 우리는 걸어서 집으로 돌아와 침대에 쓰러져 곧장 잠이 든다. 잠결에 언뜻 한밤중에 창가에 서서 야경을 바라보고 있는 루크의 모습을 본 것도 같지만, 나는 다시 잠들어버린다.

다음날 아침 목이 타고 골치가 아파서 눈을 뜬다. 루크는 벌써 일어나 있고 부엌에서 달그락거리는 소리가 들린다. 아마 나를 위해서 근사한 아침식사를 준비하고 있는지도 모른다. 난 커피 한 잔이라도 괜찮은데. 토스트도 곁들이면 더욱 좋긴 하지만. 그런데…….

갑자기 가슴이 철렁한다. 오늘은 하늘이 무너져도 해야 할 일이 있다. 두 번의 결혼식에 대해서 그에게 말해야 한다.

간밤은 간밤이다. 물론 그때는 나도 어쩔 수가 없었다. 하지만 지금은 아침이고 더는 미룰 수가 없다. 시기가 안 좋다는 건 나도 안다. 지금 이 상황에서 그에게 이런 이야기를 한다는 건 정말 못할 짓이라는 것도 안다. 하지만 말해야만 한다.

그가 복도를 따라 오는 소리가 들린다. 나는 숨을 깊이 들이쉬고 떨리는 마음을 진정시키려고 노력해본다.

"루크, 있잖아." 나는 문이 열리자 말한다. "때가 좋지 않다는 건 나도 알아. 하지만 정말로 할 말이 있어. 문제가 생겼어."

"뭔데요? 결혼식에 관련된 거만 아니면 좋겠는데?" 로빈이 방으로 들어오며 말한다. 그녀는 연한 하늘색 정장에 칠피가죽 펌프스를 신고 아침식사가 담긴 쟁반을 들고 있다. "여기 있습니다, 아씨. 커피를 마시면 정신이 들 거예요."

내가 꿈을 꾸고 있나?

로빈이 내 침실에서 지금 뭘 하는 거지?

"가서 머핀을 가져올게요." 로빈은 활기차게 말하더니 밖으로 사라진다. 나는 맥없이 베개에 몸을 기댄다. 골치가 지끈거린다. 저 여자가 여기서 무슨 일을 하고 있는지 머리를 쥐어짜본다. 어젯밤에 본 마피아 영화가 불현듯 떠오른다. 오싹 소름이 끼친다. 아, 난 몰라! 분명하다.

로빈이 또 다른 결혼식에 대해서 안 거다. 그래서 나를 살해하려고 온 거다. 로빈이 문간에 다시 나타난다. 머핀을 내려놓으며 미소를 짓는다. 나는 뚫어져라 그녀를 바라본다.

"로빈!" 목소리가 갈라진다. "이렇게…… 보리라고는 예상하지 못했는데요. 좀…… 이르지 않아요?"

"내 고객의 문제라면 '좀 이른 시간' 은 없습니다. 낮이고 밤이고 분부만 내리십시오." 로빈은 눈을 반짝이며 말하고는 침대 옆에 있는 1인용 소파에 앉더니 내게 커피를 한 잔 따라준다.

"어떻게 들어왔어요?"

"문을 따고 들어왔죠. 농담이에요! 루크가 나가면서 들여보내줬어요!"

아, 난 몰라! 이 여자하고 나하고 단둘이 있다니. 난 꼼짝없이 죽었다.

"벌써 출근했어요?"

"출근한 건지는 잘 모르겠어요." 로빈은 잠시 생각에 잠긴다. "차림새로 봐서는 조깅하러 가는 것 같던데?"

"조깅?"

"자, 커피나 마셔요. 그런 다음에 베키가 기다리던 걸 보여 줄 테니까. 우리 모두가 기다리던 그것." 그녀는 자기 시계를 본다. "20분 안에 가야 된다는 거 잊지 말아요!"

나는 바보처럼 그녀를 바라본다.

"베키, 괜찮아요? 우리 약속 있는 거 잊었어요?"

흐릿하게 기억력이 되살아난다. 옅은 안개 속의 그림자처럼. 로빈. 조찬 약속. 아, 맞다.

어째서 내가 조찬 약속을 했더라?

"당연히 기억하죠! 그런데…… 왜 있잖아요, 필름이 끊기는 바람에."

"변명할 것 없어요!" 로빈은 쾌활하게 말한다. "신선한 오렌지 주스가 필요할 거예요. 든든한 아침식사도. 내가 맡은 결혼식 신부들에게는 항상 똑같은 말을 하죠. 자기 몸을 돌보라고 말이에요! 쫄쫄 굶는 바람에 영양실조에 걸려서 식장에서 쓰러지면 다 소용없어요. 머핀 좀 먹어요." 그녀는 자기 핸드백을 뒤진다. "그리고 이것 봐요! 마침내 구했어요!"

나는 멍하니 그녀가 들고 있는 빛나는 은빛 천 조각을 바라본다.

"그게 뭐예요?"

"반지 쿠션을 만들 천이에요!" 로빈이 말한다. "중국에서 특

172

별히 공수한 거예요. 세관 통과 때문에 골치를 앓았던 바로 그것! 설마 잊어버린 건 아니죠?"

"아! 아니에요, 물론 아니에요!" 나는 황급히 말한다. "그래요, 참…… 예쁘네요. 진짜 아름다워요."

"자, 베키, 다른 것도 있어요." 로빈이 말한다. 천을 치우더니 진지한 표정으로 나를 본다. "사실…… 조금 마음이 쓰이는 일이 있어요."

나는 또다시 가슴이 떨려와서 커피 한 모금으로 그런 기색을 감춰본다.

"진짜예요? 무슨…… 일인데요?"

"영국에 계시는 신부 측 하객들로부터 단 한 건의 답신도 받지 못했어요. 참 이상하지 않아요?"

잠시 난 말을 못하고 우물쭈물한다.

"루크의 부모님을 제외하고는 말이에요. 그분들께선 한참 전에 참석하시기로 했죠. 물론 엘리노어 셔먼 부인의 명단에 있었어요. 그래서 초청장을 조금 일찍 받기는 했지만 그렇다고 해도……." 그녀는 내 커피 잔을 들어 한 모금 마신다. "음. 맛있다. 내가 뽑은 거긴 하지만! 예의를 모른다고 누구를 비난하고 싶진 않아요. 하지만 하객 숫자를 대충은 알아야 하지 않겠어요? 그러니까 내가 업무상 영국으로 전화를 몇 통화 걸어봐도 괜찮을까요? 데이터베이스에 전화번호는 다 있거든요."

"아뇨!" 갑자기 잠이 확 깬다. "아무한테도 전화하지 마세요! 내 말은…… 답장을 받게 될 거예요. 장담해요."

"참 묘하네요!" 로빈은 뭔가 깊이 생각한다. "아무런 소식이 없다니…… 청첩장은 다들 받았겠죠?"

"당연히 받았죠! 어쩌다 보니 답장을 못했을 게 분명해요." 나는 엄지와 검지로 이불에 주름을 잡기 시작한다. "일주일 안에 답신을 받게 될 거예요. 내가…… 내가 보장할게요."

"뭐, 꼭 그렇게 되길 바래요! 시간이 별로 없으니까! 이제 겨우 4주 남았거든요."

"나도 알아요." 목소리가 갈라진다. 그래서 커피를 한 모금 더 마신다. 이게 차라리 보드카였으면 하고 간절히 빌면서.

앞으로 4주. 아, 난 몰라!

"한 잔 더 따라다줄까요, 우리 공주님?" 로빈이 일어서더니 다시 허리를 굽힌다. "이게 뭐죠?" 그녀는 호기심을 갖고 바닥에 뒹굴고 있는 종이를 한 장 집어 든다. "이거 메뉴예요?"

고개를 들어본 내 심장이 그만 멎고 만다. 로빈은 엄마가 보내신 팩스 중에 한 장을 들고 있다.

"별거 아니에요!" 나는 그것을 낚아채며 말한다. "그냥…… 저기…… 파티…… 메뉴예요."

"파티를 열 거예요?"

"저…… 생각 중이에요."

"계획을 짜는 데 도움이 필요하면 말만 해요!" 로빈은 목소리를 낮추며 자신 있게 말한다. "충고 한 마디 해도 돼요?" 그녀는 엄마의 메뉴를 가리킨다. "파일로 파슬 요리는 좀 시대에 뒤떨어진 분위기가 날 거예요."

"그렇군요. 어…… 고마워요."

이 여자를 여기서 내보내야 한다. 당장에. 다른 것을 더 찾아내기 전에 말이다.

별안간 나는 이불을 걷어차고 침대에서 뛰어내린다.

"실은, 로빈, 아직도 몸 상태가 좋지 않거든요. 혹시…… 조찬약속을 나중에 다시 잡으면 안 될까요?"

"이해해요." 그녀는 내 어깨를 두드린다. "조용히 혼자 있을 시간을 갖게 해줄게요."

"그건 그렇고," 나는 현관 앞에 이르러서 태연한 척 말한다. "그냥 좀 궁금해서 그러는데…… 그 계약서에 있는 위약금 구절 있잖아요."

"그런데요?" 로빈이 나를 보며 환히 미소를 짓는다.

"궁금해서 그러는데," 나는 살짝 소리 내어 웃는다. "그거 실제로 받아본 적 있어요?"

"뭐, 몇 번 있어요." 로빈은 잠시 기억을 더듬는다. "폴란드로 달아나려고 했던 바보 같은 아가씨가 하나 있었는데…… 결국에는 찾아서 받아냈죠…… 나중에 봐요, 베키!"

"그래요!" 나는 그녀처럼 밝은 어조로 인사하고 문을 닫는다. 심장이 마구 뛴다.

저 여잔 날 잡아먹고 말 거야. 모든 건 시간문제야.

출근하자마자 나는 루크의 사무실로 전화를 건다. 비서인 줄리아가 받는다.

"안녕하세요? 루크하고 통화할 수 있을까요?"

"몸이 안 좋으시다고 전화왔었는데요." 줄리아는 놀란 목소리로 묻는다. "모르셨어요?"

나는 당황해서 수화기를 바라본다. 루크가 아파? 아뿔싸! 나보다 더 심하게 취했었는지도 모른다.

망했다! 그러나 이미 엎질러진 물을 어찌하랴?

"아, 그렇군요!" 나는 재빨리 둘러댄다. "맞아요! 그 말을 들으니…… 당연히 알고 있었죠! 실은 몹시 아파요. 열이 끔찍하게 나서. 그리고 배탈도 나고……. 잠시 잊었어요, 그뿐이에요."

"직원들이 걱정한다고 전해주세요."

"그러죠."

수화기를 내려놓은 나는 내가 좀 지나친 반응을 보였을 수도 있다는 걸 깨닫는다. 그러니까 내 말은 그렇다고 감히 루크를 자르겠냐는 말이다, 아무렴. 어쨌거나 그건 루크네 회사인데.

사실, 난 그가 하루 쉰다는 사실이 기쁘다.

그렇긴 해도, 루크가 아프다니? 절대 아픈 법이 없는 남자였는데. 그리고 조깅을 한 적도 없었다. 무슨 일이지?

일이 끝나고 에린이랑 한 잔 하기로 했었지만 미안하다고 하고 서둘러 집으로 간다. 아파트의 어둠 속으로 들어선 순간 잠시 나는 루크가 돌아오지 않았을 거라는 생각을 한다. 하지만 곧 침침한 어둠 속에서 운동복 바지와 낡은 티셔츠를 입고 탁자 앞에 앉아 있는 그의 모습을 발견한다.

이제야, 우리 둘만의 저녁 시간이 생겼다. 좋다, 지금이다. 그에게 모든 것을 말하리라.

"나 왔어." 나는 그의 옆에 있는 의자에 슬그머니 앉는다. "좀 나아졌어? 사무실로 전화했더니 자기가 아파서 나오지 않았다고 하잖아."

아무런 반응이 없다.

마침내 루크가 입을 뗀다. "출근할 만큼 마음이 정리가 되지 않아서."

"하루 종일 뭐 했어? 정말 조깅 갔었어?"

"산책했어." 루크가 말한다. "그리고 생각했어. 아주 많이."

"무슨 생각? 자기 어머니 생각?" 나는 한번 찔러본다.

"응. 우리 어머니에 대해서, 그리고 다른 여러 가지에 대해서도." 그는 그제서야 나를 돌아본다. 놀랍게도 면도도 하지 않은 얼굴이다. 음…… 솔직히 난 면도하지 않은 그의 얼굴도 좋다. 더 섹시하니까.

"근데 자기 괜찮아?"

"그게 문제야." 그는 잠시 뜸을 들였다 말한다. "나 괜찮아?"

"간밤에 술을 너무 마셨나 보다." 나는 외투를 벗으며 할 말을 정리한다. "루크, 내 말 좀 들어봐. 중요한 이야기가 있어. 벌써 몇 주 동안 미뤄왔는데……."

"베키, 맨해튼의 격자 구조에 대해서 생각해본 적 있어?" 루크가 내 말을 가로막는다. "진지하게 생각해본 적 있냐구?"

"어…… 아니." 나는 잠시 움찔한다. "그렇다고는 말 못하겠어."

"꼭…… 삶에 대한 은유 같아. 어디든 걸어서 갈 수 있는 자유가 있다고들 생각하지. 하지만 사실……" 그는 탁자 위에 손가락으로 줄을 긋는다. "엄격하게 통제되고 있는 거야. 위쪽 혹은 아래쪽. 왼쪽 혹은 오른쪽. 그 중간은 없어. 다른 선택의 여지는 없다구."

"맞아." 나는 잠시 뜸을 들였다 말한다. "옳고말고. 문제는, 루크……."

"인생은 열린 공간이어야 해, 베키. 자기가 선택한 방향이라면 어디든 걸어갈 수 있어야 한다구."

"나는 있잖아……."

"오늘 난 이 섬의 끝에서 끝까지 걸었어."

"진짜?" 나는 그를 쳐다본다. "어…… 왜?"

"한 지점에서 고개를 들었더니 사무실 빌딩들에 둘러싸여 있더군. 햇살이 통유리에 반사되고 있었어. 이쪽저쪽으로."

"멋지게 들린다." 나는 어색하게 맞장구를 쳐준다.

"내가 무슨 말을 하고 있는지 너 알아?" 그는 진지한 눈길로 나를 뚫어져라 바라본다. 나는 갑자기 그의 눈자위에 생긴 보라색 그림자를 발견한다. 세상에! 맥이 완전히 풀려 있다.

"빛이 맨해튼에 들어와서는…… 갇혀버린 거야. 맨해튼이라는 세상에 갇혀서 앞으로도 뒤로도 튀어보지만 빠져나가지는 못하는 거야."

"하긴…… 맞아, 그럴 거야. 다만…… 이따금 비가 내릴 때만 빼고, 그치?"

"그리고 사람들도 마찬가지야."

"그래?"

"여기가 지금 우리가 사는 세상이야. 자기를 비춰보고, 자기에 도취해서. 궁극적으로는 아무런 의미도 없는데. 병원에 있던 그 남자 봐. 서른 세 살인데 심장발작이 왔어. 죽으면 어쩌지? 죽음을 앞두고도 아무런 여한이 없을까?"

"어……"

"난 여한 없이 살았을까? 솔직히 말해봐, 베키. 나를 봐, 그리고 말해줘."

"저기…… 음…… 그럼 그렇고말고!"

"젠장!" 그는 근처에 있는 브랜던 커뮤니케이션즈의 홍보자료를 집어 들더니 멍하니 쳐다본다. "이게 바로 내 인생의 전부야. 의미 없는 정보 나부랭이들." 그가 돌연 그것을 찢어버린다. 나는 너무 놀라 어찌할 바를 모른다. "아무 의미 없는 걸레쪼가리."

나는 갑자기 그가 우리의 공동계좌 명세서도 함께 찢고 있다는 것을 눈치 챈다. "루크! 그건 은행 명세서야!"

"그래서? 그게 무슨 대수야? 이건 아무런 의미 없는 숫자에 불과해. 누가 신경이나 쓴대?"

"그렇지만…… 그렇지만……."

뭔가 잘못되었다!

"이게 다 무슨 소용이냐구?" 그는 서류 뭉치들을 바닥에 내팽개치고 나는 허리를 굽혀서 그것들을 주워 모은다. "베키, 네가 옳았어."

"내가?" 나는 놀라서 묻는다.

뭔가 잘못되어도 단단히 잘못되었다.

"우린 너무 물질적인 것만 추구하고 살았어. 성공이라는 망상에 사로잡혀서. 돈에 사로잡혀서. 절대로 다른 사람을 사랑하지 않을 사람의 사랑을 얻고자 애를 쓰면서. 제아무리 발버

둥 쳐도……" 그는 말을 하다 말고 거친 숨을 몰아쉰다. "우리한테 중요한 것은 인간미야. 노숙자들의 실상을 알아야 해. 볼리비아 농촌의 아낙네도 알아야 해."

"그렇긴 한데……." 나는 머뭇거리며 말한다.

"일전에 네가 했던 말들이 하루 종일 내 머릿속에 맴도는 바람에 이젠 아예 뇌리에 콱 박혀버렸어."

"내가 무슨 말을 했는데?" 나는 마음이 편치 않다.

"네가 말하기를……." 그는 마치 딱 맞는 말을 고르려는 듯 잠시 뜸을 들인다. "이 지구상에 아주 짧은 시간 머물 뿐이라고 했어. 그리고 마지막 날에 뭐가 더 중요하겠느냐고? 수지타산이 맞는 의미 없는 숫자를 아는 것? 아님 자신이 되고자 했던 사람이 되었다는 것을 아는 것?

나는 입을 헤 벌리고 그를 바라본다.

"하지만…… 그건 내가 되는 대로 갖다 붙인 이야기일 뿐이야! 그냥 해본 이야기일 뿐……."

"나는 내가 되고 싶었던 사람이 아니야, 베키. 내가 되고자 했던 사람이었던 적이 한 번도 없는 것 같아. 나는 세상을 보는 눈이 좁았어. 엉뚱한 것들에 너무 매달려서 살았어."

"그만!" 나는 그의 팔을 꼭 붙잡고 말한다. "자긴 루크 브랜던이야! 자긴 사회적으로 성공했고 잘생겼고 돈도 많고……."

"그런 사람이 되는 게 내 꿈은 아니었어. 문제는 내가 되고

자 했던 사람이 뭔지 모르겠다는 거야. 내가 어떤 사람이 되고 싶었는지 모르겠어…… 어떻게 살고 싶어했는지도…… 어느 길을 가고 싶어했는지도…….” 그는 양손에 얼굴을 묻는다.

"베키, 난 해답이 필요해."

믿을 수가 없다. 루크가 중년의 위기를 지금 겪고 있다는 사실이.

서컨드 유니언 은행

월스트리트 300번지
뉴욕, NY10005

레베카 블룸우드 씨
아파트 B W 11번 스트리트 251번지 뉴욕, NY 10014

2002년 5월 23일

블룸우드 씨께

5월 21일 편지 잘 받았습니다. 저를 좋은 친구로 생각하시게 되었다니
기쁘며 귀하가 질문하신 제 생일은 10월 31일임을 알려드립니다.
또한 결혼식이란 비용이 많이 드는 행사라는 점 인정합니다. 그러나 유
감스럽게도 신용한도를 5천 달러에서 10만 5천 달러로 늘려드리는 것
은 현재로는 불가능합니다.
대신 한도를 6천 달러로 늘려드리며 이번 저희 조치가 도움이 되기를
희망합니다.

월트 피트먼
고객 서비스 팀장

스타즈 유 라이크

유명인사 닮은꼴 인력공급 대행사
웨스트 24번 스트리트 152번지
뉴욕, NY10011

레베카 블룸우드 씨
아파트 B W 11번 스트리트 251번지 뉴욕, NY 10014

2002년 5월 28일

블룸우드 씨께

편지와 사진 잘 받았습니다. 귀하 및 귀하의 약혼자와 닮은 사람을 찾지 못했음을 알려드리게 되어 유감입니다. 또한 귀하의 표현대로 '짭짤한 수입'을 보장한다 해도 저희 회원의 대다수가 회원끼리 결혼하기를 꺼린다는 점을 말씀드려야겠군요.

하지만, 예외는 있는 법이며, 협상만 잘 풀리면 저희 '엘 고어'의 닮은꼴이 '샬레느 틸튼'의 닮은꼴과 결혼할 준비가 되어 있다는 것을 알려드립니다.

이 정보가 도움이 되신다면 연락주시기 바랍니다.

캔디 블루먼크랜츠

드래커포드 로드 49번지 포터즈 바 허트호드셔

2002년 5월 27일

말콤 블룸우드 씨는 엘리노어 셔먼 부인께 6월 22일 플라자 호텔에서 열리는 베키와 루크의 결혼식에 초대해 주신 점에 감사를 표합니다. 그러나 유감스럽게도 다리가 부러진 관계로 부득이하게 참석을 하지 못하게 되었음을 알려드립니다.

오크스 엘튼 로드 41번지 옥스샷 서리

2002년 5월 27일

마틴 웹스터 부부는 엘리노어 셔먼 부인께 6월 22일 플라자 호텔에서 열리는 베키와 루크의 결혼식에 초대해 주신 점에 심심한 감사를 표합니다. 그러나 선열에 걸린 관계로 부득이하게 참석할 수 없게 되어 유감입니다.

폭스트로트 웨이 9번지 레이게이트 서리

2002년 5월 27일

톰 웹스터 부부는 친절하시게도 엘리노어 셔먼 부인께서 6월 22일 플라자 호텔에서 열리는 베키와 루크의 결혼식에 초대해주신 점에 감사드립니다. 그러나 유감스럽게도 키우던 개가 직전에 죽은 관계로 부득이하게 불참하게 되었음을 알려드립니다.

모든 게 영망진창이야!

이건 장난이 아니다. 루크가 일주일이 넘도록 출근을 하지 않았다. 면도도 하지 않았다. 그저 무턱대고 나가서 정처 없이 떠돌아다니다가 새벽이 되어서야 곤드레만드레 취해서 들어온다. 그리고 어제 퇴근 후 집에 돌아온 나는 그가 자기 구두를 모두 거리의 사람들에게 나눠주었다는 걸 알게 되었다.

도무지 어찌하면 좋을지 모르겠다. 아무리 애써봐도 소용이 없는 것 같다. 집에서 영양가 높은 수프를 만들어주기도 했다. (최소한 집에서 데워서 그릇에 담았으며 영양가가 있다고 포장에 써 있었다.) 다정하고 부드럽게 사랑을 나누는 방법도 써봤다. 처음에는 그런대로 통하는 것 같았다. (그리고 꽤 많이 진전이 되었다.) 그렇지만 아무것도 달라진 것은 없었다. 그 뒤로도 그는 똑같이 행동했다. 침울한 얼굴로 허공만 바라보고 있었다.

내가 가장 애썼던 것은 앉아서 이야기를 나누는 거였다. 때로는 뭔가 이야기가 통하는 것 같은 생각이 든다. 하지만 루크는 곧 다시 원상태로 되돌아가서 우울해하거나 "그게 무슨 소용이야?" 하고는 밖으로 나가버린다. 진짜 문제는 그가 하는 말이 도무지 하나도 말이 되지 않는다는 거다. 어느 순간에는 회사를 떠나 정계에 들어가고 싶다고 말한다. 자기 마음은 지금 거기에 가 있으며 그 일을 하면 절대로 배반당하지 않을 거라고. (정치? 전에는 정치의 '정' 자도 꺼내 본 적이 없는 사람이?) 그러나 곧 다음 순간에 아버지가 되는 게 자기가 원했던 모든 것이라며 아이를 여섯 정도 키우면서 집에서 살림하는 아빠가 되겠다고 말하는 식이다.

그사이 그의 비서는 매일 전화를 걸어서 루크가 좀 나아졌는지 묻고 나는 하는 수 없이 점점 더 심한 이야기들을 지어내고 있다. 아마 지금쯤 회사에서는 그가 진짜로 흑사병에 걸렸다고 알고 있을지도 모른다.

도무지 내 힘으로는 어쩔 수가 없어서 어제 마이클에게 전화를 걸었다. 그는 오늘 와서 자기가 도울 수 있는 방법을 찾아보겠다고 약속했다. 이 상황에서 도움이 될 만한 사람은 마이클밖에 없다.

그리고 결혼식은…… 생각만 하면 속이 뒤집어진다. 이제 3주 남았다. 하지만 아직도 해결책은 없다. 엄마는 매일 아침 전화를 하시고 나는 그럭저럭 정상적으로 엄마와 이야기한다. 로빈은 매일 오후에 전화를 걸고 나는 또 그럭저럭 정상적으로 그녀에게 이야기한다. 심지어 얼마 전에는 결혼식 당일에 나타나지 않을지도 모른다는 농담까지 했다. 우리는 깔깔거리며 웃었고 로빈은 "소송을 걸 거예요!" 하고 나를 놀리기까지 했다. 그리고 나는 그럭저럭 히스테리컬하게 울지는 않았다.

꼭 천 길 낭떠러지에서 떨어지고 있는 기분이다. 낙하산도 없이 땅바닥을 향해서 수직낙하를 하고 있다.

어떻게 그렇게 되었는지는 모르겠다. 정상적인 공포상태를 넘어선, 정상적인 해결책을 넘어선 전혀 새로운 곳으로 빠져들어간 것 같다. 나를 구하려면 기적이 일어나는 수밖에 없다.

이게 나에게 남은 유일한 한 가닥 희망이다. 성 토마스 성당에 50개의 촛불을 밝혔고 성 패트릭 성당에 또 50개를 더 밝혔으며, 65번 스트리트의 유대교 예배당 기도판에 간청문을 올렸으며, 힌두의 신인 가네샤에게 꽃을 바쳤다. 게다가 인터넷에서 찾아낸 오하이오 주에 있는 한 무리의 사람들이 모두 나를 위해서 열심히 기도하고 있다. 그러니까, 최소한 그들은 알코올 중독과 싸우는 악전고투 끝에 내가 행복을 찾게 되기를 기도하고 있는 셈이다. 길버트 목사님께서는 차마 두 번의 결혼식에 대해 설명할 수가 없었다. 사람을 속이는 일이 주님께 얼마나 크나큰 고통인지에 대해서 언급하면서 그것은 사탄이 의로운 자의 눈을 뽑는 것과 맞먹는다고 설교하는 그분의 글을 읽은 터라 차마 그럴 수가 없었다. 그래서 알코올 중독으로 가기로 했다. 그에 대한 내용이 담긴 페이지가 이미 있었으니까. (그리고 솔직히 하루에 미니 병에 담긴 보드카를 세 병씩 마시고 있으므로 사실상 중독 단계에 이르렀다고 볼 수 있다.)

내게는 휴식이 없다. 집에서도 긴장을 늦출 수가 없다. 아파트는 나를 가둔 채 사방이 꼭꼭 막혀버린 것 같다. 방마다 커다란 상자에 든 결혼 선물들이 네 벽을 따라 빽빽하게 들어차 있다. 엄마는 하루에 50건 정도 되는 팩스를 보내신다. 로빈은 아무 때고 자기 편할 때 불쑥불쑥 집으로 찾아온다. 거실에는 로빈이 나한테 물어보지도 않고 보내온 드림드레스와 베일과 화관들이 잔뜩 있다.

"베키?" 아침 커피를 마시다 말고 고개를 들어보니 대니가 부엌으로 어슬렁어슬렁 들어오고 있다. "문이 열렸던데? 출근 안 해?"

"하루 휴가 냈어."

"그렇구나." 그는 시나몬 토스트를 한 조각 집어서 깨문다. "그래, 환자의 상태는 어때?"

"웃기는 소리 마."

"진심이야." 잠시 대니가 몹시도 걱정스런 표정을 짓는다. 덕분에 마음이 살짝 누그러진다. "아직도 헤어나지 못하고 있어?"

"별로." 나는 시인한다. 그의 눈빛이 밝아진다.

"그럼 아직도 나눠줄 옷이 더 남았어?"

"없어!" 나는 성질을 버럭 낸다. "더는 없어! 그리고 그 구두 돌려줘!"

"새 프라다 구둔데? 농담 마! 내 거야. 루크가 줬어. 더 갖고 싶지 않다면서……"

"갖고 싶어해. 그럴 거야. 지금은 단지…… 스트레스를 좀 받아서 그럴 뿐이야. 사람은 누구나 스트레스를 받아! 그렇다고 자기가 구두를 가져도 된다는 건 아니야!"

"사람은 다 스트레스를 받아. 하지만 그렇다고 생판 모르는 사람한테 100달러짜리 지폐를 마구 주진 않아."

"진짜야?" 나는 걱정이 되어 고개를 든다. "그이가 그랬어?"

"지하철에서 봤어. 기타를 든 장발족 남자한테 루크가 무턱대고 다가가더니 돈뭉치를 주더라. 그 남자는 구걸하지도 않았거든. 사실, 아주 불쾌한 듯 보이더라."

"아, 난 몰라……"

"내 이론 좀 들어볼래? 루크한테는 편안하고 느긋한 장기간 신혼여행이 필요해. 어디로 갈 거니?"

아, 난 몰라! 또 천 길 낭떠러지로 추락한다. 신혼여행? 아직 예약도 못했다. 내가 무슨 재주로? 어디로 갈지도 모르는데.

"우린…… 비밀이야." 나는 마침내 얼버무린다. "당일에 발표할 거니까."

"그래, 뭘 만들고 있어?" 대니가 렌지 위를 올려다본다. 냄비 안에 든 것이 부글부글 넘치고 있다. "웬 나뭇가지? 음, 무슨 맛으로 먹냐?"

"중국 한약재야. 스트레스에 좋대. 팔팔 끓여서 국물을 마시는 거야."

"루크한테 이걸 먹이겠다고?" 대니가 냄비 속을 휘젓는다.

"루크 먹일 것 아냐. 내가 먹을 거야!"

"자기가? 자기가 스트레스 받을 일이 뭐 있다고?"

초인종이 울리고 대니는 누군지 물어보지도 않고 버튼을 눌러 문을 열어준다.

"대니!"

"누구 기다리는 사람 있어?" 대니는 인터폰을 제자리에 놓으며 말한다.

"야, 그러다가 나를 스토킹하던 연쇄살인범이면 어쩌고?" 나는 냉소적으로 말한다.

"잘됐네." 대니가 시나몬 토스트를 한 입 더 깨문다. "그러잖아도 누군가 살해되는 걸 좀 봤으면 했는데."

문에서 노크 소리가 들리고 나는 대답하러 일어선다.

191

"자기 좀 괜찮은 옷으로 갈아입어야겠다." 대니가 말한다. "법 정에 나온 사람들이 그런 차림을 한 네 사진을 보게 될 거 아 냐! 잘 보이고 싶지 않아?"

또 배달원이겠거니 생각하며 문을 연다. 하지만 마이클이다. 노란 캐시미어 스웨터를 입은 그가 활짝 웃고 있다. 그의 모습 을 본 순간 내 심장은 안도감으로 파닥거린다.

"마이클!" 나는 이렇게 소리치며 그를 끌어안는다. "이렇게 와줘서 정말 고마워요!"

"별 말씀을. 진작 알았더라면 더 일찍 왔을 텐데. 난 그런 줄 도 모르고……."

"하긴. 실은 제가 알리지 않았어요. 한 이틀 그러다 말 줄 알 았거든요."

"그래, 루크는 있어요?" 마이클이 아파트 안을 들여다본다.

"아뇨. 아침에 나갔어요. 어디 갔는지 모르겠어요." 나는 난 처한 표정으로 어깨를 으쓱한다.

"돌아오면 안부나 전해줘." 대니가 문으로 나가며 말한다. "그리고 잊지 마. 루크의 랄프 로렌 코트는 내가 찜해놨어."

나는 새로 커피를 내린다.(카페인 없는 걸로. 마이클은 요즘 그 런 것만 마신다.) 그리고 미심쩍은 기분으로 한약을 젓고는 거실 에 널려 있는 것들을 피해서 소파까지 가까스로 간다.

"그래서," 그는 잡지더미를 치우고 자리에 앉으며 말한다.

"루크가 정신적 중압감을 느낀다 이거죠?" 그는 내가 떨리는 손으로 우유를 따르는 걸 지켜본다. "와서 보니 베키도 그런 것 같군요."

"전 괜찮아요." 나는 재빨리 말막음을 한다. "루크가 문제예요. 하룻밤 새에 사람이 완전히 바뀌었어요. 어느 순간에는 멀쩡하다가도 곧 '해답이 필요해.' 그리고 '왜 사는 걸까?', '우린 어디로 가는 걸까?' 같은 소리를 해대는 거예요. 어찌나 마음이 상했는지 출근도 안 해요…… 어떻게 하면 좋을지 모르겠어요."

"언젠가는 이런 일이 생길 줄 알았습니다." 마이클이 커피잔을 받아들며 말한다. "그동안 너무 자기 자신을 몰아붙였어요. 늘 그런 식이었죠. 그런 속도로 그렇게 오래 일을 한 사람이라면 당연히……" 그는 서글픈 표정을 지으며 어깨를 으쓱해 보이더니 자기 가슴을 툭툭 친다. "알았어야 하는 건데. 뭔가를 해줬어야 했는데."

"아무 소용이 없어요. 그냥…… 매사가." 나는 입술을 깨문다. "당신이…… 쓰러졌을 때 생각 이상으로 큰 영향을 받은 것 같아요."

"그것도 한 가지 이유가 될 수 있죠."

"맞아요. 두 분이 다투셨던 것도…… 대단한 충격이었어요. 그 일을 계기로 그이가…… 잘 모르겠지만 삶 자체에 대해 깊이 생각하게 된 것 같아요. 게다가 자기 생모 문제가 겹쳤고요."

"아!" 마이클이 고개를 끄덕인다. "알아요. 루크가 〈뉴욕 타임스〉 기사 때문에 마음 상했던 거. 그럴 만도 하죠."

"그건 아무것도 아니에요! 그 뒤로 더 끔찍한 일만 계속……"

루크가 자기 아버지가 보낸 편지들을 찾은 이야기를 해주자 마이클은 눈에 보일 정도로 움찔한다.

"그랬군요." 그는 생각에 잠겨서 커피를 저으며 말한다. "이제 모든 게 이해가 갑니다. 그가 이룬 것들의 많은 부분 뒤에는 그의 생모가 작용하고 있었던 거예요. 그 점은 우리 모두 인정해야 할 것 같습니다."

"뭐랄까? 갑자기 어째서 자기가 하는 일을 해야 하는지 그 이유를 상실하게 된 거예요. 그래서 다 포기해버렸어요. 일하러 가려고 하지도 않고 거기에 대해서 말하려 하지도 않고, 엘리노어 셔먼 부인은 아직도 스위스에 있고 회사 직원들은 자꾸만 전화해서 그의 상태를 묻고 저는 '사실은, 루크가 전화를 받을 수 없어요. 지금 중년의 위기를 맞았거든요……' 라고 말하기도 싫고."

"걱정 말아요. 오늘 사무실에 들어가 보죠. 가서 안식기간을 갖도록 주선해볼 수도 있을 겁니다. 게리 쉐퍼드가 일을 좀 맡아줄 수도 있을 겁니다. 아주 능력이 있는 사람이죠."

"괜찮은 사람일까요?" 나는 걱정스러운 얼굴로 마이클을 바라본다. "그러다 루크를 몰아내는 거 아니에요?"

지난번에 루크가 회사에서 잠시 눈을 뗐을 때 불여우 면상을 한 빌어먹을 알리샤 빌링튼이 루크의 고객들을 모두 빼내가고 회사를 통째로 말아먹으려 한 적이 있었다. 정말 그때는 브랜던 커뮤니케이션즈가 끝장나는 줄 알았다.

"게리는 괜찮을 겁니다." 마이클이 나를 안심시켜 준다. "그리고 나도 현재 일이 그리 과중하지 않으니까 도울 수 있을 거예요."

"아니에요!" 나는 질색을 한다. "너무 일을 많이 하면 큰일 나요! 쉬엄쉬엄 하셔야죠!"

"베키, 나, 이래 봬도 아직 한물간 건 아닙니다!" 마이클이 살짝 노여움을 보인다. "우리 딸하고 둘이 아주 똑같은 말로 사람을 못살게 구는군요."

전화벨이 울리지만 나는 자동응답기로 연결될 때까지 그냥 내버려둔다.

"그래, 결혼식 준비는 잘 돼갑니까?" 마이클이 방 안을 둘러보며 묻는다.

"아…… 좋아요!" 나는 밝게 미소 짓는다. "고마워요."

"결혼식 전에 준비되는 만찬 문제로 웨딩플래너한테서 전화를 받은 적이 있어요. 베키네 부모님께서는 만찬에는 못 오실 거라고 하더군요."

"예." 나는 잠시 머뭇거린다. "못 오세요."

"유감이군요. 그럼 언제 비행기를 타십니까?"

"저기……" 나는 커피를 한 모금 마시며 그의 시선을 피한다. "정확한 날짜는 모르겠고……."

"베키?" 엄마의 목소리가 자동응답기를 통해서 방 안에 울려 퍼지는 바람에 화들짝 놀란 나는 커피를 소파에 찔끔 흘린다. "베키, 얘야, 밴드에 대해서 할 얘기가 있다. '락 DJ'를 연주할 수가 없다는구나. 베이스 연주자가 네 코드밖에 연주할 줄 몰라서 그렇단다. 그래서 자기네들이 연주할 수 있는 곡 목록을 보내줬거든."

아, 미치고 팔짝 뛰겠다! 나는 방을 가로질러 몸을 날려서 수화기를 집어 든다.

"엄마!" 나는 숨도 쉬지 않고 말한다. "저기, 제가 지금 중요한 일을 하고 있는 중이니까 나중에 전화드려도 되죠?"

"그렇지만 얘, 노래 제목을 보고 네가 오케이를 해줘야지! 팩스로 보낼게, 그래도 되지?"

"좋아요. 그렇게 하세요."

나는 수화기를 쾅하고 내려놓은 뒤에 소파로 돌아온다. 태연한 표정을 지으려고 애쓰면서.

"어머니께서 결혼식 준비에 참여하고 계신 게 확실하군요." 마이클이 미소를 짓는다.

"어, 저기…… 그래요."

전화벨이 다시 울리기 시작하고 나는 그것을 무시한다.

"늘 물어보고 싶었는데, 어머님께서는 미국에서 결혼식을 올리는 걸 탐탁지 않게 여기시진 않으십니까?"

"아니요!" 나는 행운을 비는 의미에서 손가락을 꼬며 말한다. "그런 것에 뭐하러 신경쓰시겠어요?"

"난 또, 어머니들이 결혼식에 얼마나 민감한 반응을 보이는지 잘 아는 터라……."

"미안하다, 애야, 잠깐 할 얘기가 있어서." 또 엄마의 목소리다. "재니스가 냅킨을 어떤 모양으로 접으면 좋겠느냐고 물어보라는구나. 주교님 모자 모양으로 하랴? 아니면 백조 모양으로 하랴?"

나는 수화기를 붙잡는다.

"엄마! 손님이 와 계시단 말이에요!"

"부디, 저한테는 신경 쓰지 마세요." 마이클이 소파에서 말한다. "중요한 일이라면……."

"중요하지 않아요. 어떤 모양으로 냅킨을 접든 난 손톱만큼도 관심 없다구요! 딱 2초 동안만 백조 모양을 하고 있을 건데 뭐하러……."

"베키!" 엄마께서 충격을 받아 고함을 치신다. "너 어떻게 그렇게 말할 수가 있니? 네 결혼식을 위해서 냅킨접기 강의를 들었는데! 수강료를 45파운드나 내고 직접 도시락을 싸갖고 다니면서……."

양심의 가책이 파고든다.

"저기, 엄마, 미안해요. 딴 생각을 하느라고 그만. 그냥……주교님 모자 모양으로 해요. 그리고 재니스 아주머니께는 이렇게 도와주셔서 정말 고맙다고 말씀드려주세요."

막 수화기를 내려놓는데 초인종이 울린다.

"재니스가 웨딩플래너 이름입니까?" 마이클이 관심을 갖고 묻는다.

"어…… 아니에요. 로빈이 웨딩플래너예요."

"팩스가 왔습니다!" 구석에 있는 컴퓨터에서 이런 소리가 들려온다. 한꺼번에 너무 많은 게 터진다.

"실례해요. 누가 왔는지……."

나는 숨을 헉헉거리며 현관문을 연다. 배달원이 엄청나게 큰 종이 상자를 들고 있다.

"블룸우드 씨께 온 소포입니다. 아주 깨지기 쉬운 거라서."

"고맙습니다." 나는 어색하게 인사를 하며 물건을 받아 든다.

"여기 서명을……" 그는 펜을 주더니 코를 킁킁거린다. "주방에서 뭔가 타고 있나 본데요?"

아, 미치고 팔짝 뛰겠다! 내 한약!

나는 쏜살같이 주방으로 달려가 불을 끈다. 그런 다음에 다시 현관으로 가서 펜을 잡는다. 또 전화벨이 울린다. 대체 다들 왜 나를 이렇게 못살게 구는 거야!

"그리고 여기……."

나는 최선을 다해서 줄을 맞춰 서명을 하고 배달원은 의혹의 눈초리로 힐끔거리며 본다. "뭐라고 쓰시는 거예요?"

"블룸우드! 블룸우드라고 서명하잖아요!"

"여보세요." 마이클의 목소리가 들린다. "아니요. 여긴 베키의 아파트입니다. 저는 친구 마이클 엘리스구요."

"다시 서명해주셔야겠습니다. 읽을 수 있게 말입니다."

"예, 제가 루크의 들러립니다. 아, 그러십니까! 그러잖아도 만나 뵙길 고대하고 있었습니다!"

"됐죠?" 나는 내 이름을 칼을 휘두르듯 휘갈긴 뒤에 묻는다. "만족하세요?"

"이제야 알아보겠군요!" 배달원은 충성이라도 외치듯 손을 들어 보이더니 어슬렁어슬렁 나간다. 발로 문을 닫고 거실로 들어서는데 마이클이 이렇게 말한다. "예식에 대한 계획은 들었습니다. 아주 굉장하겠더군요!"

'누구하고 이야기하는 거예요?' 하는 입모양을 내가 지어보이자, '당신 어머니.' 하고 마이클이 미소를 지으며 역시 소리 내지 않고 입모양을 지어 보인다. 나는 그만 들고 있던 상자를 바닥에 떨어뜨릴 뻔한다.

"그날은 예식이 원활하게 진행되리라 확신합니다." 마이클이 안심시켜 주듯 말한다. "그러잖아도 베키하고 얘기를 했는데 결혼식에 이렇게 열심히 신경 써주시다니 참 존경스럽습니다. 쉽지 않으셨을 텐데 말이에요!"

안 돼. 제발, 안 돼!

"저," 마이클이 놀란 얼굴로 말한다. "제 뜻은 단지, 수고가 많으셨겠다는 말입니다. 영국에 계시면서…… 그리고 베키하고 루크는 결혼식을……."

"마이클!" 나는 절망적으로 외친다. 마이클이 놀라서 나를 쳐다본다. "그만!"

그는 수화기를 손으로 가린다. "뭘 그만하라는 겁니까?"

"우리 엄마. 엄마는…… 모르세요."

"뭘 모르신다는 거예요?"

나는 그를 바라보며 고민한다. 결국 그가 전화를 계속 받는다. "블룸우드 부인, 이만 가봐야 돼서요. 여기 일이 좀 복잡하거든요. 여하튼 통화하게 돼서 즐거웠습니다. 그리고…… 결혼식 때 뵙겠습니다. 그럼요. 예."

그는 수화기를 내려놓는다. 소름끼치도록 두려운 침묵이 찾아든다.

"베키, 어머니께서 뭘 모르신다는 겁니까?" 그가 마침내 묻는다.

"저…… 됐어요."

"아닌 것 같은데요." 그는 나를 깐깐한 눈길로 바라본다. "뭔가 미심쩍은 감이 듭니다."

"저…… 정말 아무것도 아니에요. 진짜……."

나는 구석에서 들려오는 지지징 소리에 말을 멈춘다. 엄마의 팩스다. 나는 재빨리 상자를 소파에 내팽개치고 팩스 쪽으로 달려간다. 하지만 마이클이 더 빠르다. 그는 기계에서 팩스를 뽑아서 읽기 시작한다.

"레베카와 루크의 결혼식 축가 목록. 날짜, 6월 22일. 장소, 더 파인즈, 엘튼 로드 43번지…… 옥스샷……." 그는 고개를 든다. 인상을 쓰고 있다. "베키, 이게 뭡니까? 플라자에서 결혼하는 거 아니었어요?"

난 대답을 못한다. 피가 거꾸로 솟구친다. 귀가 멍하다.

"맞죠?" 마이클의 목소리가 더욱 준엄해진다.

"저도 모르겠어요." 마침내 모기만 한 소리로 대답한다.

"자기 결혼식 장소를 모르다뇨?" 그는 팩스를 다시 살핀다. 그가 차차 모든 정황을 파악해가는 게 눈으로 보인다.

"기가 막혀서!" 그가 고개를 든다. "어머님께서 영국에서 결혼식 준비를 하고 계시군요?"

나는 아무 말도 못하고 그저 처참한 기분으로 그를 쳐다보기만 한다. 수지한테 들켰을 때보다 더 끔찍하다. 수지야 원래 오

201

래전부터 나를 잘 아는 아이니까. 내가 얼마나 바보스러운지 알고 또 항상 나를 용서해주는 친구니까. 하지만 마이클은……
나는 공포를 삼킨다. 마이클은 항상 나를 존중해줬는데. 한때는 나더러 날카롭고 직관력이 있다고까지 해줬는데. 나한테 자기 회사에 자리를 내주려고까지 했는데. 내가 얼마나 끔찍한 사고를 쳤는지 그가 안다는 사실을 감당할 수가 없다.

"어머님께서 플라자 건에 대해서 조금이라도 알고 계십니까?"

느릿느릿 나는 고개를 젓는다.

"루크의 어머니도 이 사실을 알고 있습니까?" 그는 팩스를 툭 친다. 나는 또 다시 고개를 젓는다.

"아는 사람 있어요? 루크는 압니까?"

"아무도 몰라요." 나는 마침내 내 목소리를 찾는다. "아무에게도 말하지 않겠다고 약속해주세요."

"말하지 말라니? 지금 장난하는 겁니까?" 그는 어이가 없다는 듯 머리를 흔든다. "베키, 어떻게 이 지경까지 일을 끌고 왔습니까?"

"저도 모르겠어요. 모르겠어요. 이렇게 만들려고 했던 게 아닌데……"

"양가를 모두 속이려는 마음은 없었다 이 말이에요? 비용은 어쩌고, 또 거기 들어간 노력은…… 지금 얼마나 큰 곤경에 처했는지 알기나 합니까?"

"저절로 해결될 거예요!" 나는 자포자기해서 말한다.

"그게 말이 됩니까? 베키, 이건 두 남자를 동시에 만나는 것하고는 다릅니다! 수백 명의 사람들이 걸린 문제라구요!"

"딩동, 딩동!" 갑자기 책꽂이에 있는 내 결혼식 카운트다운 자명종이 울리기 시작한다. "딩동, 딩동! 겨우 22일 남았습니다!"

"닥쳐!" 나는 차갑게 외친다.

"딩동, 딩."

"닥쳐!" 나는 울부짖으며 시계를 바닥에 냅다 던져버린다. 시계의 유리가 깨져 흩어진다.

"22일?" 마이클이 묻는다. "그럼 겨우 3주 남았잖아요!"

"뭔가 좋은 수가 생각날 거예요! 3주면 많은 일이 벌어질 수 있다구요!"

"좋은 수를 생각해내요? 그게 유일한 대답입니까?"

"기적이 일어날지도 모르잖아요!"

나는 미소를 지어본다. 하지만 마이클의 얼굴에는 반응이 없다. 그는 여전히 어이없다는 표정이다. 화가 난 것도 같다.

갑자기 가슴속에서 통증이 느껴진다. 마이클이 나한테 화를 내면 난 견딜 수 없을 거다. 골치가 지끈거리고 뜨거운 눈물이 핑 돈다. 떨리는 손으로 나는 핸드백과 재킷을 집어 든다.

"어쩔 셈입니까?" 그의 음성이 날카롭다. "베키, 어딜 가는 거예요?"

나는 그를 멍하니 바라본다. 머리는 열나게 돌아간다. 달아나야 한다. 이 아파트에서, 내 인생에서, 이 끔찍한 아수라장에서. 나한테는 평화를 구할 공간이 필요하다. 피신처. 위안을 얻을 수 있는 곳.

"티파니에 갈 거예요." 나는 반쯤 울먹이며 이렇게 말하고 문을 닫는다.

티파니의 문간을 넘은 지 5초 후, 어느 새 나는 안정을 되찾는다. 심장 박동수도 줄었다. 머리도 덜 미친 듯이 돌아가기 시작한다. 반짝이는 보석으로 가득한 진열장들을 돌아보노라니 마음이 치유되는 느낌이다. 오드리 헵번이 옳았다. 티파니에서는 절대로 나쁜 일이 일어날 수가 없다.

나는 1층 뒤편으로 걸어간다. 관광객들을 피해서 다이아몬드 목걸이에 눈길을 보낸다. 내 또래 여자가 약혼반지를 끼어보고 있다. 그녀의 달뜬 얼굴을 보자 가슴속에서 쓰라린 고통이 느껴진다.

루크하고 내가 약혼한 것이 까마득한 옛날 일 같다. 다른 사람이 된 기분이다. 다시 되돌릴 수만 있다면. 다시 기회가 주어진다면. 전부 다 지금하고는 다르게 처리했을 텐데.

하지만 이제 와서 내 자신을 닦달해봤자 무슨 소용이랴? 벌써 저지른 일인 것을, 아무것도 달라질 게 없는 것을.

나는 엘리베이터를 타고 3층으로 올라간다. 엘리베이터에서 내리는 순간 마음이 더 풀린다. 여기는 정말 별천지다. 관광객들로 복닥거리는 아래층하고는 차원이 다르다. 천국 같다.

매장 전체가 조용하고 널찍널찍하다. 윗면에 거울이 붙은 장위에 도자기와 은제품과 유리 제품이 전시되어 있다. 조용한 명품 세상이다. 아무런 걱정거리 없는 교양 있고 돈 있는 사람들의 세상. 감색 옷을 입은 흠잡을 데 없는 젊은 여자가 유리로 만든 촛대를 꼼꼼히 들여다보고 있다. 또 다른 여자는 만삭이 다 된 몸으로 순은으로 만든 딸랑이를 보고 있다. 여기 있는 사람들은 걱정근심이 없다. 그들이 직면한 가장 큰 딜레마는 만찬용 접시를 금테를 두른 것으로 할 것인가 백금 테를 두른 것으로 할 것인가 하는 정도다. 여기 있는 한 나는 안전할 것이다.

"베키? 맞죠?" 가슴이 철렁해서 돌아보니 에일린 모건이 나를 보고 화사하게 웃고 있다. 에일린은 내가 여기에 등록하러 왔을 때 내게 매장을 안내해준 사람이다. 그녀는 머리를 돌돌 말아 올린 나이 지긋한 부인으로, 어렸을 적에 내게 발레를 가르쳐주셨던 선생님을 떠올리게 하는 사람이다.

"안녕하세요, 에일린. 어떻게 지내세요?"

"잘 지내요. 좋은 소식이 있어요!"

"좋은 소식?" 나는 멍청하게 되묻는다.

내가 가장 최근에 좋은 소식을 들었던 게 언제였더라?

"결혼선물목록이 아주 잘 나가고 있어요."

"진짜예요?" 나도 모르게 피프스 선생님이 내 쁠리에(발레에서 무릎을 오그리는 동작)가 잘 됐다고 말씀하실 때 느꼈던 그 뿌듯함이 살아난다.

"정말 아주 잘 나가고 있어요. 사실, 전화하려던 참이었어요. 때가 온 것 같아서……" 에일린은 잠시 말을 멈춘다. "……좀 더 큰 아이템을 해보라고. 은제 그릇이나 대형 접시나. 골동품 그릇 같은 것으로."

나는 무슨 소린가 싶어 그녀를 빤히 쳐다본다. 일종의 결혼선물목록 등록 용어다. 말하자면 나더러 로열 발레단 시험을 봐도 좋겠다고 하는 것과 같은 소리다.

"정말로 제가 그…… 거기에 속한다고 보세요?"

"베키, 베키의 결혼선물 매출 실적이 아주 인상적이에요. 우리 매장 최고의 신부들 수준에 이르렀어요."

"전…… 뭐라고 말해야 할지 모르겠네요. 전혀 생각지 못했던 일이라……"

"자기 자신을 과소평가하지 말아요!" 에일린이 다정한 미소를 지으며 매장 안을 가리킨다. "원하는 만큼 오래오래 둘러보시고 어떤 것을 더 추가할지 말씀만 해주세요. 도움이 필요하시면 저를 부르시고요." 그녀는 내 팔을 꼭 잡는다. "잘했어요, 베키."

그녀가 멀어지자 내 눈은 감사의 눈물로 따끔거린다. 내가 구제불능이라고 생각하지 않는 사람도 있구나. 내가 모든 걸 다 망쳤다고 생각하지 않는 사람도 있구나. 최소한 한 분야에서만은 나도 성공했다 이거야!

나는 골동품 진열장을 향해 가서 감격에 겨워 은으로 만든 쟁반을 쳐다본다. 에일린을 실망시키지 않으리라. 가능하다면 가장 고급스런 골동품 그릇을 등록하리라. 찻주전자와 설탕통 과……

"레베카."

"예?" 나는 돌면서 이야기한다. "아직 결정을 다……."

그러다 그만 말을 멈춘다. 내가 하려 했던 말들이 입술에서 오그라든다. 에일린이 아니다.

빌어먹을 알리샤 롱다리 계집애다.

별안간 심술궂은 요정처럼 나타났다. 분홍색 정장에 티파니 쇼핑백을 들고 서 있는 그녀 주위에는 적대감이 빠지직거린다. 항상 그렇듯이.

"근데," 그녀가 말한다. "근데, 베키. 요즘 기분이 꽤 찢어지겠어요, 응?"

"어…… 아니에요. 별로."

"올해의 신부. 요술에 걸린 산골짝의 노처녀."

나는 멍청한 얼굴로 그녀를 바라본다. 알리샤와 내가 그다지 친한 사이는 아니라는 건 나도 안다. 하지만 이건 좀 해도 너무하지 않는가?

"알리샤. 대체 왜 그래요?"

"뭐가?" 그녀가 귀청 따가운 목소리로 말한다. "왜 그러긴 왜 그래? 내 웨딩플래너가 사전에 아무 상의도 없이 날 차버려서, 그래서 약간 질려서 그렇지."

"뭐라구요?"

"그 여자가 왜 날 찼는지 알아? 큼직하고 중요한 플라자 호텔에서 결혼식을 하는 고객에게 온 신경을 쓰려고 그랬어. 특별히 대단하신, 아낌없이 퍼주는 손님인 베키 블룸우드 양을 위해서 말이야."

나는 파랗게 질려서 그녀를 바라본다.

"알리샤, 난 그런 걸 전혀 몰랐……."

"내 결혼식은 박살이 났어. 다른 웨딩플래너를 구할 수가 없었다구! 나에 대해서 온 도시에 나쁜 소문을 퍼트리고 다니는 바람에. 내가 '까다롭다'는 소문 말이야. '까다롭다'니, 누구 염장 지를 일 있나! 출장요리 업자들도 내 전화를 따버리고 드레스는 너무 짧고, 꽃 장식업자는 얼간이고……."

"정말 미안해요." 나는 어찌할 바를 모른다. "정말로 몰랐어요, 그런 줄은……"

"오, 그랬겠지. 로빈이 그 전화를 할 때 당신이 그 사무실에서 킬킬거리고 있지는 않았겠지."

"난 그러지 않았어요! 그렇게 하지도 않을 거고! 이봐요…… 모두 다 잘될 거예요." 나는 숨을 깊이 들이쉰다. "솔직히 내 결혼식도 그렇게 잘 진행되는 것만도 아니니까……"

"웃기는 소리 마. 모두들 당신 결혼식 이야기로 난리야. 온 세상이 더럽고 치사하게도 그 얘기뿐이라구!" 그녀는 쌩하니 돌아서더니 저 멀리 가버린다. 나는 부들부들 떨면서 그녀의 뒷모습을 멍하니 바라본다.

내 결혼식만 망친 것이 아니구나, 알리샤의 결혼식도 망쳤구나. 내가 얼마나 많은 사람들의 생활을 엉망진창으로 만들었던가? 나는 나도 모르는 사이에 여러 사람들에게 큰 해악을 끼치고 있었던가?

나는 다시 관심을 골동품 진열장에 집중하려고 해보지만 괜히 신경만 더 날카로워질 뿐이다. 좋다, 기운을 내자. 몇 가지만 고르자. 그럼 기분이 좋아질지 모른다. 19세기 차 여과기 하나, 자개를 박은 설탕통 하나. 언제든 편리하게 쓸 수 있을 테니까, 아무렴.

그리고 은으로 만든 찻주전자를 본다. 5천 달러밖에 하지 않

209

는다. 그것도 내 목록에 적는다. 그리고 거기에 어울리는 작은 크림통이 있는지 찾아본다. 청바지와 티셔츠를 입은 젊은 커플이 나와 같은 진열장 주위를 어슬렁거리고 있다. 갑자기 그들이 나와 같은 찻주전자를 바라보고 있다는 걸 알게 된다.

"저것 좀 봐." 그 여자가 말한다. "5천 달러짜리 찻주전자야. 대체 어떤 사람이 저런 걸 살까?"

"너 차 좋아하잖아?" 남자가 씩 웃으며 묻는다.

"그렇지! 하지만, 5천 달러나 되는 돈을 뭣하러 찻주전자에 퍼붓냐구?"

"나한테 5천 달러가 생기면 너한테 알려줄게." 남자친구가 말한다. 둘은 함께 까르르 웃더니 손을 맞잡고 다른 데로 간다. 그저 둘이 함께 있는 것만으로도 즐겁고 행복해 보인다.

갑자기 진열장 앞에 서 있는 내가 우습게 느껴진다. 어른 옷을 입고 노는 아이처럼. 5천 달러짜리 찻주전자는 뭣에 쓰려고?

내가 여기서 지금 뭘 하고 있는지 모르겠다. 내가 뭘 하고 있는 거지?

루크가 보고 싶다!

그 생각이 밀려오는 조수처럼 다른 모든 것을 압도한다. 모든 잡동사니와 허섭스레기들을 다 쓸어버린다.

내가 원하는 것은 그 사람뿐이다. 평소 때의 루크와 다시 행복하게 지내는 것. 우리 둘 다 정상적으로 행복하게. 갑자기 우리 둘이 인적 없는 해변에 누워 있는 모습이 떠오른다. 지는 해를 바라보면서. 짐도 없고 소란도 없다. 그냥 우리 단둘이 함께.

이번 난리 통에 정말 중요한 것이 무엇인지 잊고 말았다, 그렇다! 온갖 허울 좋은 것들 때문에 내가 정신이 팔렸던 거다. 드레스, 케이크, 선물. 정말로 중요한 것은 루크가 나하고 있기를 바라고, 나도 그이하고 있기를 바란다는 건데 말이다. 난 정말 바보천치였다.

휴대폰이 울린다. 갑작스런 희망에 가슴이 부푼 나는 핸드백을 뒤진다. "루크?"

"베키! 대체 무슨 일이야?" 수지의 목소리가 내 귀청을 찢어버릴 기세다. 너무 놀라서 전화기를 떨어트릴 뻔한다. "마이클 엘리스한테서 전화를 받았어! 네가 아직도 뉴욕에서 결혼식을 할 거라고 하더라! 벡스, 나 너란 애 알다가도 모르겠어!"

"나한테 소리치지 마! 나 티파니에 있단 말야!"

"티파니에서 대체 무슨 짓을 하는데? 너 이번 문제를 해결해야지! 너 미국에서 결혼하면 가만 안 둬! 어떻게 네가 그럴 수 있어? 그랬다간 너희 엄마 돌아가실지도 몰라!"

"알아! 그렇게 하지 않을 거야! 최소한……" 나는 마음이 산란해서 머리를 손으로 쓸어 올린다. "아, 난 몰라. 수지. 무슨 일이 있었는지 넌 몰라. 루크가 중년의 위기를 맞았어…… 웨딩플래너는 나를 고소한다고 위협하고 있고…… 난 외톨이가 된 기분이야……."

눈에 눈물이 고인다. 아무도 보지 못하는 진열장 뒤쪽으로 살그머니 돌아가서는 카페트가 깔린 바닥에 쪼그리고 앉는다.

"결국 두 번의 결혼식을 치르게 됐는데 두 곳 다 어떻게 할 수가 없어! 이렇게 해도 저렇게 해도 사람들이 나한테 화를 낼 거야. 이렇게 해도 저렇게 해도 난리가 날 거야. 내 인생 최고 의 날이어야 하는데, 수지, 최악의 날이 되게 생겼어. 가장 최 악의 날!"

"벡스, 흥분을 가라앉혀봐." 수지의 태도가 조금은 누그러든 다. "일일이 다 확인해봤어?"

"다 생각해봤어. 이중 결혼도 생각해봤어. 닮은꼴을 고용하 는 것까지도……."

"그것도 나쁜 생각은 아니다." 수지가 곰곰이 생각한다.

"내가 정말로 원하는 게 뭔지 알아?" 북받치는 감정에 목이 멘다. "이 모든 것에서 도망쳐서 해변에서 결혼식을 올리는 거 야. 우리 단 둘이 목사님 한 분을 모시고 갈매기들이 보는 가운 데서. 정말 중요한 건 그거잖아? 내가 루크를 사랑하고 루크가 나를 사랑한다는 사실, 그리고 우리가 영원히 함께 하고 싶어 한다는 것." 카리브 해의 저녁놀을 배경으로 루크가 내게 키스 하는 장면이 떠올라 그만 다시 눈물이 차오른다. "최신 유행 드 레스를 입건 말건 무슨 상관이야? 성대한 피로연을 하고 선물을 산더미같이 받건 말건 무슨 상관이야? 그런 건 중요하지 않아! 천 쪼가리 하나 두르고 맨발로 모래밭을 거닐어도 정말 낭만적일 텐데⋯⋯."

"벡스!" 수지의 어조에 그만 깜짝 놀라 펄쩍 뛴다. 수지의 목소리는 성이 나 있다. "그만 못 해! 제발 그만해! 넌 정말 어떨 때 보면 이기적인 불여우야!"

"무슨 뜻이야?" 나는 말을 더듬는다. "나는 단지 온갖 것들이 다 우리의 발목을 잡을 뿐 중요하지 않다고⋯⋯."

"그것들도 중요해. 그 온갖 것들을 위해서 얼마나 많은 사람들이 노력했는데! 다른 사람들 같으면 치르고 싶어도 못 치르는 그런 결혼식을 두 가지나 앞두고. 좋아, 두 군데를 다 갈 수는 없어. 하지만 하나는 할 수 있잖아. 둘 다 하지 않으면 그땐⋯⋯ 넌 그런 결혼식 올릴 자격이 없는 거야. 단 하나도! 벡스, 결혼식은 너 하나만의 문제가 아니야. 거기 관여된 모든 사람들의 문제라구! 뭔가 아주 특별한 것을 만들어내기 위해서 땀 흘려 준비하고 시간과 애정과 돈을 쏟는 사람들 모두 말이야. 그런데 도망을 치겠다구? 넌 현실을 똑바로 봐야 해. 비록 400명의 사람들 하나하나 앞에서 무릎 꿇고 사과하는 한이 있더라도 말이야. 그냥 그렇게 도망치면 그럼⋯⋯ 넌 정말 너밖에 모르는 겁쟁이야."

수지가 말을 멈추고 숨을 몰아쉰다. 어니가 애처롭게 우는

213

소리가 들려온다. 수지가 내 뺨을 갈기기라도 한 양 나는 완전히 충격에 사로잡힌다.

"네가 옳아." 마침내 나는 말한다.

"미안해." 수지도 무척 속이 상한 듯하다. "하지만 내 말이 옳아."

"나도 알아." 나는 얼굴을 문지른다. "저기…… 정면돌파를 할게. 어떻게 해야 할지 모르겠지만. 할 거야." 어니의 울음이 비명 수준으로 높아져서 내가 하는 말조차 잘 들리지 않는다. "그만 어니나 돌봐줘." 나는 이렇게 말한다. "내 대자 어니에게 안부 전해줘라. 그리고 대모가 너무 못나서 미안하다고, 앞으로 잘하겠다고 말해줘."

"어니도 널 사랑한댄다." 수지는 이렇게 말하고는 머뭇거린다. "그리고 조금 너를 원망하고는 있지만 그래도 할 수만 있다면 언제든 도울 준비가 되어 있다는 걸 기억해달랜다."

"고마워, 수지." 목이 콱 잠긴다. "어니한테 전해줘…… 계속 연락하겠다고."

나는 전화를 끊고서 멍하니 앉아 있다. 생각을 정리하면서. 마침내 일어선 나는 옷매무새를 가다듬고 다시 매장으로 돌아간다. 알리샤가 4미터 남짓 떨어진 곳에 있다.

가슴이 철렁한다. 저 여자는 얼마나 오래 여기 있었던 것일까? 무슨 말을 들은 건 아닐까?

214

"또 만났네요." 내 목소리가 겁에 질려 갈라진다.

"그러네." 그녀는 아주 천천히 나를 향해 다가온다. 그녀의 눈이 내 모습을 뜯어보고 있다.

"근데," 그녀가 기분 좋은 듯 말을 건다. "당신이 도망가서 해변에서 결혼하려는 음모를 꾸미는지, 로빈도 아나 몰라?"

미치고 팔짝 뛰겠군!

"난……" 목을 가다듬는다. "난 도망가서 해변에서 결혼할 계획 없어요!"

"내가 듣기론 그런 것 같던데?" 알리샤는 자기 손톱을 들여다본다. "로빈의 계약서에 거기에 대한 조항이 있을 텐데?"

"농담한 거예요! 그건…… 그냥 재밌으라고……."

"로빈도 그걸 농담으로 여길까 몰라?" 알리샤가 세상에 둘도 없는 왕 불여우 같은 미소를 짓는다. "베키 블룸우드가 성대한 피로연 따위 상관없다는 소리를 들으면. 그토록 애지중지하는 최고급 구두를 신은 완벽한 공주님 고객께서…… 야반도주를 할 거라는 소리를 들으면 퍽도 좋아하겠네?"

진정해야 한다. 이 고비를 넘겨야 한다.

"로빈에게 아무 말 못할걸요."

"어째서?"

"당신은 그럴 수 없어요! 당신은……" 나는 말을 끊는다. 냉정을 잃지 않으려고. "알리샤, 우리 서로 알고 지낸지도 오래

됐잖아요. 물론 우리 사이가 항상…… 사이가 좋았던 것은 아니란 거 알아요. 하지만…… 우린 뉴욕에서 만난 영국 여자들이에요. 둘 다 결혼을 앞두고 있고. 어떻게 보면 우린…… 자매나 다름없어요!"

정말 죽도록 하기 싫은 말이었다. 하지만 다른 선택의 여지가 없다. 어떻게든 그녀를 막아야 한다. 속이 뒤집힐 것 같은 걸 억지로 참고서 그녀의 분홍색 정장 팔소매를 붙잡는다.

"우리가 단결력을 보여줘야 하지 않겠어요? 우리가 서로를…… 도와야 하지 않겠어요?"

알리샤는 아무 말 없이 경멸의 눈초리로 나를 훑어본다. 그러고는 내 손을 홱 뿌리치더니 성큼성큼 가버린다.

"또 봐요, 베키." 그녀는 어깨너머로 이렇게 지껄인다.

막아야 한다. 어서.

"베키!" 에일린의 목소리가 뒤에서 들리는 바람에 나는 놀라서 돌아본다. "여기 보여주고 싶었던 백랍 그릇이 있어요."

"고마워요." 나는 건성으로 말한다. "하지만 난……."

뒤를 돌아보지만 어느새 알리샤는 사라지고 없다.

어디로 간 것일까?

나는 서둘러 계단을 통해 1층으로 내려간다. 승강기를 기다릴 정신이 없어서다. 매장에 들어선 나는 멈춰 서서 주위를 둘러본다. 필사적으로 분홍색 옷을 찾으면서. 하지만 왁자지껄

떠들어대는 흥분한 관광객들로 발 디딜 틈이 없다. 모두 다 밝은 색상의 옷들뿐이다.

나는 숨을 헐떡이며 사람들을 헤치고 나간다. 알리샤가 로빈에게 아무 말도 하지 않을 거라고 스스로를 달래면서. 그럴 정도로 복수에 눈이 먼 여자가 아닐 거라고. 하지만 난 알고 있다. 그 여자는 그러고도 남을 인간이란 걸.

아무리 매장을 헤집고 다녀봐도 그녀는 보이지 않는다. 마침내 나는 시계로 가득 찬 진열장을 빙 둘러싸고 서 있는 관광객 무리를 겨우 빠져 나가서 회전문에 다다른다. 겨우 밖으로 나와서 거리 한복판에 선 나는 오른쪽 왼쪽을 살핀다. 아무것도 보이지 않는다. 눈앞이 캄캄할 정도로 밝은 날이다. 저무는 해가 통 유리창들에 반사되면서 모든 것들을 실루엣과 그림자로 바꾸고 있다.

"레베카." 누군가 내 어깨를 갑자기 잡는다. 나는 놀라서 돌아선다. 부신 눈을 깜빡이면서 바라본다.

초점이 점차 맞으면서 나는 그만 서늘한 공포감에 사로잡힌다.

엘리노어 셔먼이다.

기적이 아니고서야!

끝장이다. 난 죽었다. 티파니 밖으로 나서는 게 아니었다.

"레베카, 할 얘기가 있어요." 엘리노어 셔먼이 냉랭하게 말한다. "지금 당장."

그녀는 긴 검은색 외투를 입고 유난히 큰 선글라스를 쓰고 있는 폼이 꼭 게슈타포 요원 같다. 아, 난 몰라! 이 여자가 결국 모든 걸 알아냈구나, 틀림없다. 로빈하고 얘기했던 거다. 그럼 알리샤하고도? 그녀는 나를 저승사자 앞으로 끌어가서는 고된 노역을 시키려고 왔을 것이다.

"전…… 바쁜데요." 나는 티파니 안으로 도로 들어가려는 몸짓으로 말한다. "잡담이나 나눌 시간이 없어요."

"잡담이 아니야."

"무슨 얘기든 간에."

"아주 중요한 일이야."

"좋아요, 중요하게 여겨질 수도 있겠죠." 나는 안절부절못하며 말한다. "하지만 매사를 객관적으로 보자구요. 결혼식일 뿐이에요. 그러니까 외교문서 같은 것에 비하면……."

"결혼식 얘기를 하려는 게 아냐." 엘리노어 셔먼이 얼굴을 찌푸린다. "루크에 대해서 얘기하고 싶어."

"루크요?" 나는 당황해서 그녀를 쳐다본다. "어떻게…… 그이하고 얘기해보셨어요?"

"스위스에 있을 때 몇 번 귀찮은 메시지를 받았어. 그런데 어제는 편지가 왔더군. 그래서 당장에 돌아왔지."

"무슨 편지요?"

"지금 루크를 만나러 가는 길이야." 엘리노어 셔먼이 말한다. 내 말은 철저히 무시하고. "네가 같이 가주었으면 좋겠구나."

"그래요? 그인 어딨어요?"

"방금 마이클 엘리스하고 얘기했는데 오늘 아침에 루크를 찾아 나섰는데 결국 내 아파트에서 찾았다는구나. 그리로 가는 길이다. 루크가 나하고 얘기하고 싶어하는 게 분명해." 그녀는 잠시 뜸을 들인다. "하지만 우선 너하고 얘기하고 싶다, 레베카."

"저요? 왜요?"

219

그녀가 대답을 하기 전에 관광객 무리가 티파니에서 우르르 몰려나와, 잠시 우리는 그들에게 휩쓸린다. 이 틈을 이용하면 탈출할 수 있다. 탈출! 하지만 너무도 궁금하다. 어째서 엘리노어 셔먼이 나하고 얘기하고 싶어하는 것일까?

사람들 무리가 흩어지고 우리는 서로를 바라본다.

"부탁이다." 엘리노어 셔먼이 인도 가장자리를 고갯짓으로 가리킨다. "내 차가 기다리고 있다."

"좋아요." 나는 이렇게 말하고 어깨를 살짝 으쓱한다. "가죠."

엘리노어 셔먼의 호화스런 리무진에 오르자 공포가 줄어든다. 대신에 그녀의 핏기도, 인정머리도 없는 얼굴을 보자 증오심이 슬그머니 피어오른다.

루크를 망쳐놓은 바로 그 여자다. 이 여자가 바로 자기가 낳은 열네 살짜리 소년을 못 본 척한 그 여자다. 자기 리무진에 말없이 앉아 있는 이 여자. 그러면서도 여전히 자기가 온 세상을 소유한 듯 구는 여자. 자기는 아무런 잘못도 없는 듯 구는 이 여자.

"근데 루크가 편지에 뭐라고 썼는데요?" 나는 묻는다.

"그게…… 혼란스러워서." 그녀가 말한다. "산만하고 부조리하고. 일종의……" 그녀는 우아한 몸짓을 한다.

"신경쇠약이요? 맞아요. 그래요."

"어째서?"

"이유가 뭐라고 생각하세요?" 나는 다그친다. 내 목소리에 어쩔 수 없이 냉소적인 기색이 배어 나온다.

"너무 열심히 일하다 보니," 엘리노어 셔먼이 말한다. "때로는 지나치게 일하다 보니."

"일 때문이 아니에요!" 나도 내 자신을 주체하지 못하고 그만 말이 나간다. "어머니 때문이에요!"

"나?" 그녀가 얼굴을 찌푸린다.

"그래요, 어머니! 어머니께서 그이를 대하는 그 방식이요!"

한참 말이 없던 엘리노어 셔먼이 이렇게 이야기한다. "그게 무슨 뜻이지?"

그녀는 정말로 당황한 듯하다. 아, 정말 뒤집어지겠군. 이 아주머니, 정말로 둔한 건가?

"좋아요…… 어디서부터 시작하나? 그래요, 그 자선재단! 그 자선재단을 위해서 루크는 자기 근무시간을 깡그리 바쳐가면서 일했어요. 자선재단을 통해서 회사를 홍보하는 이득을 얻을 거라고 당신이 약속했잖아요. 하지만 우습게도 그렇지 못했어요…… 당신이 모든 공을 독차지했으니까!"

아, 통쾌하다! 어째서 진작 속마음을 엘리노어 셔먼에게 말하지 않았을까 몰라?

그녀의 콧구멍이 살짝 벌름거린다. 화가 난 게 분명하지만 그녀는 다만 이렇게 말한다. "그 일은 왜곡된 거야."

"왜곡된 게 아니에요. 당신은 루크를 이용했어요!"

"그 아인 자기가 하고 있는 일의 양에 대해서 전혀 불평하지 않았어."

"불평할 리가 없죠. 하지만 당신은 어머니로서 그가 아무런 대가도 받지 않고 얼마나 많은 시간을 당신한테 봉사하고 있는지 알았어야 옳잖아요! 당신은 파견된 루크네 회사 직원을 부리기까지 했어요! 그 한 가지 사실만으로도 루크는 곤경에 처했어요."

"그건 동의한다." 엘리노어 셔먼이 말한다.

"뭐예요?" 난 잠시 말을 멈춘다.

"브랜던 커뮤니케이션즈 직원을 쓰기로 한 건 내 아이디어가 아니었어. 난 정말로 반대했었다. 그러자고 주장한 건 루크였어. 그리고 루크한테 이미 설명했지만 신문기사는 내 탓이 아니야. 막판에 인터뷰를 요청받았어. 루크는 그때 시간이 없었고. 그래서 난 루크가 관여했다는 점에 대해서 기자에게 길게 설명하면서 브랜던 커뮤니케이션즈의 홍보물까지 주었다. 기자는 그것을 읽어보겠다고 약속했지만 기사에는 전혀 쓰지 않았어. 레베카, 장담하지만 그건 내가 어찌해볼 도리가 없는 일이었다."

"그걸 믿으라구요?" 나는 즉각 받아친다. "제대로 된 기자라면 그런 걸 그렇게 완전히 무시하지는……"

흐음. 실은…… 그랬을 수도 있다. 이제 와서 생각해보니 기자시절 난 인터뷰 상대가 해준 말 중에 절반을 무시하곤 했다. 그리고 그들이 내게 전해준 묵직하고 따분한 서류는 절대로 읽지 않았었다.

"그렇다면…… 좋아요." 나는 잠시 뜸을 들였다 말을 잇는다. "그게 전적으로 어머님 탓이 아닐 수도 있겠죠. 하지만 중요한 건 그게 아니에요. 루크가 그토록 절망에 빠진 이유는 그게 아니라구요. 며칠 전에 루크가 어머님 아파트에 가족사진을 찾으러 갔었어요. 하지만 아무것도 찾지 못했죠. 대신에 그의 아버지께서 보내셨던 편지들을 찾아냈어요. 그이가 어렸을 적에 어머님이 그이를 거부했다는 게 거기서 다 드러났어요. 그이를 단 10분이라도 만나주는 데 어머님이 얼마나 인색하셨는지."

엘리노어 셔먼의 얼굴이 살짝 움찔한다. 하지만 아무런 말도 하지 않는다.

"그리고 그 일로 가슴 아픈 다른 일들이 많이 불거져 나왔어요. 그이가 뉴욕으로 어머님을 만나러 와서는 어머님 사시던 건물 밖에 앉아서 기다렸지만 어머님이 그이를 알아봐주지 않으셨던 일도. 그 일 기억하세요?"

내가 너무 가혹하게 군다는 건 안다. 하지만 상관없다.

223

"그게 그 아이였구나." 엘리노어 셔먼이 마침내 말한다.

"당연히 그이였죠! 몰랐던 척하지 마세요! 어머님, 그이가 어째서 그렇게 자신을 닦달한다고 생각하세요? 그이가 애초에 왜 뉴욕으로 왔다고 생각하세요? 당연히 어머님 인정을 받기 위해서였어요! 그이는 몇 년 동안을 그 일에 매달렸어요! 이제 그이가 무너져 내린 것도 놀랄 일이 아니죠. 솔직히 말해서 그런 어린 시절을 보냈으면서도 이제까지 꿋꿋하게 버텨온 것이 놀라울 뿐이에요!"

나는 숨을 쉬기 위해서 퍼붓던 것을 멈춘다. 어쩌면 루크는 내가 자기의 숨겨둔 아픈 상처를 자기 생모에게 이야기하지 않기를 바랄지도 모른다는 생각이 불현듯 떠오른다.

그렇지만 이미 늦었다. 어쨌거나 누구 한 사람은 엘리노어 셔먼에게 그걸 알려야 하니까.

"그 아인 행복한 어린 시절을 보냈어." 그녀는 굳은 표정으로 창밖을 보며 말한다. 횡단보도 앞에서 차가 잠시 멈추고 그녀의 선글라스에 비친 행인들의 모습이 내 눈에 들어온다.

"그렇지만 그이는 어머님을 사랑했어요. 어머님을 원했어요. 자기 생모를. 그리고 그이는 어머님도 자기를 사랑하는지 알고 싶어했어요. 하지만 어머님은 그를 보고 싶어하지도 않았……."

"그 아인 내게 화가 났어."

"당연히 화가 났고말고요! 떼어놓고 미국으로 가버렸으니, 그이에 대해서는 전혀 관심도 없이, 자신의 행복만을 찾아서."

"행복?" 엘리노어 셔먼이 고개를 돌린다. "넌 내가 행복하다고 생각하니, 레베카?"

나는 움찔한다. 엘리노어 셔먼이 행복한지 아닌지에 대해서는 생각해본 적이 없다는 것을 약간의 미안한 마음과 함께 깨닫는다. 나는 항상 그녀가 얼마나 불여우인지에 대해서만 생각했었으니까.

"저…… 잘 모르겠어요." 나는 마침내 대답한다.

"결정을 내렸어. 그리고는 거기에 매진했지. 그렇다고 내가 후회하지 않는다는 건 아니다."

그녀가 선글라스를 벗는다. 나는 그녀의 얼굴을 보고 충격을 받는다. 그녀의 피부는 전보다 더 팽팽하게 당겨졌고 눈가에는 살짝 멍자국이 있다. 비록 주름살 제거수술을 받은 직후이기는 하지만 전보다 더 늙어 보인다. 그리고 훨씬 여리게 보인다.

"나는 그날 루크를 알아봤다." 그녀는 조용한 목소리로 말한다.

"그런데 왜 모른 체하셨어요?"

차 안에는 침묵이 흐른다. 그녀는 입술을 거의 움직이지 않고 이렇게 말한다. "나는 걱정이 됐어."

"걱정이 돼요?" 나는 믿을 수가 없어서 되묻는다. 엘리노어 셔먼이 그 어떤 일이든 걱정한다는 게 상상이 가질 않는다.

"아이를 포기하는 것은 엄청난 일이야. 그 아이를 다시 자기 인생에 받아들이는 것은…… 그것 역시 그만큼 중대한 일이지. 특히 그렇게 오랜 시간이 흐른 뒤에는. 난 그런 일을 할 준비가 되어 있지 않았다. 그 아이를 볼 준비가 되어 있지 않았어."

"그래도 말이라도 한 마디 걸어보고 싶지 않던가요? 어떻게 자랐는지 알고 싶지…… 않던가요?"

"아마도. 아마도 알고 싶었을 거야."

그녀의 왼쪽 눈자위가 살짝 떨리는 게 보인다. 저게 감정의 표현일까?

"어떤 사람들은 새로운 경험을 쉽게 포용하지만 그렇지 않은 사람들도 있어. 움츠러들고 피하는 사람도 있고. 레베카, 너는 이해하기가 어려울지도 모르겠다. 네가 충동적이고 마음이 따스한 아이라는 걸 아니까. 난 네 그런 점이 부럽다."

"예, 그렇군요." 나는 냉소적으로 대꾸한다.

"무슨 뜻이냐?"

"제발 이러지 마세요, 어머님." 나는 눈을 굴리며 말한다. "이제 게임은 그만둬요, 우리. 어머님은 저를 좋아하지 않으세요. 한 번도 그런 적이 없었죠."

"무슨 이유로 내가 널 좋아하지 않는다고 생각하게 됐니?"

지금 저걸 농담이라고 하나?

"약혼식 날 어머님 아파트 문간에 있던 사람들이 저를 들어가지 못하게 막았고…… 혼전계약서에 서명을 하게 했고…… 한 번도 제게 다정하게 대해주신 적도 없고……."

"그날 파티에서 일은 나도 유감이다. 그건 파티플래너 측의 실수였어." 그녀는 살짝 미간을 찌푸린다. "하지만 혼전계약에 대한 너의 반감에 대해서는 전혀 이해하지 못했다. 누구나 결혼할 때는 반드시 혼전계약을 하는 법이니까." 그녀는 창밖을 내다본다. "다 왔다."

차가 멈추고 기사가 문을 열어준다. 엘리노어 셔먼이 나를 쳐다본다.

"나도 진정 너를 좋아한다, 레베카. 아주 많이." 그녀는 차에서 내리고 그녀의 시선이 내 발에 떨어진다. "네 구두가 닳았구나. 싸구려처럼 보인다."

"거보세요!" 나는 성질을 팍 낸다. "거보세요, 제 말이 맞잖아요!"

"뭐?" 그녀는 영문을 모르겠다는 표정으로 나를 바라본다.

아, 질렸다!

엘리노어 셔먼의 아파트는 아침햇살이 비쳐들어 환하고 더없이 적막하다. 처음에는 루크가 여기 있다는 건 그녀의 오해라고 생각했다. 하지만 거실로 들어가니 그가 보인다. 그는 붙박

227

이 창 앞에 서서 찡그린 얼굴로 밖을 물끄러미 바라보고 있다.

"루크, 괜찮아?" 나는 조심스럽게 말을 건다. 그가 놀라서 뒤를 돌아본다.

"베키. 여긴 웬일이야?"

"그냥…… 자기 어머니하고 티파니에서 우연히 만났어. 아침 내내 어디 있었어?"

"여기저기." 루크가 이야기한다. "생각 좀 하느라고."

나는 힐끔 엘리노어 셔먼을 본다. 그녀는 루크를 빤히 바라보고 있다. 표정을 읽을 수가 없다.

"어쨌거나, 난 갈래, 그래도 되지?" 나는 머쓱해서 말한다. "두 분이 얘기를 나누실 거니까……."

"아니." 루크가 말한다. "그냥 있어. 오래 걸리지 않을 거야."

나는 의자의 팔걸이에 앉는다. 차라리 조그맣게 줄어들었으면 좋겠다. 원래부터 이 아파트의 분위기를 좋아한 적이 없었지만 지금은 꼭 조지 오웰의 소설에 나오는 고문실 같다.

"메시지 받았다. 그리고 네 편지도. 무슨 이야긴지 통." 엘리노어 셔먼은 씰룩거리는 몸놀림으로 장갑을 벗더니 협탁에 놓는다. "네가 어떤 이유로 나를 비난하려는 건지 통 알 수가 없구나."

"비난하려고 온 게 아닙니다." 루크는 감정을 억누르려고 안간힘을 쓴다. "그냥 제가 몇 가지를 깨달았다는 점을 알려드리고 싶었습니다. 그 중 하나는 제가 지난 몇 년 동안······ 착각을 했다는 것이죠. 어머니는 한 번도 진심으로 저를 곁에 두고 싶어하지 않으셨습니다, 맞죠? 그러면서도 제게는 어머니께서 그런 마음을 갖고 계시다고 믿게 만드셨습니다."

"실없는 소리 마라, 루크." 엘리노어 셔먼이 잠시 뜸을 들였다 말한다. "상황은 네가 상상하는 것보다 훨씬 복잡했다."

"어머니는 제······ 약점을 이용하셨습니다. 어머니는 절 이용하셨어요. 그리고 제 회사도. 어머니는 저를······." 그는 말을 멈추고 긴 숨을 내쉰 다음에 마음을 진정시키기 위해서 잠시 숨을 돌린다. "약간 서글픈 것은 제가 뉴욕에 온 이유 중 하나가 어머니와 같이 있고 싶어서였다는 겁니다. 베키가 자기 어머니와 가깝듯이 저도 어머니와 좀 더 가까워지고 싶어서 그랬을 수도 있습니다."

그는 나를 향해 손짓을 하고 나는 깜짝 놀라 고개를 든다. 이 문제에 제발 나를 끼워 넣지 말아줘!

"시간 낭비였죠." 루크의 목소리가 까칠해졌다. "어머니께서는 그런 종류의 인간관계를 누리실 능력이 되지 않으신다는 것을 몰랐던 거죠."

"그만하면 됐다!" 엘리노어 셔먼이 이야기한다. "루크, 이런 상태로는 너와 이야기할 수가 없구나."

그와 엘리노어 셔먼이 서로 얼굴을 마주하고 있는 걸 보니

의외로 둘이 많이 닮았다는 걸 알 수 있다. 두 사람은 모두 일이 잘 풀리지 않을 때 멍하면서도 무시무시한 표정을 짓는다. 두 사람은 모두 불가능할 정도로 높은 기준을 자기 자신에게 제시한다. 그리고 두 사람은 모두 다른 사람들이 자신을 강한 사람으로 여겨주기를 바라지만 실은 여리디 여리다.

"저한테 말씀하실 필요 없습니다." 루크가 말한다. "저는 떠납니다. 저나 베키를 다시는 보시지 못할 겁니다."

나는 기겁을 하고 고개를 든다. 진담인가?

"말이 되지 않는 이야기를 하는구나."

"엘리노어 셔먼 재단의 이사직에 대한 사직서를 발송했습니다. 이제 어머니와 제 인생이 마주칠 이유는 없습니다."

"결혼식 일은 잊었느냐?" 엘리노어 셔먼이 냉랭하게 말한다.

"아뇨, 잊지 않았습니다. 아무것도 잊지 않았습니다." 루크는 숨을 깊이 들이쉰 다음 나를 힐끗 본다. "지금부터, 베키와 저는 저희들 결혼에 대한 대안을 마련할 것입니다. 당연히, 어머니께서 부담하셨던 비용은 모두 제가 변제해드리겠습니다."

뭐?

뭐라고 하는 거야? 헉 하고 놀란 나는 그를 쳐다본다.

저이가 정말로 방금, 저이가 정말로……

내가 환청을 들었나?

"루크," 나는 마음을 진정하려고 애쓴다. 들뜨는 마음을 가라앉히려고. "지금…… 플라자 결혼식을 취소하겠다고 말한 거야?"

"베키, 미리 의논하지 못해서 미안해." 루크는 내게로 와서 손을 잡는다. "몇 달 동안이나 이번 결혼식 준비를 해왔다는 거 알아. 취소하자는 게 무리한 부탁인 줄은 알아. 하지만 지금 상황에서는 하지 못할 것 같아."

"정말로 결혼식을 취소하고 싶은 거구나." 나는 마른침을 삼킨다. "위약금을 물어야 하는 거 알아?"

"상관없어."

"사…… 상관없어?"

울어야 할지 웃어야 할지.

"내 뜻은 그게 아니야!" 루크가 내 표정을 보더니 말을 한다. "상관 있어! 물론 우리 일인데 왜 상관이 없겠어. 하지만 여러 사람들 앞에 서서 사랑받는 아들인 척할 수가……." 그는 엘리노어 셔먼을 곁눈질한다. "어릿광대 놀음이야. 모든 사람들을 농락하는 일이야. 이해할 수 있어?"

"루크…… 이해하고말고." 나는 목소리에 기쁜 기색이 드러날까봐 조심조심한다. "자기가 취소하고 싶다면, 난 기꺼이 따를 거야."

이게 꿈이야 생시야? 난 살았어. 난 살았다구!

"너 진심이지, 그렇지?" 루크가 나를 믿지 못하겠다는 듯 바라본다.

"물론, 진심이지! 자기가 결혼식을 취소하고 싶다면 나도 굳이 자기하고 싸울 마음은 없어. 사실…… 당장 취소해버리자!"

"넌 정말 백만 명에 하나 있을까 말까 한 여자야, 베키 블룸우드!" 루크의 목이 갑자기 멘다. "주저 없이 내 말을 따라주다니……"

"자기가 원하는 거니까, 루크." 나는 짧게 말한다. "나한텐 그게 제일 중요해."

이건 기적이다! 그렇지 않고서야 어찌! 내 평생에 처음으로, 하느님이 내 말에 귀를 기울여주셨다. 하느님이 아니라면 힌두 신 가네샤든가.

"이럴 수는 없다." 처음으로 엘리노어 셔먼의 음성에 격한 떨림이 묻어난다. "내가 너를 위해서 준비한 결혼식을 이렇게 간단히 내팽개칠 수는 없다. 내가 돈을 냈는데."

"전 할 수 있습니다."

"그게 얼마나 의미 있는 행사인데! 400명의 하객들이 오기로 돼 있어! 중요한 분들이시다. 내 친구들과 자선 재단의……"

"다 제 탓으로 돌리시면 되겠군요."

엘리노어 셔먼은 루크를 향해서 몇 걸음 다가선다. 놀랍게도 그녀는 분노로 치를 떨고 있다.

"네가 정 이렇게 나온다면, 장담컨대, 우리는 영원히 다시 얼굴 볼 일이 없을 거다."

"전 괜찮습니다! 가자, 베키." 그는 내 손을 잡아끌고 나는 바닥에 깔린 러그에 발이 걸려 비틀대면서 그를 따라나선다.

엘리노어 셔먼의 얼굴에 다시 경련이 이는 것이 보인다. 근데 참 뒤집어질 노릇이지만 그녀가 왠지 불쌍해서 마음이 짠하다. 어쨌거나 우리는 곧 돌아서서 그 아파트를 빠져나오고 나는 그런 느낌을 애써 뭉개버린다. 엘리노어 셔먼은 나와 내 부모님들께 너무 비열하게 굴었다. 당해도 싸다!

우리는 아무 말 없이 아래층으로 내려간다. 우리 둘 다 너무도 충격이 컸던 것 같다. 루크가 손을 들어 택시를 잡고 우리는 택시에 탄다. 세 블록쯤 갔을까, 우리는 서로 마주본다. 루크의 얼굴에 핏기가 없다. 약간 떨고 있다.

"뭐라고 말해야 할지 모르겠어. 내가 그런 일을 저지르다니."

"눈부신 활약이었어." 나는 딱 잘라 말한다. "어머님 스스로 자초하신 일이야."

그는 앉은 채로 몸을 돌려 나를 진지한 눈길로 바라본다.

"베키, 결혼식 일은 정말 미안해. 네가 얼마나 고대했던 일인지는 잘 알아. 언젠가는 갚아줄게. 약속해. 방법만 일러줘."

나는 그를 빤히 바라본다. 내 머리는 빠르게 회전한다. 좋다. 아주 신중하게 요리해야 한다. 자칫 실수를 하면, 모든 것이 다시 수포로 돌아갈 것이다.

"그럼…… 아직도 결혼하기를 원하는 거야? 그러니까, 근본적으로 말야."

"그럼 당연하지!" 루크는 충격을 받은 듯하다. "베키, 사랑해. 전보다 더. 사실, 그 방에서만큼 널 사랑했던 적은 없었어. 조금도 주저하는 빛 없이 네가 나를 위해서 그런 엄청난 희생을 감수하겠다고 나섰을 때 말야."

"뭐라구? 아, 맞다, 결혼식! 그래." 나는 황급히 표정관리를 한다. "그래, 저기. 나한테는 좀 무리한 요청이었어. 그렇지만 저기…… 결혼식 얘기가 나와서 말인데……."

아, 내 어찌 이 이야기를 하리오? 피라미드 맨 꼭대기에 한 장의 카드를 얹는 것처럼 까딱 잘못했다가는 모든 것이 무너져 내릴 것만 같다. 한 치의 오차도 없이 정확하게 처리해야 한다.

"그럼 우리 결혼식을 다른 데서 올리는 건 어때? 옥스샷 같은 곳?"

"옥스샷. 좋고말고." 루크는 눈을 감고 좌석에 몸을 기댄다. 지쳐 보인다.

나는 도무지 실감이 나지 않아서 멍하다. 모든 것이 착착 맞아 떨어진다. 완벽한 기적이다.

피프스 애비뉴를 따라 내려가는 사이 나는 창밖을 바라본다. 갑자기 바깥 풍경이 눈에 들어온다. 별안간 어느덧 여름이라는

걸 깨닫는다. 햇살이 아름다운 여름날이다. 삭스 백화점 쇼윈
도에는 수영복이 새로 진열되어 있다. 너무 사념에 사로잡혀
서, 너무 스트레스가 심해서 그동안 그 가치를 알아보기는커녕
미처 보지도 못했던 작은 것들.

참으로 오랜 시간 버거운 등짐을 지고 다닌 것만 같다. 똑바
로 등을 펴고 걷는 것이 어떤 기분인지 잊어버린 듯하다. 하지
만 이제는, 마침내, 그 짐을 벗었고 조심스럽게 몸을 똑바로 세
워 기지개를 켜고 내 인생을 즐길 수 있게 되었다. 악몽에 시달
리던 몇 달은 끝났다. 드디어 나도 두 다리 편히 뻗고 잘 수 있
게 되었다.

엘리노어 셔먼과의 거래

 그런데 아니다.

사실, 전혀 잠이 오지 않는다.

루크가 잠든 지도 한참이 지났건만 나는 불안한 심정으로 천장만 멍하니 바라보고 있다. 뭔가 잘못되었다. 그게 뭔지 잘은 모르겠지만.

표면상으로는 모든 것이 완벽하다. 엘리노어 셔먼은 루크의 인생에서 영원히 퇴출되었다. 우리는 고향집에서 결혼식을 올릴 수 있다. 로빈에 대해서도 걱정할 것 없다. 아무런 걱정거리가 없다. 엄청나게 커다란 볼링공이 내 인생에 굴러 들어와서는 한 방에 모든 성가신 고민거리들을 날려버리고 오직 좋은 핀들만 남겨두었다.

우리는 기념으로 낭만적인 저녁식사도 했고 샴페인 병도 땄으며 루크의 나머지 인생과 결혼식과 서로를 위해서 건배도 했다. 그런 다음 신혼여행을 어디로 갈지에 대해서 이야기하기 시작했다. 나는 발리로 가기를 강력히 주장했고 루크는 모스크바로 가자고 해서 우리는 기분이 들뜨고 긴장이 풀린 사람들이 대개 그러듯 신경질적으로 느껴질 정도로 웃고 떠들어댔다. 정말 행복하고 아름다운 밤이었다. 더할 나위 없이 만족스러워야 정상이었다.

그런데 침대에 눕고 마음도 가라앉고 보니 이것저것 자꾸 맘에 걸린다. 오늘 밤 루크의 모습도 그렇다. 너무 들떠 있었다. 눈이 너무 반짝거렸다. 우리는 둘 다 조증 환자처럼 자꾸만 웃었다. 도저히 멈출 수가 없기라도 하듯.

그리고 또 있다. 우리가 떠나올 때 엘리노어 셔먼의 그 모습. 몇 달 전에 애너벨 부인과 나누었던 대화.

승리감을 느껴야 하는데. 해방감을 느껴야 하는데. 그런데…… 그렇지가 않다. 왠지 모르지만 마음이 불편하다.

마침내, 새벽 3시경에, 나는 침대에서 빠져나와 거실로 가서는 수지에게 전화를 건다.

"웬일이야, 벡스!" 수지가 놀라서 묻는다. "거기 몇 시니?" 전화선을 통해 희미하게 영국의 아침 방송 소리가 들리고 어니의 옹알이 소리도 들린다. "어머나, 미안해. 나 때문에 네가 간밤에 잠을 못 잤구나. 내가 너한테 너무 심하게……."

"괜찮아. 진짜야. 다 잊었는걸." 나는 가운을 꽁꽁 여미며 마룻바닥에 주저앉는다. "있잖아, 수지. 루크가 자기 생모하고 엄청나게 한판 했어. 플라자 결혼식도 취소했어. 어쨌거나 옥스 샷에서 결혼식을 올릴 수 있게 됐어."

"뭐야?" 수지의 목소리가 쨍하고 울린다. "세상에! 신기한 일이네! 정말 잘됐다! 벡스, 내가 얼마나 걱정했는지 알아? 솔직히 네가 어떻게 할까 마음이 놓이지 않았어. 너 천장에 거꾸로 매달려 춤이라도 췄겠다? 너 정말……."

"응. 그렇긴 해."

수지가 기겁을 한다. "그렇긴 하다니? 무슨 뜻이니?"

"다 잘 풀렸다는 건 나도 알아. 아주 잘 됐다는 것도 알아." 나는 가운을 묶어 맨 끈을 손가락에 꽁꽁 돌려 만다. "그런데 왠지…… 그렇게 잘됐다는 기분이 안 드네?"

"무슨 말이야?" 수지가 텔레비전 볼륨을 낮추는 게 느껴진다. "벡스, 무슨 일이야?"

"기분이 꿀꿀해." 나는 황급히 말한다. "뭐랄까…… 이기긴 했지만 이기고 싶지가 않아. 내 말은, 좋아, 내가 원했던 걸 모두 갖게 됐어. 루크도 엘리노어 셔먼하고 끝장을 냈고, 웨딩플래너한테는 루크가 대신 위약금을 물어줄 거고, 우리는 고향집에서 결혼식을 올릴 수 있지…… 한편으로는 잘된 일이야. 그런데 다른 한편으로는……."

"다른 한편이라니?" 수지가 묻는다. "그런 게 어딨어?"

"있어. 최소한…… 나는 그렇게 봐." 나는 산란한 마음에 엄지손톱을 잘근잘근 씹는다. "수지, 루크가 걱정돼. 그이가 자기생모를 얼마나 끔찍이 생각했었는데. 그런데 이제 와서 다시는 말도 하지 않을 거래……."

"그래서? 잘된 거 아니니?"

"모르겠어. 정말 그럴까?" 나는 걸레받이 나무판자를 잠시 멍하니 바라본다. "지금은 그이가 전혀 깨닫지 못하고 있지만 죄책감을 느끼기 시작하면 어쩌니? 이번 일로 그이가 나중에 완전히 폐인이 되면 어쩌니? 그이의 새엄마인 애너벨 부인이 전에 내가 엘리노어 셔먼을 루크의 인생에서 잘라버리면 루크가 상처를 입을 거라고 했어."

"하지만 네가 잘라버린 게 아니잖아." 수지가 지적한다. "루크가 그런 거잖아."

"그래, 그럼 자기 스스로에게 상처를 입힌 건지도 몰라. 아마도…… 자기 팔이나 뭐 그런 걸 잘라낸 꼴이 될지도 몰라."

"윽, 끔찍하다 애!"

"지금 그이에겐 다른 사람은 볼 수 없는 엄청난 상처가 났어. 그 상처가 곪게 될 거야, 그러다가 언젠가 다시 터지겠지."

"벡스, 그만! 나 아침 먹는 중이란 말야!"

239

"그래, 미안. 그냥 그이가 걱정이 돼서. 이건 옳지 않아. 그리고 또 하나는……." 나는 눈을 감는다. 내가 이런 말을 하려하다니 스스로도 믿어지지가 않을 지경이다. "엘리노어 셔먼에 대한 내 마음이…… 뭐랄까? 바뀌었어."

"뭐라구?" 수지가 꽥하고 소리를 친다. "벡스, 제발 그딴 소리 관둬! 어니를 바닥에 떨어트릴 뻔했잖아!"

"그렇다고 좋다는 얘기가 아니야." 나는 서둘러 얼버무린다. "둘이 길게 이야기를 나눴거든. 그런데 그녀가 루크를 사랑하고 있을지도 모른다는 생각을 하게 됐어. 그녀 나름의 괴팍하고, 아이스박스 같고, 독불장군 같은 방식으로."

"그렇지만 그 여자는 루크를 버렸잖아!"

"알아. 근데 후회하고 있어."

"그래서 뭐? 그런 여자는 후회해도 싸다 싸!"

"수지, 나는 그냥…… 한 번 더 기회를 주어야 하지 않을까 싶어." 나는 천천히 파랗게 질리고 있는 내 손가락 끝을 바라본다. "내 말은…… 나를 봐. 난 아무 생각 없이 수백만 가지 바보천치 같은 일을 저질렀어. 사람들을 실망시켰어. 하지만 모두들 내게 기회를 주었잖아."

"벡스, 너는 그 빌어먹을 엘리노어 셔먼하고는 차원이 달라! 넌 자식을 내팽개치지는 않았잖아!"

"내가 그 여자 같다는 말이 아냐! 난 그냥……." 나는 맥없이

240

말꼬리를 감춘다. 손가락을 옥죄던 가운의 허리끈을 풀면서.

내가 지금 무슨 소리를 하는 건지는 나도 모르겠다. 그리고 내가 그런 얘기를 늘어놓는 이유를 수지가 이해할 거란 생각도 하지 않는다. 수지는 살면서 실수를 저질러본 적이 없다. 다른 사람들을 실망시키는 법 없이, 스스로를 곤경에 빠트리는 일 없이, 항상 순조롭게 살아왔다. 하지만 나는 그렇지 않다. 나는 어리석은 짓을, 아니 그보다 훨씬 더 천치 같은 짓을 저지르고 나서는 내가 왜 그랬을까 후회할 때의 그 참담한 기분을 너무도 잘 알고 있다.

"그래서 대체 무슨 말을 하려는 건데? 어째서……." 수지의 목소리가 날카로워진다. "잠깐. 벡스, 설마 너 뉴욕에서 결혼식을 올리겠다는 말을 하려고 이러는 건 아니겠지?"

"그렇게 단순하지는 않아." 나는 잠시 머뭇거리다 말한다.

"벡스…… 너 가만두지 않을 거야. 진짜야. 지금 뉴욕에서 결혼식을 올리고 싶단 소리만 했단 봐라."

"수지, 나 뉴욕에서 결혼식을 올리고 싶은 게 아니야. 당연히 아니지! 하지만 지금 우리가 그 결혼식을 차버리면…… 그걸로 끝장이라는 거야. 엘리노어 셔먼은 다시는 우리하고 얘기도 하지 않을 거야. 다시는."

"기가 막혀서! 내 참 기가 막혀서! 너 정말 다시 판을 뒤엎어버릴 셈이니?"

"수지……."

"이제 다 해결됐는데! 이제야 겨우, 네 평생 처음으로 수렁에서 벗어나서 드디어 나도 마음을 좀 놓는구나 했는데."

"수지."

"베키?"

나는 화들짝 놀라서 고개를 든다. 루크가 팬티와 티셔츠만 입고서 게슴츠레한 눈으로 무슨 일인가 싶어 나를 쳐다본다.

"괜찮아?" 그가 묻는다.

"난 괜찮아." 나는 수화기를 손으로 가린다. "그냥 수지하고 얘기 좀 하고 있어. 다시 가서 자. 오래 걸리지 않을 거야."

나는 루크가 들어갈 때까지 기다렸다가 아직도 미적지근한 온기가 남아 있는 난방기 옆으로 기어간다.

"좋아, 수지, 내 말 들어봐. 그냥…… 일단 내 말 좀 끝까지 들어줘. 나 아무것도 뒤엎을 마음 없어. 정말 진지하게 생각했어, 그래서 아주 좋은 생각이 떠올랐거든……."

●

다음날 아침 9시, 나는 엘리노어 셔먼의 아파트에 있다. 아주 신경 써서 옷을 차려입었다. 내가 가진 것 중에 가장 세련된, 유엔에 파견된 외교 특사들이나 입을 만한 스타일의 재킷을 입고, 구두코가 아주 둥그스름한 구두를 신었다. 비록 엘리노어 셔먼이 이런 내 노력을 알아줄지는 모르겠지만 말이다. 현관문을 열어주는 그녀의 얼굴은 평소보다 더 창백하며 그녀의 눈은 단검 같다.

"레베카구나." 그녀는 돌처럼 차갑게 말한다.

"어머님," 나 역시 돌처럼 차갑게 응수한다. 그러다가 내가 이곳에 온 목적이 회유와 타협이라는 걸 기억해내고는 말투를 바꾼다. "어머님," 나는 이 말에 온정을 실어보려고 노력하며 그녀를 한 번 더 불러본다. "드릴 말씀이 있어서 왔습니다."

"사죄를 하러 왔겠군." 그녀는 복도로 들어가며 말한다.

기가 막혀! 정말 불여우다. 대체 내가 뭘 어쨌다고 그래? 난 아무 잘못 없다 이거야! 잠시 나는 돌아서서 나와버릴까 생각한다. 하지만 일단 하기로 맘먹었으니 하고야 말리라.

"꼭 그런 건 아닙니다. 그냥 드릴 말씀이 있어서요. 어머님에 대해서. 그리고 루크에 대해서."

"루크가 경솔한 행동에 대해서 후회를 했군."

"아뇨."

"루크가 내게 사죄를 하고 싶어하는군."

"아닙니다! 그런 거 아닙니다! 그이는 상처 입고 분노에 차서 다시 어머님께 오고 싶어하는 마음이 손톱만큼도 없습니다!"

"그럼 왜 왔느냐?"

"왜냐면…… 두 분이 화해하시는 것도 좋을 것 같아서. 아니면 최소한 다시 서로 말씀이라도 나누시는 게."

"난 루크하고 할 말 없다." 엘리노어 셔먼이 대꾸한다. "너하고도 할 말 없다. 루크가 어제 꼬집었듯이, 우리 관계는 끝났다."

어유, 어찌 이리 모자가 똑같을꼬?

"그런데…… 로빈에게 결혼식이 취소됐단 말씀은 하셨어요?" 나는 은근히 겁이 나서 대답을 기다리는 동안 숨을 죽인다.

"아니. 루크에게 다시 한 번 기회를 줄까 생각했다. 하지만 그건 내가 잘못 생각한 것 같구나."

나는 한숨을 쉰다. "루크를 설득해서 결혼식을 그대로 치르도록 하겠습니다. 단 어머님께서 그이에게 미안하다는 말씀을 해주신다면." 이 말을 하는 내 음성이 살짝 떨린다. 내가 결국 이 일을 저지르고 말다니 나로서도 실감이 나질 않는다.

"너 뭐라고 했느냐?" 엘리노어 셔먼이 나를 돌아본다.

"루크에게 미안하다고 말씀하시고 또…… 기본적으로 사랑한다고 말씀해주세요. 그러면 제가 그이를 설득해서 플라자에서 결혼식을 올리도록 하겠습니다. 그럼 어머님도 친구분들을 모시고 성대한 결혼식을 치르실 수 있으실 겁니다. 저랑 협상을 하시죠."

"너 지금…… 나한테 거래를 하자는 거냐?"

"어…… 그렇습니다." 나는 그녀를 정면으로 바라보며 보이지 않게 주먹을 꼭 쥔다. "기본적으로, 어머님, 저는 전적으로 이기적인 이유 때문에 여기 왔습니다. 루크는 어머님 때문에 자기 평생을 망쳤습니다. 이제 그이가 다시 어머님을 보지 않기로 결심했습니다. 그건 참 잘된 일입니다. 하지만 저는 거기서 끝나지 않을것 같아서 걱정입니다. 앞으로 2년 뒤에 그이가 갑자기 다시 뉴욕을 와서는 어머님이 정말 자기가 생각하는 만큼 나쁜 사람인지 보겠다는 결정을 내릴까 봐 걱정입니다. 그래서 모든 것이 다시 시작될까 봐."

"이런 무례한! 네가 어찌 감히……."

"어머님, 어머님은 이번 결혼식을 치르기 원하시죠? 전 압니다. 아드님에게 다정하게 대해주시기만 하면 뜻대로 하실 수 있습니다. 제가 무리한 부탁을 드리는 거 아니잖습니까?"

아무 대꾸도 없다. 점차 엘리노어 셔먼의 눈이 가늘어진다. 성형수술 전 수준에 가까워질 정도로.

"레베카, 너도 이 결혼식을 원하지 않느냐? 순수한 이타심에서 우러난 행동인 척하지 마라. 루크가 취소한다고 했을 때 너도 나만큼이나 당황했어. 그건 인정해라. 플라자에서 결혼식을 올리고 싶어서 여기 왔지?"

"그래서 제가 여기 왔다구요?" 나는 입이 딱 벌어진다. "플라자 결혼식이 취소되어서 실망스러워서?"

나는 그만 까르르 웃어버릴 뻔한다. 그녀에게 모든 진실을 맨 처음부터 다 말해주고 싶을 지경이다.

"제 말을 믿어주세요, 어머님." 나는 마침내 입을 연다. "제가 여기 온 이유는 그게 아닙니다. 저는 플라자에서 결혼식을 하지 않아도 살 수 있어요. 물론, 기대했던 것은 사실이에요. 그리고 설렜던 것도. 하지만 루크가 원하지 않는다면…… 그걸로 됐어요. 포기할 수 있어요. 제 친구들이 참석하는 게 아니니까. 제 고향에서 열리는 게 아니니까. 전 전혀 상관없어요."

또 한 번 팽팽한 침묵이 흐른다. 엘리노어 셔먼이 번들거리는 협탁 쪽으로 가더니 놀랍게도 담배를 꺼내서 불을 붙인다. 아무도 모르게 담배를 피워왔던 거다!

"전 루크를 설득할 수 있어요." 나는 그녀가 담배상자를 치우는 걸 보며 말한다. "하지만 어머님은 못하세요."

"너 참…… 맹랑한 애로구나. 자기 결혼식을 거래수단으로 이용하다니."

"저도 알아요. 승낙하시는 건가요?"

내가 이겼다! 그녀의 얼굴을 보면 안다. 벌써 결심을 한 거다.

"이렇게 말씀하시면 돼요." 나는 백에서 종이를 한 장 꺼낸다. "루크가 듣고 싶어하는 말이 다 들어 있어요. 그를 사랑한다는 말씀을 하시고 그이가 어렸을 적에 무척 보고 싶어했고 그리워했다는 말씀도 하시고, 그이가 영국에 있는 편이 더 낫다고 생각했기 때문에 두고 왔다는 말씀도 하시고, 루크를 보고 싶어하지 않았던 유일한 이유는 실망시킬까 봐 두려웠기 때문이라는 말씀도…….” 나는 종이를 엘리노어 셔먼에게 건넨다. “아무것도 자연스럽게 들리지 않으리라는 건 알아요. 그러니까 ‘이런 말을 하기가 좀 어색하지만,’ 이라고 서두를 꺼내시는 게 좋을 거예요.”

엘리노어 셔먼은 멍하니 종이를 바라본다. 잠시 그녀가 한숨을 짓는 사이에 나는 그녀가 그 종이를 냅다 던져버릴까 봐 은근히 마음을 졸인다. 그런데, 그녀가 조심스레 그 종이를 접어서 협탁에 넣는다. 그녀의 눈가가 또 살짝 떨린다. 저것도 감정의 표현인가? 마음이 상했나? 열 받았나? 아니면 그냥 나를 경멸하는 건가?

난 도무지 엘리노어 셔먼이라는 사람을 모르겠다. 일순간 마음속 깊은 곳에 엄청난 사랑을 감춰둔 사람 같다 싶다가도, 다음 순간에는 차가운 심장을 가진 불여우처럼 보이니 말이다. 어느 순간에는 나를 증오하는 것 같다가도 마음을 표현하는 방법을 모르는 사람일지도 모른다는 생각이 든다. 이제껏 그녀는 정말로 자기가 친절하게 행동했다고 믿어왔는지도 모르겠다.

아무도 이제까지 그녀에게 그녀의 태도가 얼마나 못됐는지를 말해준 사람이 없었다면…… 그녀가 그걸 어떻게 알겠냐 이거다.

"루크가 다시 뉴욕으로 돌아오기로 결정할지도 모른다는 건 무슨 뜻이냐?" 그녀가 쌀쌀맞게 묻는다. "뉴욕을 떠날 작정이냐?"

"아직 구체적으로 얘기를 나눈 건 아닙니다." 나는 잠시 머뭇거리다 말한다. "하지만 그렇습니다. 그럴 것 같으니까요. 뉴욕은 참 대단한 곳이었습니다. 하지만 우리가 있기에는 이제 더 이상 좋은 곳이 아닌 것 같아서요. 루크도 지쳤고. 그이한테는 환경의 변화가 필요합니다."

'그인 당신하고 떨어져 있을 필요가 있어요.' 나는 속으로 이렇게 말한다.

"알았다." 엘리노어 셔먼은 담배를 들이마신다. "너는 내가 이 건물의 입주자회의단과 인터뷰를 주선해놓은 것을 알고 있느냐? 수월하지 않은 일이었다."

"압니다. 루크가 얘기해줬어요. 하지만 솔직히, 어머님, 저희들은 절대 이 건물에 들어와서 살지 않을 겁니다."

그녀의 얼굴이 다시 한 번 움찔하고 나는 그녀가 어떤 감정을 억누르고 있다는 것을 알 수 있다. 하지만 왜? 내가 고마워하지 않아서 화가 난 걸까? 루크가 결국 자기와 한 건물에 살지 않게 되어서 심통이 난 걸까? 마음 한구석이 궁금증으로 몸살을 앓는다. 그녀의 속을 까뒤집어보고 코를 박고 그녀의 모든 것을 알아내고 싶다. 그렇지만 또한 좀 더 분별 있는 내 마음

한구석은 내버려두라고 말한다. 베키, 그냥 묻어둬.

그러나 결국 문고리를 잡으려다 말고 나는 돌아서고 만다.
"어머님, 모든 뚱뚱한 사람들 몸 속에는 마른 사람이 들어 있다
는 사실을 아세요? 그 마른 사람이 항상 밖으로 나오려고 몸부
림치고 있다는 걸 아시냐구요? 저기…… 어머님에 대해서 생각
하면 할수록, 어머님 안에도…… 다정한 사람이 들어 있을 것
만 같은 생각이 드네요. 하지만 어머님께서 계속 그렇게 사람
들한테 매정하게 구시면서 구두가 싸구려 같다는 둥, 그런 말
씀만 하신다면 아무도 그런 사실을 알아차리지 못할 거예요."

에랴, 모르겠다! 엘리노어 셔먼이 나를 죽이려 들지도 모른
다. 내빼는 게 좋겠다. 줄행랑을 치는 것처럼 보이지 않으려고
안간힘을 쓰며 나는 복도를 따라 내려가 아파트를 나선다. 문
을 닫고 그 문에 기대선 내 가슴이 쿵쾅거린다.

좋았어, 이제까지는 괜찮았어! 이제 루크만 요리하면 돼.

"어째서 록펠러 센터 같은 델 올라가고 싶어하는지 도대체
모르겠다." 루크는 택시 뒷좌석에 몸을 기대고 얼굴을 찌푸린
채 창밖을 본다.

"한 번도 못 가봤으니까 그렇지, 괜찮지? 나 전망이 보고 싶
단 말야!"

"근데 왜 하필 지금이야? 왜 오늘이냐구?"

"오늘 가면 왜 안 되는데?" 나는 시계를 곁눈질하고는 불안한 마음으로 루크의 표정을 살핀다.

저이는 행복한 척하고 있다. 구속에서 풀려난 것처럼 행동하고 있다. 하지만 아니다. 가슴앓이를 하고 있다.

겉으로는 모든 것이 조금은 나아지기 시작했다. 최소한 더는 옷을 남들한테 나눠주지 않으며, 오늘 아침에는 면도도 했다. 하지만 여전히 옛날 그의 모습하고는 거리가 있다. 오늘도 출근하지 않았다. 눈물 콧물 짜는 베티 데이비스가 나오는 흘러간 흑백 영화나 보고 앉아서 말이다. 참 우습다. 전에는 베티 데이비스하고 엘리노어 셔먼이 닮은 데가 있는 줄 전혀 몰랐다.

사실, 애너벨 부인이 옳았다. 그이를 보면서 나는 생각한다. 전적으로 그녀가 옳았다. 그녀는 자기 배다른 아들을 자기 자신만큼이나 잘 알고 있다. 그녀는 루크 안에 엘리노어 셔먼이 큰 자리를 차지하고 있다는 것도 알고 있다. 그에게는 최소한 마음을 정리할 기회가 필요하다. 그게 제 아무리 고통스럽다고 해도.

나는 두 눈을 감고 속으로 온갖 신들에게 간청한다. 제발 이 일이 효과가 있게 해주세요. 제발. 그러고 나면 이 모든 것을 마무리 짓고 우리들의 삶을 시작하게 될 수 있을지도 모른다.

록펠러 센터에 차가 선다. 나는 루크를 보며 떨리는 마음을 감추려고 미소를 지어 보인다.

나는 엘리노어 셔먼이 전혀 찾을 것 같지 않은 장소를 생각해봤다. 그러다 록펠러 센터의 레인보우 룸이 떠올랐다. 관광객들이 칵테일을 마시며 입을 헤벌리고 맨해튼의 전망을 바라보는 곳이다. 승강기를 타고 65층으로 올라가는 동안 우리는 둘 다 말이 없다. 그리고 나는 간절히 그녀가 거기 와 있기를, 모든 게 잘 풀리기를, 루크가 나를 너무 미워하지 말기를 기원해본다.

우리는 승강기에서 내린다⋯⋯. 벌써 보인다. 짙은 색 재킷을 입고 창가에 앉아 있는 그녀의 얼굴이 창가의 역광 때문에 윤곽만 보인다. 루크가 그녀를 발견하고는 흠칫 놀란다.

"베키, 너 진짜⋯⋯." 그는 그 자리에서 돌아서고, 나는 그의 팔을 잡는다.

"루크, 제발. 할 말이 있으시대. 한 번만⋯⋯ 기회를 드리자."

"네가 꾸민 짓이야?" 그의 얼굴이 분노로 하얗게 질린다. "일부러 날 이리로 끌고 왔어?"

"나도 어쩔 수 없었어! 그러지 않으면 안 왔을 거 아냐. 딱 5분만. 어머님 말씀을 들어드려."

"내가 뭣 하러 그런⋯⋯."

"두 사람이 얘기할 필요가 있다고 봐. 진짜야. 루크, 그렇게 해놓고 그냥 떠날 순 없잖아. 자기도 속병을 앓고 있잖아! 어머님하고 마음을 터놓고 대화하지 않으면 더 나아지지 않을 거야…… 제발, 루크." 나는 붙잡았던 손을 조금 풀고 애원의 눈빛으로 그를 바라본다. "딱 5분만! 더는 부탁하지 않을게."

그는 내 말에 따라줘야 한다. 지금 그냥 나가버리면, 난 끝장이다. 나는 우리 뒤에 올라온 독일 단체 관광객들이 경탄을 하며 창가에서 서성거리는 걸 지켜본다.

"딱 5분이야." 루크가 마침내 말한다. "그걸로 끝이야." 그는 천천히 실내를 가로질러 가서 엘리노어 셔먼의 맞은편 의자에 앉는다. 그녀는 나를 힐끔 보더니 고개를 끄덕이고 나는 그제서야 돌아선다. 심장이 마구 뛴다. 제발 엘리노어 셔먼이 판을 깨지 않게 해주세요. 제발!

나는 바를 나와서 다른 쪽의 빈 테이블을 찾아 들어간다. 나는 통유리 앞에 서서 이 도시를 굽어본다. 한참 있다가 시계를 본다. 5분이 지났지만 그이는 뛰쳐나오지 않았다.

그녀는 협상의 자기 몫을 이행했다. 이제 나도 내 몫을 이행해야 한다. 나는 휴대폰을 꺼낸다. 두려움에 속이 다 울렁거린다. 쉽지 않을 것이다. 정말로 쉽지 않을 것이다. 엄마가 어떤 반응을 보이실지 나도 모른다. 뭐라고 말씀하실지 나는 모른다.

하지만 중요한 것은, 엄마가 뭐라고 말씀하시든, 아무리 화를 내시더라도, 엄마와 나 사이는 영원하리란 걸 내가 안다는 점이다. 엄마와 나 사이는 전과 다름없을 것이다.

그렇지만 루크에게 있어 이번 일은 자기 생모와 화해하는 유일한 기회일 수 있다.

전화 신호음을 들으며 나는 맨해튼의 끝도 없는 은빛 거리와 마천루들을 바라본다. 한 건물에 햇빛이 반사되어 다른 건물을 비춘다. 루크가 말한 그대로다. 앞으로 뒤로, 절대로 벗어나지 못한다. 저 까마득한 아래쪽의 노란 택시들이 장난감 같다. 바삐 오가는 사람들은 꼭 조그만 곤충 같다. 그리고 그 한가운데 센트럴 파크가 초록색 직사각형을 이루고 있다. 아이들을 위해 펼쳐놓은 소풍날 돗자리 같다.

나는 풍경에 취해서 멍하니 밖을 내다본다. 내가 어제 엘리노어 셔먼에게 한 말이 내 진심이었을까? 나는 정말 루크하고 함께 이 멋진 도시를 떠나기를 바라는 걸까?

"여보세요?" 엄마 목소리가 사념 속을 파고들어서 나는 정신을 차린다. 어찌나 떨리는지 잠시 몸이 말을 듣지 않는다. 도저히 못 하겠다.

하지만 해야 한다. 내겐 선택의 여지가 없다.

"엄마," 나는 마침내 말을 한다. 손톱으로 손바닥을 파면서.

"저예요…… 베키. 저기요, 엄마, 드릴 말씀이 있어요. 엄마가 들으면 좋아하시지 않겠지만……."

제임스 브랜던 부인

릿지 하우스 릿지웨이 노스 풀러튼 데본

2002년 6월 2일

사랑하는 베키,

네 전화를 받고 약간 당황했단다. 네 설명을 듣고 나면 모든 것이 명확할 거라고 네가 장담했지만, 그리고 너를 믿어야 하겠지만, 우리는 정말로 뭐가 어떻게 돌아가는 건지 모르겠구나.

하지만, 너희 시아버지와 나는 오랜 시간 진지하게 이야기를 나눈 끝에 네가 부탁한 대로 따르기로 했단다. 뉴욕으로 가는 비행기 예약은 취소했으며 나머지 친척들께도 그렇게 알렸다.

사랑하는 베키야, 네가 뜻하는 일이 잘 성사되길 빈다.

루크에게도 안부 전해주렴.

애너벨

세컨드 유니언 은행

월스트리트 300번지
뉴욕, NY10005

레베카 블룸우드 씨
아파트 B W 11번 스트리트 251번지 뉴욕, NY 10014

2002년 6월 10일

블룸우드 씨께

월트 피트먼 씨 앞으로 보내주신 청첩장은 잘 받았습니다.

토의를 거친 끝에 저희 회사의 기밀을 알려드리기로 했습니다. 월트 피트먼은 실존인물이 아닙니다. 저희 고객 서비스 담당 직원들을 모두 대표하는 총칭입니다.

월트 피트먼이라는 이름은 상당한 연구와 조사를 거친 끝에 친숙하고 유능한 인물이라는 느낌을 주는 이름으로 선택되었습니다. 고객반응도 조사에 따르면 저희 고객들의 생활에서 월트의 지속적인 존재가 50퍼센트 정도의 신용도와 충성도 증가를 불러왔습니다.

이 점을 인지해주시면 감사하겠습니다. 그래도 세컨드 유니언 은행을 대표하는 사람이 결혼식에 참석하기를 원하신다면, 제가 참석하도록 하겠습니다. 제 생일은 3월 5일이며 제가 좋아하는 색깔은 파란색입니다.

버나드 리이버먼

루크가 모르는 또다른 계획

좋다. 겁먹을 것 없다. 잘 될 것이다. 고개를 들고 차분하게 있으면 만사가 잘 풀릴 것이다.

"절대로 안 된다니까." 수지의 목소리가 귀청을 때린다.

"입 다물어!" 나는 신경질을 부린다.

"죽었다 깨어나도 절대로 안 돼. 내 말 들어."

"괜히 잔소리 늘어놓을 것 없어. 넌 그냥 나한테 용기만 북돋워주면 돼!" 나는 목소리를 낮춘다. "그리고 모두들 자기 맡은 일만 잘 하면 잘 될 거야. 꼭 그렇게 돼야 해."

나는 플라자 호텔의 12층 창가에 서서 플라자 스퀘어를 굽어보고 있다. 밖은 뜨거운 여름이다. 사람들은 티셔츠와 반바지 차림으로 돌아다니고 있다. 마차를 타고 공원을 한 바퀴 돌거나 분수대에 동전을 던지는 등 평소와 다름없다.

그리고 나는 타월을 몸에 두르고 머리는 원래 모습을 전혀 알아볼 수 없을 만큼 '잠자는 숲속의 미녀' 스타일에 맞추어 꾸미고 2센티미터 정도 되는 두께의 화장을 하고 내 평생 신어본 구두 중에서도 가장 끝장나게 높은 흰색 새틴 구두를 신고 걸어 다니고 있다. (바니스에서 할인받아서 산 크리스찬 루부틴이다.)

"지금 뭐하는데?" 수지의 목소리가 또 들린다.

"창밖을 보고 있지."

"뭐하러?"

"몰라." 나는 데님 반바지를 입은 여자가 누군가 자기를 지켜보는 줄도 모르고 벤치에 앉아서 코카콜라 캔을 따고 있는 걸 바라본다. "평상심을 좀 되찾아보려고 이러고 있을걸?"

"평상심?" 수지가 전화기에 대고 침을 튀기는 소리가 들린다. "야, 평상심을 찾기에는 좀 늦지 않았니?"

"말도 안 돼!"

"평상심이 이 지구라면 넌 지금 어딨는지 알아?"

"어…… 달?" 나는 대충 찍어본다.

"5천만 광년 떨어진 데 있어. 넌…… 다른 은하계에 가 있다구! 아주 진작부터."

"하긴 다른 세상에 있는 것처럼 느껴지긴 해." 나는 인정하고 돌아서서 내 뒤에 펼쳐진 궁궐 같은 스위트룸을 찬찬히 바라본다.

향기와 헤어스프레이와 기대감이 뒤섞여 있지만 분위기는 전반적으로 조용하고 차분하다. 눈길 가는 곳마다 호사스런 꽃장식, 과일 바구니와 초콜릿, 그리고 얼음에 재어놓은 샴페인 병들이 놓여 있다. 화장대 옆에선 헤어드레서와 메이크업 아티스트가 에린을 매만지면서 자기들끼리 수다를 떨고 있다. 그사이 르포 사진작가가 필름을 갈아 끼우고 그의 조수는 MTV에 나온 마돈나를 보고 있으며 룸서비스 웨이터는 유리컵과 잔들을 한 차례 더 치우고 있다.

너무나 호사스럽고 너무나 고급스럽다. 하지만 동시에 여름학교 학예회 준비 모습이 떠오른다. 창문은 검은 천으로 가리고 우리는 모두 흥분해서는 거울 앞에 둘러앉는다. 그리고 무대 앞쪽에서는 부모님들이 자리를 채우시는 소리가 들린다. 하지만 밖을 내다보거나 훔쳐봐서는 안 된다.

"지금은 뭐하니?" 수지의 목소리가 또 들린다.
"여전히 창밖을 보고 있어."
"그럼 창밖 보는 거 그만둬! 한 시간 반도 안 남았단 말야!"
"수지, 여유를 가져."
"어떻게 여유를 갖니?"

"다 괜찮아. 다 착착 돼가고 있다구."

"아무한테도 말을 안 했어?" 수지는 백만 번째로 묻는다. "대니한테도 말 안했지?"

"당연히 못하지! 내가 뭐 바본 줄 아니?" 나는 태연자약하게 구석자리로 간다. 아무도 듣지 못하게 말이다. "마이클만 알아. 그리고 로렐하고. 그게 다야."

"근데 아무도 의심을 안 해?"

"전혀." 이렇게 말하는데 로빈이 들어온다. "안녕하세요, 로빈! 수지, 나중에 얘기하자, 알았어."

나는 전화를 끊고서 로빈을 보고 미소짓는다. 그녀는 밝은 분홍색 정장에 이어폰을 끼고 무전기를 들고 있다.

"좋아요, 베키." 그녀가 진지하고 사무적인 태도로 말한다. "1번 스테이지는 완벽해요. 2번 스테이지는 진행 중이고. 하지만 문제가 있어요."

"정말요?" 나는 마른침을 삼킨다. "뭔데요?"

"루크네 가족들이 아무도 도착하지 않았어요. 아버지, 새어머니 그리고 명단에 올라 있는 사촌들까지도…… 통화를 했다고 했잖아요?"

"예. 그랬어요." 나는 목을 가다듬는다. "실은…… 방금 다시 전화가 왔는데, 비행기에 문제가 있대요. 다른 사람들에게 비행기 좌석을 내주게 생겼다고."

"그래요?" 로빈이 낙담한다. "저런! 이렇게 결혼식 직전에 변수가 많이 생기는 경우는 보다 보다 처음이네! 신부 들러리도 바뀌고…… 신랑들러리도 바뀌고…… 주례도…… 모든 게 다 바뀐 것 같아요!"

"알아요." 나는 미안해한다. "정말 미안해요. 그리고 그 때문에 일이 많아진 것도 알아요. 갑자기 마이클이 우리 주례를 서주는 게 낯모르는 사람이 해주는 것보다 좋을 것 같아서. 워낙에 잘 아는 사이고 결혼식을 집전할 자격도 있고 해서. 그래서 루크한테는 새로운 들러리가 필요하게 됐고……."

"하지만 결혼식 3주 전에 마음을 바꾸다니! 사이먼 목사님이 거절을 당하셔서 얼마나 섭섭해하셨는지 몰라요. 혹시 목사님 머리 스타일이 맘에 안 들어서 그랬나 궁금해하셨어요."

"아니에요! 전혀 아니에요! 정말 그분 탓은 아니고……."

"그리고 신부 부모님 두 분이 다 홍역에 걸리시고. 세상에 그런 기이한 일이 또 있을까?"

"그러게 말이에요!" 나는 속상한 표정을 짓는다. "이렇게 운이 나쁠 수가!"

무전기에서 치직 소리가 들리자 로빈이 고개를 돌린다.

"예." 로빈이 말한다. "뭐야? 아니! 노란 야광색 조명이랬잖아! 파랑이 아니라! 좋아. 갈게……." 그녀는 문간에서 나를 돌아본다.

"베키, 나 가봐야겠어요. 하도 바뀐 게 많아서 정신이 없어 미처 말 못했는데 추가로 조금 더 할 게 있어요. 가서 좀 확인하고 올게요, 괜찮죠?"

"그러세요. 당신의 판단을 믿어요. 고마워요, 로빈!"

로빈이 나가고 노크 소리가 나더니 크리스티나가 들어온다. 너무나 멋진 연한 금색 이세이 미야케 의상을 입고 샴페인 잔을 든 모습이 환상적이다.

"신부는 어떠신가?" 그녀는 미소를 짓는다. "떨려?"

"뭐 별로요!" 나는 말한다.

그리고 그건 어느 정도 사실이다.

사실 100퍼센트 사실이다. 하도 떨리다 보니 이젠 무감각해졌다. 계획대로만 된다면 모든 것이 잘 끝날 것이다. 그런데 혹시라도 잘 안 되면, 완전히 망하는 거다. 하지만 그건 내가 뭘 어떻게 할 수 있는 문제가 아니다.

"방금 로렐하고 얘기했는데," 그녀가 샴페인을 한 모금 마시며 말한다. "그녀가 결혼식에 이렇게 깊이 간여하고 있는 줄 몰랐어."

"아, 뭐 그렇진 않아요. 저를 위해서 조금, 아주 쪼금 도와준 것 뿐……."

"이해가 가는군." 크리스티나가 샴페인 잔 너머로 나를 바라본다. 갑자기 로렐이 어느 정도 얘기했는지 궁금해진다.

"로렐이 어떤 도움을 줬는지…… 말했어요?" 나는 태연한 척 묻는다.

"핵심을 불었지. 베키가 이번 일을 성사시키면……." 크리스티나는 고개를 절레절레 젓는다. "성사시키면 당신은 강심장으론 노벨상 감이야." 그녀는 잔을 높이 든다. "베키를 위해 건배! 행운을 빌어!"

"고맙습니다."

"크리스티나!" 고개를 돌려보니 에린이 우리를 향해 오고 있다. 벌써 긴 보라색 신부 들러리 드레스를 입고 머리는 중세풍으로 꾸몄으며 두 눈은 흥분으로 반짝거린다. "잠자는 숲속의 미녀 테마 정말 끝내주지 않아요? 베키의 웨딩드레스 봤어요? 내가 신부 들러리라니! 이번이 처음이에요!"

에린은 신부 들러리로 승격된 데 대해서 엄청 흥분한 것 같다. 내 단짝 친구 수지가 오지 못하게 되었다고, 신부 들러리가 되어달라고 말했을 때 그녀는 감격해서 정말로 울음을 터트렸다.

"아직 베키 드레스는 못 봤는데." 크리스티나가 말한다. "걱정된다."

"진짜 괜찮아요!" 나는 두둔하고 나선다. "와서 보세요."

나는 그녀를 이끌고 호화로운 드레싱 룸으로 간다. 거기에 대니의 드레스가 걸려 있다.

"한 조각으로 되어 있군." 크리스티나가 짧게 말한다. "시작은 좋군."

"크리스티나, 이건 그때 그 티셔츠하고 달라요. 이건 수준이 달라요. 봐요!"

대니가 얼마나 일을 환상적으로 했는지 실감이 나지 않는다. 비록 크리스티나에게 말하지는 않았지만 사실 그의 드레스를 입을 생각은 별로 없었다. 솔직히 톡 까놓고 말하자면 일주일 전만 해도 베라 왕 드레스를 아무도 모르게 가봉까지 마쳐놓았었다.

그런데 어느날 대니가 노크를 했다. 그의 얼굴은 흥분으로 환하게 빛나고 있었다. 그는 나를 끌고 위층 자기 아파트로 가더니 내 등을 밀어 복도를 지나서 자기 방문을 활짝 열어 보였다. 그리고 나는 할 말을 잃었다.

멀리서 보기에는 그냥 전통적인 흰 웨딩드레스다. 몸통이 착 달라붙고 치맛자락이 풍성한 로맨틱한 스커트에 기다란 뒷자락이 달린 드레스. 그런데 가까이서 보면 곳곳에 개성 넘치는 환상적인 디테일이 눈에 들어오기 시작한다. 뒷면에는 흰색 데님 주름이 달려 있다. 대니의 트레이드마크인 잔주름과 허리선에 나타나는 풍성한 주름. 흰 동전 장식과 모조 다이아몬드가 뒷자락 전체에 흩어져 있다. 꼭 어떤 사람이 사탕을 상자 째로 뿌려놓은 듯하다.

이런 웨딩드레스는 평생 본 적이 없다. 이건 그야말로 예술 작품이다.

"그래," 크리스티나가 말한다. "솔직히 말하지. 베키가 애송이 코비츠 군 작품을 입을 거라고 말했을 때 나도 좀 걱정했어. 하지만 이건……" 그녀가 작은 비즈를 한 개 건드린다. "감동이야. 자기가 입장할 때 뒷자락이 떨어져 나가진 않을 것 같군."

"그러진 않을 거예요!" 나는 장담한다. "30분 동안이나 입고 아파트 안을 걸어 다녔는걸요. 장식 하나 떨어지지 않았어요!"

"정말 아름다울 거야!" 에린이 꿈을 꾸듯 말한다. "공주처럼. 그리고 그…… 예식장 참 장관이더군." 크리스티나가 덧붙인다. "많은 사람 턱이 빠질 것 같아."

"난 아직 못 봤는데." 나는 말한다. "로빈이 못 들어가게 해서."

"어머, 꼭 봐!" 에린이 말한다. "사람들로 들어차기 전에 살짝 한 번 봐."

"안 돼요! 그러다 들키면?"

"어서." 에린이 말한다. "스카프를 둘러. 그럼 아무도 못 알아볼 거야."

나는 모자가 달린 재킷을 빌려 입고서 아래층으로 살그머니 내려간다. 사람들 앞을 지날 때는 얼굴을 살짝 가리고. 기분이 참 묘하다. 디자이너의 도면은 봤지만 테라스 룸의 문을 밀고 들어간 순간 나는 내가 무엇을 기대하는지 대충은 알 것도 같다. 뭔가 스펙터클하고 뭔가 극적인!

도무지 들어갈 수가 없다. 별천지로 들어가는 것 같다.

은빛으로 반짝이는 마법의 숲. 고개를 들어보니 나뭇가지들은 내 머리 위, 저 높은 곳에서 아치를 이룬다. 꽃들은 바닥에 깔린 풀숲에서 자라나오는 듯하다. 넝쿨도 있고 열매도 있고 은색 사과가 주렁주렁 달린 사과나무도 있고 이슬이 방울방울 맺힌 거미줄도 있고…… 저기 날아다니는 건 진짜 새인가?

다채로운 조명들이 나뭇가지를 알록달록 물들이며 줄지어 놓여 있는 의자 위로 떨어진다. 두 명의 여자가 척척 천을 씌운 의자의 먼지를 털어내고 있다. 청바지를 입은 남자가 카펫에 케이블을 고정시키고 있다. 번쩍이는 옷을 입은 남자가 은빛 나뭇가지를 바로잡고 있다. 바이올린 연주자는 작은 소리로 시험 연주를 하고 있고 팀파니를 조율하는 소리도 퉁탕거리며 들려온다.

웨스트 앤드 쇼의 무대 뒤편에 온 것 같다.

나는 한쪽에 서서 주위를 둘러본다. 작은 것 하나하나까지도 다 내 눈에 담으려고 애쓰면서. 이런 구경은 난생 처음이다. 그리고 앞으로도 다시는 못 볼 것 같다.

갑자기 저 멀리에 로빈이 들어오는 게 보인다. 이어폰에 달린 마이크에 대고 말하고 있다. 그녀의 눈이 실내를 훑고, 나는 모자 달린 재킷 속으로 몸을 움츠린다. 그녀가 나를 발견하기 전에 테라스 룸을 나서서 그랜드볼룸으로 가는 승강기를 탄다.

문이 막 닫히려는데 짙은 색 정장에 흰 셔츠를 입은 나이 지긋한 여자들이 들어선다.

"케이크 봤어요?" 그 중 한 명이 말한다. "최소한 3천 달러는 하겠던걸."

"어느 집안 혼인이래요?"

"셔먼." 첫 번째 여자가 말한다. "엘리노어 셔먼."

"아, 그럼 엘리노어 셔먼의 결혼식이군."

문이 열리고 그들이 내린다.

"블룸우드." 나는 한 발 늦게 말한다. "신부 이름은 베키……"

그들은 듣지도 않고 가버린다.

나는 조심스럽게 그들을 따라 그랜드볼룸으로 들어간다. 루크와 내가 댄스를 리드할 엄청나게 넓은 흰색과 금색의 방.

아, 난 몰라! 기억했던 것보다 훨씬 더 거대하다. 그리고 훨씬 더 번쩍번쩍 웅장하다. 스포트라이트가 장내를 빙글빙글 돌고 있고 발코니와 샹들리에에는 조명이 밝혀져 있다. 갑자기 번쩍번쩍하는 플래쉬 램프에 불이 들어오더니 디스코 조명을 쏘아댄다. 탁자를 정리하는 웨이터들의 얼굴에 빛이 반사된다. 원탁마다 흰 꽃이 아름답고 풍성하게 장식되어 있다. 천장에는 모슬린 천으로 천막이 쳐져 있고 꼬마전구를 단 꽃줄이 진주목걸이처럼 드리워져 있다. 춤을 출 무대는 드넓고 반들거린다. 무대 위에는 10인조 밴드가 조율을 하고 있다. 멍하니 주위를 둘러보니 앙투안의 케이크 스튜디오에서 나온 두 명의 조수가 의자에 몸을 맡기고 여덟 단짜리 케이크에 설탕으로 만든 튤립을 마지막으로 몇 개 더 꽂고 있다. 온 사방이 꽃향기와 기대감으로 충만하다.

"실례합니다." 웨이터가 웨건을 밀고 지나가는 바람에 나는 놀라서 옆으로 비켜선다.

"뭘 도와드릴까요?" 옷깃에 플라자 배지를 단 여자가 말을 걸어온다.

"전 그냥…… 좀 구경하려고……."

"구경을 해요?" 여자가 나를 의심의 눈초리로 바라본다.

"예! 혹시 제가…… 저기…… 결혼할 수도 있으니까." 나는 그 여자가 더 많은 것을 물어보기 전에 뒤로 물러선다. 어쨌거나 충분히 구경했으니까.

근데 여기서 내 스위트룸으로 어떻게 돌아가야 할지 잘 모르겠다. 어찌나 넓은지 길을 잃을 것만 같다. 그래서 맨 아래층으로 내려가서는 가능한 한 눈에 띄지 않게 로비를 지나 엘리베

267

이터로 간다.

구석자리에 놓인 소파를 지나던 나는 우뚝 멈춰 선다. 낯이 익은 검은 머리칼. 낯이 익은 손이 진토닉 같은 걸 들고 있다.

"루크?" 그가 고개를 돌리더니 나를 물끄러미 쳐다본다. 그 순간 나는 내가 얼굴을 반쯤 가렸다는 걸 깨닫는다. "나야!" 나는 목소리를 낮춰 말한다.

"베키?" 그는 믿을 수 없다는 듯 묻는다. "여기서 뭐하고 있어?"

"구경 좀 하고 싶어서. 진짜 멋지지 않아?" 나는 보는 사람은 없는지 주위를 둘러본 다음에 그의 건너편 의자에 살짝 앉는다. "자기 멋지다!"

그는 멋진 것 이상이다. 더할 나위 없이 근사하다. 말쑥한 만찬 재킷에 빳빳한 흰 드레스 셔츠. 그의 검은 머리는 조명 아래서 반드르르 윤기가 흐르고, 그에게서는 친숙한 애프터쉐이브 로션 냄새가 난다. 그와 시선이 마주치자, 뭔가 가슴속에서 스르르 풀리는 것 같은 기분이 든다. 코일이 풀리듯이. 오늘 무슨 일이 있건, 내가 이번 일을 성사시키든, 못하든, 우리 둘은 하나다. 우리 둘은 아무 일도 없을 것이다.

"우리 서로 말하면 안 되는 거 알아?" 그가 입가에 미소를 머금고 말한다. "그럼 불행해진대."

"알아." 나는 이렇게 말하고 그의 진토닉을 한 모금 마신다.

"하지만 솔직히 이 상황에서 미신 같은 건 문제가 안 된다고 봐."

"무슨 뜻이야?"

"어…… 아무것도 아냐." 나는 내 감정 모드를 전환하기 위해서 다섯까지 센 다음에 이야기한다. "그건 그렇고, 자기네 부모님들께서 늦게 오신다는 말 들었어?"

"응. 들었어." 루크가 얼굴을 찌푸린다. "통화해봤어? 언제 도착하실지 알아?"

"어, 곧 오시겠지 뭐." 나는 애매하게 대꾸한다. "걱정하지 마. 자기가 신랑 입장할 때 꼭 그 자리에 계셔주신다고 하셨어."

그건 어쨌거나 사실이다. 나름대로는 말이다.

루크는 내 음모에 대해서 전혀 아무것도 모르고 있다. 이것까지 감당하기에 그는 그간 너무도 많은 것을 겪었다. 이번 한 번만은 내가 총대를 혼자 다 멜 것이다, 아무렴!

지난 몇 주 동안 루크의 전혀 다른 모습을 보았다. 어리고 상처 입기 쉬운 루크, 나 말고 다른 사람들은 전혀 알지 못하는 그의 모습. 그날 엘리노어 셔먼을 만난 뒤 그는 한동안 말이 별로 없었다. 엄청난 감정적인 폭발도 없었다. 드라마 같은 장면도 없었다. 어떻게 보면 그는 다시 정상으로 돌아왔다. 하지만 그래도 아직 여리고 많이 지쳐 있다. 여전히 출근하지 못하고 있다. 벌써 두 주째, 그는 자고 또 잔다. 하루에 열네 시간이나 열다섯 시간 정도. 10년간 자기 스스로를 모질게 몰아붙이느라 모자란 잠을 이번 참에 한꺼번에 몰아서 자겠다는 듯이.

이제 그는 평소의 모습으로 천천히 돌아오고 있다. 자신감을 한 켜 한 켜 회복하고 있다. 사람들에게 자기감정을 들키고 싶지 않을 때 짓는 그 멍한 표정도. 지난주에는 더러 사무실에 나가기도 했다. 그러니까 꼭 옛날로 돌아간 것 같았다.

하지만 완전히 옛날로 돌아갔다고는 할 수 없다. 자신감을 조금은 되찾은 것 같지만 중요한 것은 내가 그 자신감의 이면을 봤다는 거다. 나는 루크가 일하는 방식을 보아왔다. 그가 생각하는 방식과 그가 두려워하는 것 그리고 그가 인생에서 정말 원하는 것. 이 모든 일이 벌어지기 전, 우리는 2년을 넘게 함께 있었다. 우리는 함께 살았고 성공적인 커플이었다. 하지만 지금은 그 전과는 전혀 다른 방식으로 그를 알고 있다는 느낌이 든다.

"어머니랑 나눴던 대화를 돌이켜 생각해봤어." 루크가 인상 쓰며 술잔을 들여다본다. "레인보우 룸에서의 대화."

"그래?" 나는 경계한다. "정확하게 뭘……."

"그래도 좀 혼란스러워."

"혼란스러워?" 나는 잠시 머뭇거리다 묻는다. "왜?"

"전에는 그런 식으로 말씀하시는 걸 들어본 적이 없어. 현실 같지가 않았어." 그는 고개를 든다. "어머니 말씀을 믿어야 할지 말아야 할지 잘 모르겠어."

나는 몸을 내밀어 그의 손을 잡는다.

"루크, 전에 그런 말을 한 적이 없다고 해서 그 말이 진심이 아니라고 할 수는 없잖아."

그가 엘리노어 셔먼을 만난 뒤로 나는 거의 매일 이 말을 그에게 하고 있다. 제발 그만 파고들었으면 좋겠다. 그녀의 말을 그냥 받아들이고 희희낙락해주었으면 좋겠다. 하지만 그러기에는 그의 머리가 너무 비상하다. 잠시 그가 잠자코 있다. 마음속으로 그때 그 대화를 다시 재생시키고 있다는 걸 난 안다.

"어머님이 말씀하신 중에 몇 가지는 진실같이 여겨졌어. 그렇지만 다른 것들은 너무도 거짓 같아."

"어느 부분이 거짓 같아?" 나는 명랑하게 묻는다. "그냥 궁금해서."

"내가 해온 일 전부가 다 대견스럽다고 말씀하신 부분. 회사를 세운 것부터 너를 아내감으로 고른 것까지 모두. 그건 좀…… 아, 나도 모르겠다……." 그는 고개를 젓는다.

"난 꽤 맘에 들었는데!" 나도 모르게 그만 반박하고 만다. "그러니까 내 말은 있잖아…… 그건 어머님이 말씀하실 만한 이야기라고……."

"하지만 또 다른 말씀도 하셨어. 내가 태어난 이후로 내 생각을 하지 않으신 날이 하루도 없다고 하셨거든." 그는 머뭇거린다. "그런데 그 말씀을 하시는 투가…… 난 진짜로 그 말씀을 믿었어."

"그런 말을 하셨어?" 나는 당황한다.

그건 내가 엘리노어 셔먼에게 적어준 종이에 없는 말이었다. 나는 루크의 진토닉 잔을 집어 들어 힘겹게 한 모금 마신다.

"나 진짜로, 그 말씀은 정말 진심이었다고 봐." 나는 마침내 말한다. "사실…… 난 알아. 중요한 건 어머님이 자기한테 사랑한다는 말씀을 하고 싶으셨다는 거야. 비록 어머님께서 하신 말씀이 모두 다 자연스럽게 들리진 않았더라도, 그건 어머님께서 자기한테 밝히고 싶으셨던 이야기니까."

"나도 그렇게 봐." 그는 나와 눈을 맞춘다. "그렇긴 하지만, 나는 어머니에 대해서 똑같은 방식으로 느낄 수가 없어. 난 예전의 나로 돌아갈 수가 없어."

"됐어." 나는 잠시 쉬었다 말한다. "저기…… 난 잘된 일일지도 모른다고 생각해."

마법은 풀렸다. 루크가 마침내 깨어난 것이다.

나는 몸을 숙여 그에게 키스한 뒤 그의 술을 한 모금 마신다.

"나 가서 드레스 입어야 해."

"설마 그 촌스런 모자 달린 점퍼를 입고 식장에 들어올 건 아니지?" 루크가 씩 웃는다.

"글쎄, 그럴 참이었는데. 하지만 자기가 봐버렸으니, 다른 걸 찾아봐야겠다. 아무래도……" 나는 가려고 일어서서는 잠시 우물쭈물한다. "저기, 루크. 오늘 일이 좀 묘하게 돌아가더라도, 그냥…… 따라줘, 알았지?"

"알았어." 루크는 놀란 얼굴로 대꾸한다.

"약속했다?"

"약속해." 그는 내게 곁눈질을 보낸다. "베키, 혹시 내가 모르는 꿍꿍이가 있는 거야?"

"어…… 아니." 나는 결백한 척한다. "아니. 그렇지는 않을 거야. 그럼 좀 이따 봐."

우리 결혼한 거 맞아?

내가 이 순간까지 끌고 왔다는 것이 실감 나지 않는다. 솔직히 이 일이 진짜로 일어나고 있다는 것도 실감나지 않는다. 나는 웨딩드레스를 입고 있다. 머리에 화관도 썼다.

나는 신부다.

로빈에게 이끌려 텅 빈 고요한 플라자 호텔의 복도를 걸어가는 동안 할리우드 영화에 나오는 대통령이 된 기분이 살짝 든다. "미녀가 움직인다." 로빈은 우리가 호사스런 빨강 카펫 위를 걸어가는 사이 헤드세트에 대고서 말한다. "미녀가 거의 다 왔다."

우리는 모퉁이를 돌고 거대한 골동품 거울 속의 내 모습을

힐끔 본다. 그러고는 깜짝 놀란다. 물론 내가 어떻게 보이리라
는 건 나도 안다. 위층에 있는 스위트룸에서 거울에 비친 내 모
습을 바라보는 데 장장 30분을 보냈다. 그렇긴 하지만, 언뜻 본
내 모습에, 베일 속의 여자가 정말 나라는 것이 믿겨지지 않는
다. 저게 나다!

나는 플라자의 예식장에 입장할 참이다. 400명의 사람들이
내 일거수일투족을 지켜보고 있다. 아, 난 몰라!

테라스 룸의 문이 보이자, 두려움에 몸이 움찔하고 부케를
잡은 손가락에 힘이 들어간다. 과연 잘할 수 있을까? 내가 간이
부었지. 난 못해. 도망가고 싶어.

에린과 다른 신부 들러리들이 기다리고 있고 우리가 가까이
가자 모두들 내 드레스에 헉 하고 놀란다. 나는 그들의 이름도
알지 못한다. 그들은 엘리노어 셔먼의 친구 자식들이다. 오늘
이 지나면 다시는 못 볼지도 모른다.

"현악 오케스트라. 미녀 입장한다, 준비." 로빈이 헤드세트
에 대고 지시한다.

"베키!" 나는 고개를 든다. 세상에, 대니다! 가죽 바지 위에
브로케이드 프록코트를 입고 회색과 청동색으로 찍힌 예식 프
로그램을 손에 들고 있다. "아름답다!"

"진짜? 괜찮아?"

"눈부셔." 대니가 씩씩하게 말하고는 뒷자락을 바로잡아주

275

고 뒤로 물러서서 살펴보더니 가위를 꺼내서는 리본 끝을 싹둑 자른다.

"준비 됐어요?" 로빈이 말한다.

"아마도." 약간 어지럽다.

커다란 문이 양쪽으로 활짝 열리고 400명의 사람들이 자리에 앉은 채로 뒤를 돌아본다. 현악 오케스트라가 〈잠자는 숲속의 미녀〉의 테마음악을 연주하기 시작하고 신부 들러리들이 행진을 시작한다.

그리고 갑자기 나는 앞으로 걸어가고 있다. 나는 지금 울려퍼지는 음악에 홀려 요술에 걸린 숲으로 입장하고 있다. 머리 위에서 작은 전구들이 반짝인다. 소나무 잎들이 발 아래에서 향기를 내뿜는다. 상쾌한 흙내음이 풍기고 새들의 지저귐과 자그마한 폭포 소리가 졸졸 들려온다. 내가 발걸음을 내디딜 때마다 신기하게도 꽃들이 피어나고 잎새들이 팔랑거린다. 사람들은 놀라서 쳐다본다. 저 앞에, 나의 잘생긴 왕자님, 루크가 나를 기다리고 있는 게 보인다.

이제 드디어, 마음이 놓이기 시작한다. 이 순간을 즐길 여유가 생긴다. 한 걸음, 한 걸음 내딛을 때마다, 나는 코벤트 가든에서 완벽한 아라베스크를 펼치고 있는 프리마 발레리나가 된 기분이다. 아니면 오스카 상 시상식장에 도착하는 스타거나. 음악이 연주되고, 모두들 나를 바라본다. 내가 입었던 드레스

중에서 가장 아름다운 드레스와 내 머리의 보석들을 바라본다. 내 평생에 이런 경험은 두 번 다시 없으리라는 것을 나는 안다. 꽃길의 끝이 가까워질수록 나는 걷는 속도를 늦추고 공기를 들이마시며 나무내음, 꽃내음 그리고 이 모든 황홀한 향기를 만끽한다. 작은 것 하나하나까지도 모두 내 마음에 꼭꼭 찍어 남기고 싶다. 이 마법 같은 순간들을 하나도 놓치지 않고 음미하고 싶다.

좋다, 인정하리라! 엘리노어 셔먼이 옳았다. 내가 이번 결혼식을 지키려고 했을 때, 100퍼센트 이타적인 마음에서 그랬던 것은 아니다. 루크와 그의 생모간의 관계를 지켜주기 위해서 그런 것만은 아니다.

나는 나 자신을 위해서 이것을 원했다. 나는 단 하루라도 요정나라 공주가 되고 싶었다.

나는 루크의 옆에 이르자 내 부케를 에린에게 건넨다. 나는 루크의 새 신랑들러리인 게리를 보며 따뜻한 미소를 짓고는 루크의 손을 잡는다. 루크가 손에 살짝 힘을 주기에 나도 똑같이 해준다.

그리고 마이클이 앞으로 나선다. 대충 사제복처럼 보이는 짙은 색 옷을 입고서. 그는 나를 보더니 공모자의 미소를 슬쩍 짓고는 숨을 깊이 들이쉰 다음 주례사를 시작한다.

"친애하는 여러분. 오늘 우리는 이 자리에 두 사람 사랑의

증인이 되고자 모였습니다. 그들이 서로에 대한 사랑의 서약을 하는 것을 지켜보고자 모였습니다. 그리고 그들과 함께 사랑을 나누는 기쁨의 의식을 치르기 위해서 모였습니다. 하느님께서는 사랑하는 사람들을 하나같이 축복하시며 오늘 서로 맞절을 나누는 루크와 베키를 반드시 축복해주실 것입니다."

마이클이 나를 돌아본다. 이 장면을 좀 더 잘 보려는 사람들의 웅성거림이 뒤쪽에서 느껴진다.

"레베카, 그대는 루크를 사랑합니까?" 그가 묻는다. "기쁠 때나 슬플 때나, 부유할 때나 가난할 때나, 아플 때나 건강할 때나 루크를 사랑할 것을 맹세합니까? 지금부터 영원히 그를 믿고 따르겠습니까?"

"예." 나도 모르게 목소리가 살짝 떨린다.

"루크, 그대는 레베카를 사랑합니까? 기쁠 때나 슬플 때나, 부유할 때나 가난할 때나, 아플 때나 건강할 때나 레베카를 사랑할 것을 맹세합니까? 지금부터 영원히 그녀를 믿고 따르겠습니까?"

"예." 루크가 씩씩하게 대답한다. "그렇습니다."

"루크와 베키에게 주님의 은총이 함께 하시기를, 그리고 언제까지나 행복하기를." 마이클은 잠시 말을 멈추고 장내를 둘러본다. 감히 누가 자기에게 반론을 제기하겠냐는 듯이. 나는 루크의 손을 더욱 힘주어 잡는다. "이들이 서로 이해심을 나누는 기쁨과 성숙한 사랑의 즐거움과 영원한 우정의 따스함을 알기를 기원합니다. 우리 이 행복한 한 쌍에게 박수를 보냅시다." 그는 루크를 보며 씩 웃는다. "신부에게 입맞춤하세요."

루크가 내게 키스하려고 몸을 숙이자 마이클이 힘차게 손뼉을 치기 시작한다. 잠시 망설이는 듯 잠잠하다…… 하지만 곧 사람들이 동참하고 곧 장내가 떠나갈 듯 박수소리가 울려 퍼진다.

게리가 루크의 귀에 대고 뭐라고 중얼거리더니 당혹스런 표정으로 나를 쳐다본다.

"반지는?"

"반지 얘기는 꺼내지 말아요." 나는 입가에 여전히 미소를 띤 채 나직이 말한다.

가슴이 너무나 세차게 뛰어서 숨을 쉬기조차 어렵다. 나는 누군가 일어서주기를 계속 기다리고 있다. 누군가 일어서서 "잠깐만요……" 하고 말해주기를.

하지만 아무도 그렇게 하지 않는다. 아무도 말이 없다.

성공이다!

잠시 마이클과 눈이 마주친다. 그런 다음에 아무도 눈치 채지 못하게 시선을 돌린다. 아직 마음을 놓을 수 없다. 아직은 아니다.

사진사가 앞으로 나오고 나는 루크의 팔짱을 꼭 낀다. 에린이 내 부케를 들고 오며 눈물을 찍어낸다.

"정말 아름다운 결혼식이었어! 영원한 우정의 따스함이란 그 부분은 정말 마음에 와 닿았어. 있잖아, 그게 바로 내가 원하는 모든 것이거든." 에린은 내 부케를 자기 가슴에 끌어안는다. "내가 이제껏 바랐던 게 바로 그런 거야."

"그래, 너도 찾을 수 있을 거야. 틀림없어." 나는 이렇게 말하며 그녀를 안아준다. "난 그러리라고 믿어."

"실례합니다만?" 사진사가 말한다. "신랑과 신부의 사진을……." 에린은 내게 부케를 돌려주고 몸을 숙여 비켜서고 나는 가장 아름다운 새신부의 표정을 지어 보인다.

"그렇지만 베키," 루크가 말한다. "게리 말이……."

"루크, 게리한테서 반지를 받아." 나는 그냥 그대로 정면을 바라보며 말한다. "그 부분을 빠트려서 아주 당황했다고 그러고 나중에 하겠다고 말해."

사진을 찍기 위해서 하객 몇몇이 앞으로 나오고, 나는 루크의 어깨에 기대서 행복하게 그들을 향해 미소를 짓는다.

"잘못된 게 또 있어." 루크가 말한다. "마이클이 성혼선언문을 낭독하지 않았어. 성혼선언문에 서명도 해야 하잖아?"

"쉬잇!" 플래쉬가 터지는 바람에 우리는 둘 다 눈을 깜빡한다.

"베키, 대체 무슨 일이야?" 루크가 나를 자기 쪽으로 돌려세운다. "우리 결혼한 거 맞아?"

"아주 좋아요!" 사진사가 말한다. "그대로 서 계세요."

"우리 결혼한 거 맞냐구?" 루크의 눈동자가 나를 뚫어져라 바라본다. "좋아…… 알았어." 나는 마지못해 대답한다. "사정상 그렇게 됐어, 우리 결혼한 거 아냐."

또 한 번 플래쉬가 번쩍하고 터진다. 내 눈에 다시 초점이 잡히자 영문을 모르겠다는 표정으로 날 보고 있는 루크가 보인다.

"결혼한 게 아니라구?"

"자기, 그냥 날 좀 믿고 따라줘, 알았어?"

"널 믿어?"

"그래! 5초 전에 그렇게 한다고 약속했잖아! 잊었어?"

"그건 우리가 결혼할 거라고 생각했을 때 얘기지!"

갑자기 현악 오케스트라가 결혼행진곡을 연주하고 한 무리의 사람들이 카메라를 들고 있는 하객들을 인도한다.

"가요." 씩씩하고 실체가 보이지 않는 어떤 목소리가 말을 한다. "행진을 시작해요."

대체 어디서 들려오는 소리일까? 부케가 나한테 말을 하나?

갑자기 장미 봉오리에 붙어 있는 조그만 스피커가 눈에 들어온다. 로빈이 내 부케에 스피커를 숨겼나?

"신랑 신부, 행진하세요!"

"좋아요!" 나는 꽃에 대고 말한다. "가요!"

나는 루크의 팔짱을 꼭 끼고 꽃길을 걷기 시작한다. 다시 요술에 걸린 숲으로 되돌아가는 거다.

"우리가 결혼을 하지 않았다?" 루크는 믿어지지가 않는지 계속 그 얘기다. "이 빌어먹을 숲에, 400명이나 되는 하객에, 호사스런 흰 드레스까지 입었는데 결혼을 하지 않았다구?"

"쉬잇!" 나는 그의 귀에 대고 속삭인다. "아무에게도 말하지마! 묘한 일이 생기더라도 나를 믿고 따르겠다고 했잖아. 그러니까 그대로만 해!"

팔짱을 끼고 걷는 동안 햇살이 숲속의 나뭇가지 사이로 내리쬐며 바닥에 그림자를 만든다. 갑자기 위잉하는 소리가 들려서 보니 놀랍게도 나뭇가지들이 삐걱거리며 치워지기 시작한다. 천장에 무지개가 뜬다. 천국에서나 들을 법한 합창이 울려 퍼지고 몽실몽실한 구름이 하늘에서 내려온다. 그 위에는 분홍색 비둘기 두 마리가 앉아 있다.

아, 난 몰라! 나는 그만 킥킥 웃고 만다. 이건 좀 심했다. 이게 로빈이 말한 그 새로 추가된 사소한 부분이란 말인가?

나는 루크를 올려다본다. 그의 입 역시 탐탁지 않은 듯 약간 씰룩거린다.

"이 숲 어때?" 나는 명랑하게 묻는다. "근사하지, 그치? 스위스에서 특별히 공수해온 자작나무들이래."

"진짜?" 루크가 말한다. "그럼 비둘기들은 어디서 날아온 거야?" 그는 비둘기를 빤히 쳐다본다. "비둘기라고 하기에는 너무 덩치가 큰데? 칠면조가 틀림없어."

"칠면조는 아니야!"

"사랑의 칠면조라?"

"루크, 그만 좀 해!" 나는 작은 소리로 투덜거리며 킬킬거리지 않으려고 애를 쓴다. "비둘기 맞아."

우리는 세련되게 차려입은 하객들을 한 줄 한 줄 지나쳐 간다. 나를 보며 맨해튼식 호구조사를 하고 있는 젊은 여자들만 빼고 모두들 우리를 보며 다정하게 미소를 짓고 있다.

"이 사람들 다 누구야?" 루크가 미소를 짓고 있는 낯선 사람들을 훑어보며 말한다.

"낸들 알아?" 나는 어깨를 으쓱한다. "난 자기가 아는 사람도 조금은 있을 줄 알았는데?"

우리는 예식장의 맨 끝에 도착해서 마지막으로 사진을 찍고 루크는 또 이상야릇한 표정으로 나를 쳐다본다.

"베키, 우리 부모님께서 오지 않으셨다. 너희 부모님들도."

"어…… 맞아. 안 오셨어."

"가족도 참석하지 않고. 반지도 끼워주지 않고. 결혼을 한 것도 아니고." 그는 잠시 뜸을 들인다. "미친 소리 같지만 내가 기대했던 결혼식은 이런 게 아니야."

"이건 우리 결혼식이 아니야." 나는 이렇게 말하며 카메라

포즈를 위해서 그에게 키스를 한다.

●

우리가 이 자리에서 빠져나가고 있다는 것이 도무지 실감 나지 않는다. 누구도 어떤 말도 하지 않았다. 아무도 이의를 제기하지 않았다. 두어 사람이 결혼 반지를 보자고 했지만 나는 약혼 반지를 돌려서 살짝 보여줬을 뿐이다.

우리는 초밥과 캐비어를 먹었다. 네 가지 요리가 나오는 코스 정찬을 먹고 건배도 했다. 계획에 착착 잘도 맞아들어갔다. 우리는 은으로 된 엄청나게 긴 칼로 케이크 커팅도 했다. 모두들 환호성을 질렀다. 그런 다음에 밴드는 '더 웨이 유 룩 투나이트'를 연주하기 시작했고 루크는 나를 이끌고 무대로 갔고, 우리는 춤추기 시작했다. 그리고 그건 내가 앨범에 영원히 간직할 그런 순간 중 하나였다. 흰색과 황금색과 음악이 빙글빙글 돌고 루크의 팔이 나를 감싸고, 내 머리는 샴페인 탓에 이것이 끝이라는, 이것이 하이라이트고, 곧 끝이 날 것이라는 생각에 살짝 어지럽다.

지금 파티가 한창 무르익었다. 밴드는 무슨 곡인지 잘 생각나지 않는 재즈곡을 연주하고 있고 무대는 춤추는 사람들로 가득하다. 잘 차려입은 낯선 사람들 한가운데서 몇몇 낯익은 얼굴을 찾아낸다. 크리스티나가 자기 파트너와 춤을 추고 있다. 에린은 신랑 들러리 중 한 명과 얘기를 나누고 있다. 그리고 로렐도 보인다. 활기차게 춤을 추고 있다, 누구랑 춤을…… 마이클이잖아!

세상에, 이런 겹경사가!

"몇 사람이 내 명함을 달라고 했는지 알아?" 귀에 이런 소리가 들린다. 돌아보니 대니가 의기양양한 표정으로 양손에 샴페인 잔을 들고 입에는 담배를 물고 서 있다. "스무 명이야! 최소한! 한 명은 자기 치수를 즉석에서 재달라고 하더라구! 모두들 내 드레스가 맘에 쏙 들었대. 그리고 내가 존 갈리아노하고 일했었다고 말하니까……"

"대니, 네가 언제 존 갈리아노하고 일했어?"

"이래 봬도 커피를 전해준 적은 있어." 그는 변명한다. "그가 나한테 고맙다고 했다구. 어떻게 보면 그것도 예술적인 커뮤니케이션이라고 할 수 있잖아……."

"네가 그렇다면 뭐." 나는 기쁨에 찬 미소를 지으며 그를 바라본다. "정말 잘 됐다. 기뻐."

"자기도 재밌니?"

"당연하지!"

"자기 시어머니는 신이 나셨더라." 우리는 엘리노어 셔먼을 찾아 둘 다 고개를 돌린다. 그녀는 세련된 숙녀들에 둘러싸여 상석에 앉아 있다. 그녀의 볼이 살짝 상기되어 있고 전과 다름 없이 생기가 넘친다. 바닥까지 끌리는 연한 초록색 드레스를 입고 엄청난 양의 다이아몬드를 주렁주렁 달고 있는 그녀의 폼이 무도회의 여왕 같다. 어떻게 보면 그건 맞는 말이다. 이 사람들은 그녀의 친구들이니까. 이건 사실 그녀의 파티이지 나나 루크의 파티가 아니니까. 황홀한 자리다. 손님으로 참석하기에는 더없이 훌륭한 자리다.

그리고 나는 지금 바로 그런 기분이다.

한 무리의 여자들이 지나간다. 큰 소리로 수다를 떨면서. 그리고 내 귀에 몇 마디가 들려온다.

"황홀해······."

"꿈속 같아······."

그들은 나와 대니를 보며 미소를 짓고, 나도 미소로 응대한다. 하지만 입가가 뻣뻣하니 아프다. 낯모르는 사람들에게 미소를 지어주느라 이제는 지쳐버렸다.

"성대한 결혼식이야." 대니가 번쩍거리는 실내를 둘러보며 말한다. "정말 장관이야. 비록 자기하고 내가 생각했던 것보단 좀 못하지만."

"진짜? 왜 그렇게 생각하는데?"

"환상적이 아니라는 말은 아니고. 번드르르하기는 한데, 아주 호사스럽고. 그렇지만 이건······ 내가 상상했던 자기 방식의 결혼식이 아니야." 그는 내 표정을 보고 황급히 이렇게 덧붙인다. "하지만 내 생각이 틀렸나 봐. 틀림없어."

나는 코믹하고, 남을 의심할 줄 모르는, 비쩍 마른 그의 얼굴을 쳐다본다. 아, 난 몰라! 말을 해야겠다. 대니에게만은 말하지 않을 수가 없다.

"대니, 네가 알아야 할 일이 있어." 나는 목소리를 낮춘다.

"뭐?"

"이 결혼식에 대해서……"

"안녕!"

나는 찔끔하며 뒤를 돌아본다. 그런데 로렐이 서 있다. 춤을 추고 난 뒤라 얼굴이 발갛게 상기된 것이 즐거운 표정이다.

"멋진 파티야, 베키! 밴드도 훌륭해! 세상에, 내가 춤추는 걸 얼마나 좋아하는지 까맣게 잊고 살았던 거 있지."

나는 살짝 당혹스러워하며 그녀의 외모를 살핀다.

"로렐, 천 달러짜리 입생로랑 드레스의 팔소매를 걷으면 어떻게 해요?"

"너무 더워서." 그녀는 기분이 좋은 듯 어깨를 으쓱한다. "근데, 베키, 이런 말하고 싶진 않지만," 그녀가 목소리를 낮춘다. "자기 좀 있다 가야 돼."

"벌써?" 나는 본능적으로 시계를 본다. 하지만 시계를 차고 있지 않다.

"밖에 차가 기다리고 있어." 로렐이 말한다. "기사가 자세한 걸 다 알고 있으니까 존 F. 케네디 공항에서 어디로 가야 할지 일러줄 거야. 자가용 비행기를 타는 경우에는 절차가 다르거든. 하지만 그렇게 복잡하지 않으니까. 문제가 있으면 전화해."

그녀는 거의 귓속말 수준으로 목소리를 낮추고 나는 대니를 곁눈질한다. 그는 듣지 않는 척하고 있다. "영국에는 일찌감치 도착할 거야. 잘 되길 진심으로 빌어."

나는 팔을 뻗어 그녀를 꼭 안는다.

"로렐…… 당신은 스타예요." 나는 중얼거린다. "뭐라 감사해야 할지 모르겠어요."

"베키, 날 믿어. 이건 아무것도 아니야. 자기가 나한테 해준 것에 비하면. 까짓 비행기를 열 대라도 내줄 수 있어." 그녀도 나를 안아주더니 자기 시계를 들여다본다. "루크를 찾아보는 게 좋을 거야. 그럼 또 보자구."

그녀가 가고 대니와 나 사이에는 궁금증 어린 침묵이 흐른다.

"베키, 내가 방금 '자가용 비행기'란 말 들은 거 맞아?" 대니가 묻는다.

"어…… 맞아. 제대로 들었어."

"자가용 비행기를 타고 가니?"

"응." 나는 짐짓 아무렇지도 않은 척한다. "맞아. 로렐이 주는 결혼선물이야."

"자가용 비행기를 떡하니 내줬다구?" 대니는 고개를 젓는다. "기가 막혀! 내가 바로 그걸 결혼선물로 주려고 했는데. 그 계란 거품기하고 그것 중에 한 가지를……."

"웃기기는! 로렐은 비행기회사 회장이야."

"헉! 진짜 자가용 비행기라고? 그런데…… 어디로 가는데? 아직도 비밀이니?" 나는 그가 담배를 한 모금 피우는 것을 지켜본다. 갑자기 그에게 엄청난 우정이 느껴진다.

대니에게는 비밀로 하고 싶지 않다. 그를 이번 음모의 일부로 만들고 싶다.

"대니," 나는 말한다. "너 여권 있어?"

루크를 찾는데 시간이 한참 걸린다. 그는 두 명의 기업 금융 전문가들에게 붙들려 구석에 가 있었다. 내가 나타나자 고마워하는 눈치가 역력하다. 우리는 사람들로 복닥거리는 이 엄청나게 넓은 방을 빙 돌며 우리가 아는 모든 하객들에게 작별 인사와 감사의 인사를 한다. 솔직히 그 일은 그리 오래 걸리지 않는다.

그리고 가장 마지막으로 우리는 상석으로 다가가서 최선을 다해서 정중하게, 한참 대화를 하고 있는 엘리노어 셔먼에게 말을 건다.

"어머니, 저희들은 지금 떠납니다." 루크가 말한다.

"지금?" 엘리노어 셔먼이 얼굴을 찌푸린다. "너무 이르구나."

"그렇긴 하지만…… 저희들은 갑니다."

"훌륭한 결혼식을 치러주셔서 감사합니다." 이건 진심이다. "정말 멋졌어요. 모두들 훌륭하다고 입을 모았어요." 나는 그녀에게 키스하기 위해 허리를 굽힌다. "안녕히 계세요."

어째서 다시는 엘리노어 셔먼을 보지 않을 것만 같은 이런 강렬한 느낌이 드는 걸까?

"잘 가거라, 베키." 그녀는 그녀 특유의 형식적인 어조로 말한다. "잘 가거라, 루크."

"안녕히 계십시오, 어머니."

둘은 서로를 물끄러미 바라본다. 그리고 잠시 나는 엘리노어 셔먼이 뭔가 다른 말을 할 것만 같다는 생각을 한다. 하지만 그녀는 대신에 약간 뻣뻣하게 몸을 내밀더니 루크의 볼에 키스해준다.

"베키!" 누군가 어깨너머로 고개를 들이미는 게 느껴진다. "베키, 설마 벌써 가는 건 아니죠?" 돌아보니 로빈이다. 당황한 눈치다.

"어…… 우린 떠나요. 그동안 여러모로 고마웠어요."

"아직 가면 안 돼요!"

"아무도 모를 거예요." 나는 파티장을 대충 둘러본다.

"다들 알아야 한다구요! 퇴장 계획이 있잖아요, 잊었어요?

장미 꽃잎하고 음악도?"

"저기…… 퇴장 부분은 잊는 게 좋겠……"

"잊으라고?" 로빈이 나를 빤히 쳐다본다. "농담해요? 오케스트라!" 로빈이 다급하게 헤드세트에 대고 소리친다. "'썸 데이'를 연주해. 들리나? '썸 데이'를 연주해!" 그녀는 워키토키를 든다. "조명담당, 장미 꽃잎 준비해."

"로빈," 나는 난감하다. "정말 조용히 빠져나가고 싶어요."

"내 신부들은 조용히 빠져나가지 않습니다! 팡파레 큐!" 로빈은 자기 헤드세트에 대고 말한다. "조명담당, 퇴장 스포트라이트 준비해."

갑자기 트럼펫의 팡파레 음악이 요란하게 울려 퍼지고 춤을 추던 하객들이 화들짝 놀란다. 조명은 디스코 비트에서 눈부신 분홍색 빛으로 바뀌고 밴드는 '썸 데이 마이 프린스 윌 컴'을 연주하기 시작한다.

"가요, 미녀와 왕자님." 로빈은 나를 살짝 민다. "행진해요! 하나 둘 셋, 하나 둘 셋……."

서로 눈짓을 교환한 루크와 나는 무대로 내려간다. 하객들이 우리를 위해서 길을 터준다. 음악이 우리를 에워싸고 스포트라이트가 우리 길을 뒤따른다. 그리고 별안간 천장에서 장미 꽃잎들이 하늘하늘 떨어지기 시작한다.

꽤 낭만적이다! 모두들 다정하게 미소를 짓는다. 지나가는데 누군가 "어머!" 하고 감탄하는 소리가 들린다. 분홍빛 덕분에 무지개 속을 걷는 기분이 든다. 우리 손과 팔에, 그리고 바닥에 떨어지는 장미 꽃잎은 향기도 황홀하다. 루크와 나는 서로 마주보고 미소를 짓는다. 그이의 머리에 장미 꽃잎이 하나……

"멈춰!"

갑자기 들리는 그 목소리에 나는 그만 새파랗게 질린다.

양쪽을 활짝 열린 커다란 문 앞에 그녀가 버티고 서 있다. 검은 정장을 입고 생전 처음 볼 만큼 뾰족한 굽의 검은 부츠를 신고.

심술궂은 요정이 나타난 거다!

모두들 돌아보고 오케스트라는 어찌할 바를 모르고 연주를 멈춘다.

"알리샤?" 루크가 놀라서 묻는다. "뭐하는 겁니까?"

"훌륭한 결혼식이군요, 루크?" 그녀는 사악한 표정을 지으며 징글맞게 웃는다.

그녀는 실내로 몇 걸음 들어온다. 그녀가 지나갈 때면 하객들이 소리를 지르며 피한다.

"들어오세요." 나는 재빨리 말한다. "오셔서 파티를 즐기세요. 초대를 했어야 하는 건데……."

"베키, 난 당신이 무슨 짓을 하고 있는지 알아."

"결혼식을 하고 있잖아요!" 나는 대수롭지 않은 척 대꾸한다. "그쯤이야 누구나 아는 것 아니에요!"

"난 당신이 무슨 짓을 하고 있는지 정확히 알아. 서리에 친구가 있거든. 그들이 다 알아냈어." 그녀는 의기양양하게 나를 노려본다. 등골이 오싹해진다.

말하면 안 돼. 제발 하지 마.

그럼 이제까지 모든 것이 다 물거품이 돼.

"나머지 하객들에게 숨기고 있는 치사한 비밀이 있다고 보는데?" 알리샤는 짐짓 걱정이 된다는 표정을 짓는다. "어떻게 그런 무례한 일을 저지를 수가 있을까?"

난 움직일 수가 없다. 숨도 쉴 수 없다. 지금 내게는 착한 요정들의 도움이 필요하다. 어서!

로렐이 뜨악한 표정으로 나를 바라본다.

크리스티나가 샴페인 잔을 내려놓는다.

"적색경보, 적색경보" 로빈의 목소리가 부케에서 들려온다. "긴급상황 발생. 적색경보."

이제 알리샤는 무대를 걸어 다니며 사람들의 시선을 즐기고 있다.

"사실은," 그녀의 목소리가 쾌활하다. "이건 참으로 부끄러운 짓이야. 안 그래, 베키?"

내 눈빛이 떨린다. DJ 박스에 있던 덩치 큰 진행요원 두 사람이 무대로 다가오고 있다. 하지만 제때에 도착하지 못할 것 같다. 모든 게 헛수고가 될 판이다.

"아주 아름답게 보이는군. 아주 낭만적이야." 그녀의 목소리에 갑자기 힘이 들어간다. "그런데 사람들이 사실을 알면 뭐라고 생각할까? 이 소위 완벽한 플라자 결혼식이 실은 완전히…… 으아악!" 그녀의 목소리가 비명이 된다. "내려 놔!"

믿을 수가 없다. 루크다!

그는 소리 없이 그녀에게 다가가서 어깨에 그녀를 짊어졌다. 지금 그는 그녀를 지고 나오고 있다. 꼭 걸음마를 배우는 아기마냥 뒤뚱뒤뚱.

"내려 놔!" 그녀가 울부짖는다. "누가 날 좀 도와줘!"

하지만 하객들은 웃기 시작할 뿐이다. 그녀는 뾰족한 부츠로 루크를 마구 차지만, 루크는 눈썹을 찡긋할 뿐 멈추지 않는다.

"이건 가짜야!" 그녀는 문간 앞에서 외친다. "이건 가짜야! 이 인간들은…….

문이 쾅하고 닫히고 그녀의 외침도 거기서 끝났다. 잠시 충격에 휩싸인 실내는 잠잠하다. 잠시 뒤 천천히 문이 다시 열리고 루크가 손을 털며 나타난다.

"난 불청객이 싫어." 그는 무뚝뚝하게 말한다.

"브라보!" 낯모르는 여자가 소리친다. 루크는 살짝 허리를 숙여 예를 갖춘다. 그러자 엄청난 안도의 웃음소리가 울려 퍼지고 곧 장내에는 박수소리가 가득 찬다.

심장이 어찌나 뛰는지 서 있을 수가 없을 지경이다. 루크가 내 곁으로 돌아오자 나는 그의 손을 잡고, 그도 내 손을 꼭 잡는다. 이제는 정말 가고 싶다. 여기서 나가고 싶다!

장내에는 수군거리는 소리가 일기 시작한다. 그리고 정말 다행하게도 '미친' 그리고 '질투에 눈이 멀어서' 같은 말들이 들려온다. 머리끝에서 발끝까지 프라다로 빼입은 여자 하나는 유쾌한 목소리로 이렇게 말하기까지 한다. "있잖아요, 내 결혼식 때도 똑같은 일이 있었답니다……."

아, 난 몰라! 저기 엘리노어 셔먼과 로빈이 온다. 나란히 서서. 『이상한 나라의 앨리스』에 나오는 두 명의 여왕님 같다.

"정말 미안해요!" 로빈은 내 곁에 오자마자 말한다. "이런 일로 마음 상하지 않았으면 좋겠어요, 베키. 비틀린 심사를 가진 불쌍한 여자예요."

"저 여자는 누구예요?" 엘리노어 셔먼이 미간을 찌푸리며 말한다. "아는 여자인가요?"

"불만 많은 제 전 고객이에요." 로빈이 말한다. "저런 아가씨들은 원한을 품는 경우가 많아요. 대체 왜들 저러는지 모르겠어요! 착하고 귀여운 젊은이였다가, 다음 순간 돌연 소송을 걸어오죠! 베키, 걱정 말아요. 퇴장은 다시 할 수 있어요. 오케스트라 준비!" 그녀는 다급하게 말한다. "'썸 데이'를 다시 연주해. 조명담당, 비상용 장미꽃잎 대기시켜."

"비상용 장미꽃잎도 있어요?" 나는 적잖이 놀란다.

"저는 모든 돌발상황에 대한 준비를 다 해뒀답니다, 우리 공주님." 그녀는 나를 보며 눈빛을 빛낸다. "그렇기 때문에 웨딩 플래너가 필요한 거예요!"

"로빈," 나는 진지하게 말한다. "당신은 정말 돈 값어치를 하는군요." 나는 그녀를 안고 키스를 한다. "안녕. 그리고 어머님도 안녕히 계세요."

음악이 다시 울려 퍼지고 우리는 다시 행진을 계속한다. 그리고 더 많은 장미꽃잎이 천장에서 하늘하늘 쏟아져 내린다. 나는 정말로 로빈에게 경의를 표해야 한다. 사람들이 주위에 몰려들어서 박수를 보내기 시작하고, 내 상상 탓인지 아니면 정말 그런 건지 모르지만 알리샤 사건 이후로 그들이 더 다정하게 보인다. 사람들 맨 끝에 앞으로 몸을 내민 에린이 보인다. 나는 쭉 뻗은 그녀의 손을 향해서 내 부케를 던진다.

그리고 우리는 나온다.

묵직한 문이 양쪽 모두 우리 등 뒤에서 닫히고, 앞만 똑바로 보고 있는 두 명의 경비원을 제외하고는 아무도 없는 텅 빈 호사스런 복도에 우리만 덩그러니 남았다.

"해냈어." 나는 안도감에, 또 들뜬 기분에 반쯤 웃어가며 말한다. "루크, 우리가 해냈어!"

"그런 것 같군." 루크도 고개를 끄덕인다. "아주 잘했어. 자, 이제 대체 무슨 꿍꿍인지 이야기해보실까?"

로렐은 완벽한 준비를 해두었다. 비행기는 벌써 존 F. 케네디 공항에 대기하고 있고 아침 8시경에 우리는 개트위크 공항에 도착한다. 거기에는 또 다른 차가 우리를 기다리고 있다. 이제 우리는 옥스샷을 향해서 총알처럼 달린다. 곧 도착이다! 이렇게 매끈하게 일이 진행되다니 실감 나질 않는다.

"물론, 자기가 얼마나 큰 실수를 했는지 자기 알지?" 대니가 벤츠의 가죽시트에 앉아서 기지개를 켜며 말한다.

"그게 뭔데?" 나는 수화기에서 시선을 떼고 묻는다.

"두 결혼식을 다 욕심낸 거. 결혼식을 그렇게 여러 번 하고 싶으면 차라리 세 번 하지 그랬어? 여섯 번은 어때? 여섯 번의 파티하고……."

"여섯 벌의 드레스……." 루크가 끼어든다.

"여섯 개의 케이크……."

"입 다물어!" 나는 성질을 부린다. "일부러 그런 거 아니란 말야, 알면서! 어쩌다 보니까…… 그렇게 됐다구."

"어쩌다 보니." 대니가 비웃는다. "베키, 우리한테까지 아닌 척할 거 없잖아? 드레스를 두 벌 입고 싶어서 그랬지? 부끄러 워할 것 없어."

"대니, 나 전화 거는 중이야." 나는 창밖을 내다본다. "어, 수지, 10분쯤 걸릴 것 같아."

"너 결국 해냈구나, 진짜 대단하다!" 수지가 말한다. "결국 성공하다니 정말 신기한 노릇이야! 마구 뛰어다니면서 보는 사 람마다 붙잡고 얘기하고 싶어!"

"부탁이니 그러지 마!"

"하지만 너무 대단하잖아! 간밤에는 플라자에 있었는데 지 금은……." 그녀는 갑자기 화들짝 놀라며 말을 삼킨다. "설마 너 아직 웨딩드레스 입고 있는 거 아니니?"

"아냐, 얘는!" 나는 키득키득 웃는다. "내가 뭐 바보천치인 줄 아니? 비행기에서 갈아입었어."

"그래. 비행기는 어땠어?"

"아주 끝내주더라. 솔직히, 수지, 앞으로는 자가용 비행기만 타고 다닐 거야."

화창한 날씨다. 창밖으로 스쳐지나가는 들판을 바라본다. 행복감에 가슴이 부푼다. 모든 게 이렇게 척척 맞아떨어지다니 내가 생각해도 정말 신기하다. 몇 달 동안 마음 졸이고 고생한 걸 생각하면! 우린 지금 영국에 있다! 해는 찬란하게 빛나고 우리는 결혼하러 간다.

"내가 얼마나 엄청 걱정을 했는지 알아?" 대니가 창밖을 내다보며 말한다. "성은 다 어딨니?"

"여긴 서리야." 나는 설명한다. "서리엔 성 없어."

"그럼 머리에 검은 털가죽 모자를 쓴 병졸들은 어딨어?" 그는 눈을 가늘게 뜬다. "베키, 여기 영국 맞아? 조종사가 목적지를 알고 있었던 거 확실하니?"

"확실해." 나는 립스틱을 꺼낸다.

"난 모르겠다." 그는 아직도 미심쩍은 눈치다. "내가 보기에는 프랑스하고 아주 흡사한걸?"

우리는 신호등에 걸려서 멈춰 서고 그는 창문을 내린다.

"봉주르" 대니가 여자 행인에게 프랑스어로 말을 건다. "Comment allez-vous?"

"난…… 무슨 소린지?" 여자는 이렇게 말하고 황급히 길을 건넌다.

"이럴 줄 알았어." 대니가 말한다. "베키, 이런 말 하긴 정말

싫지만…… 여긴 프랑스 맞다."

"옥스샷이야, 이 바보야!" 나는 반박한다. "그리고……. 아, 난 몰라! 우리집 앞길이야."

낯익은 표지판을 보니 감정이 울컥 하고 복받친다. 거의 다 왔다.

"자," 기사가 말한다. "엘튼 로드네요. 몇 번지입니까?"

"43번지예요. 저기 저 집이요." 나는 말한다. "풍선하고 천막이 보이는…… 나무에 은색 리본 장식이 된……"

아뿔싸! 온 집이 꼭 서커스 공연장 같다. 집 앞 마로니에 나무에는 남자가 하나 올라가 있다. 나뭇가지 사이로 전구들을 꿰고 있다. 그리고 흰색 밴이 진입로에 주차되어 있고 초록색과 흰색의 줄무늬 옷을 입은 여자들이 집을 들락날락거리고 있다.

"어쨌거나 자길 기다리고 있는 것 같긴 하네." 대니가 말한다. "자기 괜찮아?"

"괜찮아." 나는 이렇게 말한다. 근데 참 묘하다. 목소리가 떨리다니.

차가 멈춰 선다. 뒤에 있는 다른 차들도. 거기엔 우리 짐이 실려 있다.

"도무지 나로선 이해가 안 돼." 루크가 이 활기에 찬 모습을 물끄러미 바라보며 말을 꺼낸다. "날짜가 하루 미뤄졌는데도 어떻게 이렇게 결혼식 준비가 될 수 있었을까? 겨우 3주 전에 알렸는데. 내 말은 출장요리업자들도 필요하고, 밴드도 필요하고, 수백만 종류의 전문가들이……."

"루크, 여긴 맨해튼이 아니야." 나는 차 문을 열며 말한다. "보면 알아."

우리가 차에서 내리자 현관문이 활짝 열린다. 엄마가 격자무늬 바지와 티셔츠를 입고 『신부의 어머니』를 읽고 계신다.

"베키!" 엄마는 소리를 지르시며 나를 안아주시러 달려오신다.

"엄마." 나도 엄마를 끌어안는다. "별일 없어요?"

"다 착착 준비되고 있지, 난 그렇게 봐!" 엄마는 약간 당황하신다. "테이블 꽃 장식에 문제가 있지만 행운을 빌고 있으니 지금 오고 있을 거야. 루크! 잘 지냈나? 경제전문가 회의는 어땠나?"

"그게…… 아주 좋았습니다." 그는 말한다. "정말 아주 좋았습니다. 결혼식 준비에 그렇게 많은 불편을 끼쳐드려서 정말 죄송……."

"그건 괜찮네!" 엄마는 말씀하신다. "베키가 전화했을 때는 조금 당혹스럽긴 했지. 하지만 사실 그렇게 힘들지도 않았어! 대부분 하객들이 어쨌거나 일요일에 아침 겸 점심식사를 하고 떠날 작정이었으니까. 그리고 교회의 피터도 충분히 이해하면서 일요일에는 어지간하면 결혼식을 주관하지 않지만 이번 경우에는 예외로 하겠……."

"근데…… 출장 요리는? 어제로 예약을 해놓으셨을 텐데?"

"오, 룰루는 그런 거 별로 개의치 않았어! 그랬지, 룰루?" 엄마는 초록색과 흰색의 줄무늬 옷을 입은 여자들 중 한 사람에게 말을 건다.

"전혀!" 룰루 아주머니는 밝은 표정으로 말한다. "그럴 게 뭐 있어요. 안녕, 베키?"

아, 난 몰라! 나한테 브라우니를 만들어주시곤 했던 그 룰루 아주머니다!

"안녕하세요? 아주머니께서 출장요리 사업을 하시는 줄 몰랐어요."

"그야 뭐." 그녀는 반쯤 겸손한 몸짓을 한다. "그냥 놀면 뭐 하나 싶어서. 애들도 다 컸고……."

"얘, 룰루네 아들 아론이 악단에 있단다!" 엄마는 자랑스레 말씀하신다. "키보드를 연주한단다! 그 친구들 얼마나 잘하는지 몰라! '언체인드 멜로디'를 특별히 연습했……"

"자, 이거 맛 좀 봐요!" 룰루 아주머니는 포일로 덮은 쟁반에 손을 뻗어서 카나페를 꺼낸다. "타이 필로 파슬이라고 신개발품이야. 필로 페스트리가 요즘 아주 뜨고 있거든."

"진짜?"

"어, 그렇다니까." 룰루 아주머니는 뭔가 아주 아는 게 많은 척 고개를 끄덕이신다. "요즘엔 얇게 자른 타르트는 더 이상 안 먹는다구. 그리고 볼로벵은 말야……" 아주머니는 살짝 얼굴을 찌푸리신다. "한물갔어."

"딱 맞는 말씀이에요." 대니의 눈빛이 빛난다. "볼로벵은 갔어요. 볼로벵 같은 고기 파이를 먹느니 차라리 토스트를 먹죠. 그나저나 아스파라거스 롤은 어디에 차려 놓으셨어요?"

"엄마, 이 친구는 대니예요." 나는 재빨리 소개한다. "우리 이웃에 사는, 기억나세요?"

"부인, 만나 뵙게 되어 영광입니다." 대니는 엄마의 손에 입 맞춤한다. "제가 베키를 좀 졸졸 따라다니는 편인데 괜찮으시죠?"

"그럼요!" 엄마는 말씀하신다. "손님이 많을수록 더 즐겁죠! 자, 이리 와서 천막을 좀 보렴!"

●

정원을 한 바퀴 돌아보는 동안 나는 입이 딱 벌어진다. 엄청 나게 커다란 은색과 흰색 줄무늬 천막이 잔디밭 위에서 물결치 고 있다. 화단에는 팬지로 '베키와 루크'라는 글씨를 만들어

303

놓았다. 관목과 키 작은 나무들에는 빈틈없이 꼬마전구가 장식되어 있다. 유니폼을 입은 정원사 한 사람이 새 화강암 분수에 광을 내고 있고 다른 사람은 안뜰을 쓸고 있으며 천막 안에는 숱한 중년 부인네들이 수첩을 들고 반원을 그리고 앉아 있는 게 보인다.

"재니스가 아줌마들한테 단체 브리핑을 하고 있는 거야." 엄마는 목소리를 낮춰 일러주신다. "이번 결혼식 준비에 재니스가 아주 재미를 들였지 뭐니. 아예 전문적으로 이 일을 해볼까 한단다!"

"자," 재니스 아주머니의 목소리가 들린다. "비상용 장미 꽃잎은 A번 기둥 옆 은색 양동이에 들어갈 거예요. 도면에 표시를 좀 하시겠……."

"엄마, 제가 보기엔 성공하실 것 같아요." 나는 곰곰이 생각한 끝에 말한다.

"베키와 마곳은 하객들이 가슴에 달 꽃을 맡아줘요. 애너벨 부인은……."

"엄마?" 루크가 믿을 수 없는 듯 천막 안을 들여다본다.

아, 난 몰라! 애너벨 부인이다! 루크의 새엄마가 다른 사람들과 함께 거기 앉아 계시다.

"루크!" 루크를 발견한 애너벨 부인의 얼굴에 함박웃음이 핀다. "재니스, 잠깐만 실례해요."

그녀는 서둘러 우리에게 와서는 루크를 꼭 끌어안는다.

"왔구나. 정말 반갑다." 그녀는 걱정스런 눈길로 루크의 안색을 살핀다. "애야, 괜찮니?"

"괜찮아요." 루크가 말한다. "제 생각엔. 하도 많은 일을 겪어서⋯⋯."

"이해한다." 애너벨 부인은 이렇게 말하고는 나를 째려본다. "베키." 그녀는 한쪽 팔로 나를 안아준다. "너하고는 나중에 길게 이야기를 좀 해야겠구나." 그녀는 내 귀에 대고 이렇게 말한다.

"근데⋯⋯ 엄마가 결혼식 보조업무를 하시는 거예요?" 루크가 자기 새어머니에게 묻는다.

"어, 여긴 워낙에 손이 모자라서." 우리 엄마가 명랑하게 말씀하신다. "애너벨 부인도 이제 한 식구 아니니!"

"그럼 아버지는?" 루크가 주위를 둘러본다.

"너희 아버지하고 함께 유리잔을 더 사러 가셨다." 엄마가 말씀하신다. "두 사람이 아주 쿵짝이 맞아요. 근데 커피 한 잔할 사람?"

"엄마는 루크네 부모님하고 아주 잘 지내시네요?" 나는 엄마를 따라 주방으로 들어가며 말한다.

"사람들이 얼마나 좋은지 몰라!" 엄마는 행복하게 말씀하신다. "진짜 괜찮아. 벌써 우리더러 데본에 와서 좀 머물라고 초대하셨지 뭐니? 맘씨 좋고, 평범하고, 인간적인 사람들이야. 그 뭐냐…… 그 여자하곤 달라."

"맞아요. 엘리노어 셔먼 부인하고는 딴판이죠."

"그 여잔 결혼식에 전혀 관심이 없는 것 같더라." 엄마의 목소리에 살짝 가시가 돋쳐 있다. "청첩장을 받고도 가타부타 일언반구도 없지 뭐니!"

"그랬어요?"

망했다, 나는 내가 엘리노어 셔먼의 답장을 꾸며서 보낸 줄 알았는데!

"요 근래 그 여자 못 봤니?" 엄마가 물으신다.

"어…… 아뇨." 나는 대답한다. "별로."

우리는 커피 쟁반을 들고 위층 엄마 침실로 올라간다. 문을 여니 수지하고 대니가 침대에 앉아 있다. 두 사람 사이에는 어니가 누워서 발그레한 발을 허공에 휘두르며 발버둥을 치고 있다. 그리고 반대편에 있는 옷장 문에는 엄마의 웨딩드레스가 걸려 있다. 전하고 마찬가지로 하얗다. 물론 프릴도 주렁주렁 그대로다.

"수지!" 나는 반색하며 그녀를 안는다. "그리고 우리 어니! 엄청 컸구나." 나는 허리를 굽혀 녀석의 볼에 뽀뽀하고 녀석은 나를 보더니 잇몸을 드러내며 벌쭉 웃는다.

"해냈구나." 수지가 나를 보고 씩 웃는다. "애썼다, 벡스."

"수지가 방금 이 집안의 가보 웨딩드레스를 보여줬어요, 블룸우드 부인." 대니는 이렇게 말하며 나를 향해 눈썹을 찡긋한다. "무척…… 개성 있네요."

"이 드레스는 사연이 아주 많다우!" 엄마는 마냥 기분이 좋으시다. "못쓰게 됐나 했는데 커피 자국이 다 빠졌지 뭐야!"

"기적이네요!" 대니가 말을 거든다.

"그리고 오늘 아침에는 어니가 사과 퓌레를 거기다 던지려고 했는데……."

"어, 정말이에요?" 내가 수지를 곁눈질하자 수지는 살짝 얼굴을 붉힌다.

"하지만 다행히도 내가 비닐 커버를 씌워 놓는 바람에!" 엄마는 드레스 자락을 붙잡고 프릴을 흔들어보신다. 엄마 눈시울이 살짝 붉어지신다. "내가 이 순간을 얼마나 오래 기다렸는데. 베키가 내 웨딩드레스를 입다니. 내가 주책이지?"

"아뇨. 주책이라뇨?" 나는 엄마를 안아드린다. "결혼식이란 게 원래 그렇게 하는 거잖아요."

"블룸우드 부인, 베키가 저한테 저 드레스에 대해서 얘기해 줬어요." 대니가 말한다. "그런데 제가 보기엔 적절하게 설명하지 못한 것 같네요. 혹시 괜찮으시다면 아주 조금 제가 드레스를 수정해도 될까요?"

"되고말구요!" 엄마는 이렇게 말씀하시며 시계를 힐끔 보신다. "이런, 일어나봐야겠네. 꽃 장식 문제가 해결되질 않아서 말야!"

엄마께서 나가시고 문이 닫히자 대니와 수지가 눈길을 주고받는다.

"좋아," 대니가 말한다. "어쩔 셈이야?"

"우선 팔부터 떼내." 수지가 말한다. "그리고 몸체에 붙은 그 프릴도 모두."

"그러니까 내 말은 얼마나 남겨둘 거냐 이거지." 대니는 고개를 든다. "베키, 자기 생각은 어때?"

나는 대꾸하지 않는다. 창밖을 바라보고 있다. 루크와 애너벨 부인이 정원을 거닐고 있는 게 보인다. 머리를 맞대고 이야기하고 있다. 그리고 재니스 아주머니하고 얘기를 나누시는 엄마 모습도 보인다. 꽃이 핀 벚꽃나무를 가리키신다.

"베키?" 대니가 또 나를 부른다.

"건드리지 마." 나는 돌아서며 말한다.

"뭐?"

"아무것도 건드리지 마." 나는 당황한 표정의 대니를 보며 미소를 짓는다. "그냥 그대로 놔둬."

3시 10분 전, 나는 준비가 다 됐다. 소시지 롤빵 같은 드레스를 입고 있다. 얼굴에는 재니스 아주머니의 '눈부신 봄의 신부' 스타일의 화장을 했다. 휴지와 물로 색조 화장을 살짝 지우기는 했지만 어쨌거나. 머리에는 밝은 분홍색 카네이션과 안개꽃으로 만든 화관을 썼는데 이것은 엄마가 부케와 함께 주문하신 것이다. 그래도 그 중에서 그런대로 가장 스타일이 덜 구겨진 것을 꼽으라면 내 크리스찬 루부틴 구두지만 그건 사람들 눈에 뵈지도 않는다. 그래도 난 상관없다. 내가 보여주고 싶은 모습 바로 그대로니까.

꽃이 핀 벚나무 아래서 사진도 찍었다. 엄마는 그만 눈물을 흘리시는 바람에 '우아한 여름 여인' 룩이 다 번져버려서 화장을 고쳐야 했다. 그리고 이제 모두들 교회로 떠났다. 아빠하고 나만 남아서 출발할 때를 기다리고 있다.

"준비 됐니?" 흰색 롤스로이스가 진입로에서 부르릉거리자 아빠가 물으신다.

"그런 것 같아요." 나는 약간 떨리는 목소리로 말한다.

내가 결혼을 한다. 내가 정말로 결혼을 한다!

"제가 결혼 잘 하는 것 같으세요?" 나는 농담 반 진담 반으로 여쭤본다.

"어, 그런 것 같구나." 아빠는 거울을 들여다보시며 실크 타이를 고쳐 매신다. "내가 루크를 처음 만났던 날, 네 엄마한테 이런 말을 했던 게 기억나는구나. '이놈은 베키하고 잘 맞겠어.'" 아버지의 눈길이 거울 속에서 내 눈길과 만난다. "내가 맞았니, 우리 공주야? 그 녀석 너하고 잘 맞니?"

"뭐 별로." 나는 아빠를 보며 씩 웃는다. "하지만…… 루크도 노력하고 있어요."

"좋았어." 아빠도 웃으신다. "아마도 그 녀석한테 기대할 건 그게 전부일지도 모른다."

기사가 초인종을 누르자 문을 연 나는 모자 밑의 얼굴을 빤히 쳐다본다. 세상에! 옛날에 내 운전강사였던 클리브 아저씨다.

"클리브 아저씨! 안녕하세요?"

"베키 블룸우드!" 아저씨는 반가운 얼굴로 말한다. "이거, 이거! 베키 블룸우드가 결혼을 하다니! 면허는 땄었나?"

"어…… 예. 결국에는."

"꿈엔들 생각했겠어?" 그는 혀를 차며 고개를 가로젓는다. "집에 가서 마누라한테 이렇게 말하곤 했지. '그 녀석이 면허를 따면, 나는 밥통이다.' 라고 말이다. 그런데 이렇게……."

"예. 어쨌거나."

"시험관 말이 그런 운전 실력으로 응시한 사람은 처음이라고 했지. 근데 신랑감은 베키가 운전하는 거 봤나?"

"예."

"근데도 자네하고 결혼하겠대?"

"예." 나는 뾰루퉁해서 대꾸한다.

솔직히. 오늘은 내 결혼식 날이다. 여러 해 전에 그 엉터리 운전면허시험 때의 일을 꼭 이런 경사스런 날 되씹어야 할 이유는 없다고 본다.

"탈까?" 아빠가 재치 있게 말씀하신다. "안녕하시오, 클리브. 오랜만이군."

우리는 진입로까지 걸어 나간다. 차 가까이에 이른 나는 돌아서서 집을 쳐다본다. 다시 저 집을 볼 때에는 나도 유부녀가 되어 있을 것이다. 나는 숨을 깊이 들이쉬고는 한 발을 차 안에 디딘다.

"잠까안!" 돌연 이런 목소리가 들린다. "베키! 잠깐!"

나는 한쪽 발만 차에 실은 채 공포감에 그대로 얼어붙는다. 무슨 일이지? 누가 알아낸 거야? 뭘 아는 거지?

"이대로 널 보낼 순 없어!"

뭐? 말이 되질 않는다. 옆집의 톰 웹스터가 예복을 갖춰 입고서 우리를 향해서 헐레벌떡 달려온다. 쟤가 지금 무슨 짓을 하려는 거야? 쟤는 교회에 먼저 가 있어야 하는데.

"베키, 나 도저히 멍하니 서서 지켜볼 수만은 없어." 그가 한쪽 손으로 롤스로이스를 짚은 채 헐떡이며 말한다. "이건 네 인생에 있어서 가장 큰 실수일지도 몰라. 너 제대로 생각해보고 결정한 거니?"

아, 미치고 팔짝 뛰겠다!

"응, 생각해보고 결정한 거야." 나는 팔꿈치로 그를 밀어 제

치려고 시도해본다. 하지만 톰이 내 어깨를 붙든다.

"간밤에 문득 생각났어. 우린 천생연분이야. 너하고 나. 잘 생각해봐, 베키. 우린 평생을 서로 알고 지냈어. 우린 함께 자랐어. 서로에 대한 우리들의 진실한 감정을 깨닫기까지 시간이 걸렸을 수도 있지만…… 어쨌거나 기회는 줘야 하지 않을까?"

"톰, 나 너한테 감정 없어. 그리고 나 2분 뒤면 결혼해. 그러니까 좀 비켜줄래?"

"넌 지금 네가 무슨 일을 저지르고 있는지 깨닫지 못하고 있어! 넌 결혼이 뭔지 모른다구! 베키, 솔직히 말해봐. 너 정말 남은 일생을 루크하고 같이 보내는 네 모습을 상상하고 있는 거니? 낮이고 밤이고? 끝없이 기나긴 시간을?"

"응!" 나는 결국 성질을 내고 만다. "그래! 나는 루크를 죽도록 사랑해! 그리고 내 남은 평생을 그이하고 보내고 싶어. 톰, 지금 이 순간이 오기까지 얼마나 많은 시간과 노력을 들이고 또 고난을 겪었는지 몰라. 네가 상상할 수 있는 것 이상으로. 그러니까 지금 당장 내가 결혼식장에 갈 수 있게 비키지 않으면…… 죽여버릴 거야!"

"톰." 아빠가 중재를 하러 나서신다. "대답은 '노'인 것 같구나."

"아!" 잠시 톰은 아무 말이 없다. "그렇다면…… 좋아." 그는 쑥스러운 듯 어깨를 으쓱한다. "미안."

"자넨 말이야 도대체 시간감각이 없어, 톰 웹스터." 클리브가 톰을 놀린다. "자네가 처음 도로 주행을 나섰을 때가 기억나는군. 하마터면 우리 둘 다 죽을 뻔했지, 자네 덕분에!"

"됐어요. 다친 사람은 없었잖아요. 이제 가도 되죠?" 나는 차에 타서 드레스 자락을 정리한다. 그리고 아빠가 내 옆자리에 앉으신다.

"그럼 식장에서 보자, 나도 가도 되지?" 톰이 지지리 궁상을 떤다.

"톰, 교회까지 태워다 줄까?"

"어, 고마워. 그거 잘됐다. 안녕하세요, 아저씨?" 톰은 어색하게 아빠에게 인사를 하더니 차 안으로 기어들어온다. "죄송해요."

"괜찮다, 톰." 아빠는 톰의 등을 토닥여주신다. "사람은 누구나 그런 순간들이 있는 법이니까." 아빠는 톰의 머리 위로 내게 눈짓을 보내시고 나는 새어나오는 웃음을 참는다.

"그럼. 다 타셨습니까?" 클리브 아저씨가 운전석에서 뒤를 돌아본다. "갑자기 마음의 변화가 생긴 사람 없어요? 더는 최후의 사랑고백을 할 일도 없죠?"

"없습니다!" 나는 말한다. "전혀 그런 일 없습니다. 어서 가시죠!"

교회에 도착하니 종이 울리고 있고 태양은 빛나고 있으며 막판에 도착한 하객 몇 사람이 서둘러 교회로 들어가고 있다. 톰은 차 문을 열어주더니 뒤도 돌아보지 않고 달려가고 나는 지나가는 사람들의 부러운 눈길을 받으며 내 손으로 치맛자락을 편다. 세상에, 신부 노릇하는 것도 참 재밌다. 아마 이 순간이 그리울 것이다.

"다 됐니?" 아빠가 부케를 건네주시며 물으신다.

"그런 것 같아요." 나는 아빠를 보고 씩 웃고 아빠의 팔짱을 낀다.

"행복하게 살아라!" 클리브 아저씨는 이렇게 말하며 고갯짓으로 앞쪽을 가리킨다. "여기 또 지각생 하객들이 오시는군."

검은색 택시가 교회 앞에 멈춰 서더니 뒷좌석 문이 양쪽 다 활짝 열린다. 내 눈을 믿을 수가 없다. 내가 혹시 꿈꾸고 있는 것은 아닐까? 마이클이 플라자에서의 복장 그대로 차에서 내리고 있기 때문이다. 그는 택시 안으로 손을 내민다. 그리고 다음 순간 로렐이 나타난다. 입생로랑 드레스의 팔소매를 걷어붙인 그 모습 그대로.

"우리 때문에 기다릴 것 없어요!" 로렐이 말한다. "우린 그냥 조용히 들어가서……."

"돌아가시겠네…… 대체 여긴 웬일이세요?"

"신부님, 말 좀 가려서 하시게." 클리브 아저씨가 훈계를 한다.

"타고 싶을 때 마음대로 타지도 못할 거면 자가용 비행기를 백 대나 돌리는 게 무슨 의미가 있겠어요?" 로렐은 이렇게 말하며 나를 끌어안는다. "갑자기 자기 결혼식이 보고 싶어서."

"진짜 결혼식을." 마이클이 내 귀에 대고 말을 한다. "축하해요, 베키."

그들이 교회 안으로 사라지고, 아빠와 나는 수지가 가슴 설레며 기다리고 있는 교회 입구로 걸어간다. 수지는 은빛이 도는 파란색 드레스를 입고 어니를 안고 있다. 어니는 자기 엄마와 같은 색의 아기용 정장을 입었다. 교회 안을 살짝 훔쳐보니, 친척 모두, 옛 친구 모두, 루크의 친구와 친척 모두가 모여 있다. 행복과 기대에 찬 환한 표정으로 줄줄이 나란히 앉아 있다.

오르간 연주가 멈추고 나는 몸이 후들후들 떨린다.

마침내 일이 벌어지는구나! 내가 마침내 결혼을 하는구나! 진짜로.

신부 행진곡이 울리자 아빠가 팔짱 낀 팔에 힘을 주시고 우리는 꽃길을 따라서 앞으로 나가기 시작한다.

신혼여행은 어디로?

우린 결혼했다. 이번에는 진짜 결혼했다!

나는 루크가 교회에서 내 손가락에 끼워준 반짝거리는 결혼반지를 내려다본다. 그리고는 내 앞에 펼쳐진 광경을 둘러본다. 천막은 여름 노을을 받아서 환하게 빛을 발하고 밴드는 '스모크 겟츠 인 유어 아이즈'를 끈적끈적하게 연주하고 있으며 사람들은 춤추고 있다. 음악은 플라자에서보다 좀 어설플지도 모르겠다. 하객들도 그렇게 잘 차려입지 않았을 수도 있다. 하지만 그들은 모두 우리의 손님이다. 우리는 워터크레스 수프, 양고기와 썸머 푸딩으로 저녁식사를 했고 엄마 아빠가 프랑스에서 구해오신 샴페인과 와인을 실컷 마셨다. 그런 다음 아빠는 유리잔에 포크를 꽂고 나와 루크에 대해서 연설하셨다. 아빠는 당신과 엄마가 종종 내가 어떤 남자와 결혼해야 할지 이야기를 나누셨는데 한 가지 점만 빼고는 매사에 의견 일치를 보지 못했다고 하셨다. 의견일치를 본 그 한 가지 점은 '우리 사위는 힘이 좋아야 해.'였다고 말씀하시며 아빠는 루크를 보셨다. 루크는 당장에 일어서서 한바탕 힘자랑을 했고, 사람들은 와하며 웃음을 터트렸다. 아빠는 루크와 그 부모님을 무척 좋아하게 되셨다며 이건 그냥 결혼식이 아니라 양가의 결합이라고 말씀하셨다. 그런 다음에 내가 아주 성실하고 내조를 잘하는 아내가 될 것이라 믿는다고, 내가 여덟 살 적에 다우닝 가의 총리관저로 아빠를 총리에 추대하는 편지를 보냈고 그로부터 일주일 뒤에 또 다시 답장을 촉구하는 편지를 썼던 이야기도 들려주셨다. 당연히 모두들 또 와하고 웃고 말았다.

그 다음 루크가 내가 경제지 기자로 일했던 시절 우리가 런던에서 만나게 된 이야기랑 내가 처음 기자회견에 나가서 바클레이즈 은행의 홍보팀장에게 휴대폰에는 신경을 쓰면서 어째서 수표책 커버는 멋진 디자인을 쓰지 않는지를 물었을 때부터 나를 마음에 두었다는 고백을 했다. 그 뒤로 내가 일하는 잡지사와 아무런 상관이 없는 홍보행사가 있을 때에도 내게 초청장을 보내기 시작했다는 사실도 털어놓았다. 내가 항상 행사 진행에 생기를 불어넣었다는 이유만으로 말이다. (전에는 그런 얘기를 한 적이 한 번도 없었다. 하지만 이제 알겠다! 생활용품 중개업이나 철강 산업 등에 대한 기자회견장에도 매번 계속해서 초청되었던 이유가 바로 그거였다니!)

그리고 마지막으로 마이클이 일어서서는 특유의 온화하고 장중한 목소리로 자기를 소개한 다음에 루크에 대해서 말했다. 그는 루크가 얼마나 대단히 성공한 사람인지 말하고는 그렇지만 그에게는 곁을 지켜줄 사람, 있는 그대로의 그를 진심으로 사랑해줄 사람, 그리고 인생을 지나치게 심각하게 여기지 않도록 막아줄 사람이 절실하게 필요하다고 이야기했다. 그는 우리 부모님을 만난 것이 영광이고, 두 분이 전혀 낯모르는 두 사람을 다정하게 환대해주셨다며 소위 그가 '블룸우드식 인간미'라고 부르는 밝고 선량한 내 심성이 어디서 왔는지 알겠다고 말했다. 또 최근에 내가 무척이나 난이도 높은 상황들에 대처하는 모습을 보면서 자기도 정말로 많이 성숙해졌다고 했다. 물론 자세한 이야기는 하지 않았지만 내가 꽤 어려운 일들을 겪었으며 어찌어찌해서 그것들을 다 해결했노라고 그는 이야기했다.

'비자카드를 사용하지 않고서' 라고 그가 덧붙이는 바람에 천막 주위에는 엄청난 웃음이 물결쳤다.

그리고 그는 자기가 참 많은 결혼식에 가봤지만 지금 같은 뿌듯함은 처음이라고 했다. 그는 루크와 내가 천생연분이라는 걸 안다고, 우리 둘 다 몹시도 서로를 사랑하며 이렇게 맺어진 우리 두 사람은 엄청나게 운이 좋은 사람들이라고 말했다. 그리고 우리에게 아이들이 생긴다면 그 아이들 역시 억세게 운이 좋은 녀석들이라고 말했다.

마이클의 연설을 듣다가 나는 정말로 울 뻔했다.

그리고 지금 나는 루크와 함께 풀밭에 앉아 있다. 우리 단 둘이 다른 사람들에게서 잠시 떨어져서. 내 크리스찬 루부틴 구두가 풀물이 들어 온통 엉망이 되었다. 내 드레스에는 어니가 딸기를 주무르던 손으로 손자국을 남겼다. 전 같으면 내 꼴이 말이 아니라는 생각이 들어야 마땅할 것이다. 하지만 그렇거나 말거나 난 행복하다! 그 어떤 순간보다도 행복한 것 같다.

"자," 루크가 말을 한다. 그이는 팔꿈치를 베고 누워서 어두워져가는 푸른 하늘을 올려다본다. "드디어 성공했어."

"드디어 성공했지." 화관이 흘러내려 눈을 가린다. 나는 조심스레 핀을 뽑고 잔디밭에 화관을 벗어 놓는다. "불상사 없이."

"있잖아…… 난 지난 몇 주 동안 기괴한 꿈을 꾼 것 같아." 루크가 말한다. "나는 나만의 세상에 갇혀 살아왔어. 실제 삶에서 어떤 일이 일어나고 있는지 전혀 모르면서." 그는 고개를 가로젓는다. "그때는 거의 탈선한 기차 같았지."

"거의?"

"그래. 그땐 정말 탈선한 기차였어." 그는 고개를 돌려 나를 바라본다. 그의 검은 눈동자가 천막에서 흘러나오는 불빛에 반짝인다. "베키, 난 네게 빚이 많아."

"빚진 거 없어." 나는 놀라서 말한다. "이제 우린 부부야. 그러니까 모든 게…… 공동계좌가 되는 거지." 집 옆에서 드르륵거리는 소리가 들려서 보니 아빠가 우리 여행가방을 차에 싣고 계시다. 벌써 우리가 갈 때가 된 거다.

"자," 루크가 내 시선이 가는 곳을 바라본다. "그 유명한 우리 신혼여행이 시작되겠군. 근데 어디로 갈 건지 이젠 알아도 돼? 아니면 아직도 비밀이야?"

가슴속에 찌릿찌릿 경련이 인다. 드디어 왔구나! 내 작전의 마지막 단계. 케이크 꼭대기에 마지막 남은 체리 한 알!

"좋아." 나는 숨을 깊이 들이 쉰 다음에 말한다. "잘 들어. 최근에 우리 자신에 대해서 아주 많은 생각을 했어. 결혼 생활에 대해서, 어디에 살아야 할지에 대해서. 뉴욕에 살아야 할지 말아야 할지. 우리가 무엇을 해야 할지……." 나는 신중하게 할 말을 정리하느라 잠시 뜸을 들인다. "그래서 결국 내가 깨달은 것은…… 내가 정착할 준비가 되지 않았다는 거야. 톰하고 루시는 너무 일찍 정착하려고 했어. 근데 어떻게 됐나 봐. 난 어니를 무척 사랑해. 하지만 수지가 얼마나 고생을 했는지 알고 나니까…… 아기를 가질 준비가 안 되었다는 것을 깨달았어. 아직은 아니야." 나는 걱정스런 얼굴로 고개를 든다. "루크, 난 한 번도 못해본 일들이 너무 많아. 여행도 별로 못해봤어. 세상

320

을 제대로 본 적도 없고. 자기도 그럴 거야."

"뉴욕에도 살아봤잖아." 루크가 지적한다.

"뉴욕은 대단한 도시야. 정말 좋아. 하지만 대단한 도시는 그곳 말고도 전 세계에 많이 있어. 그런 도시들도 보고 싶어. 시드니, 홍콩…… 도시들뿐이 아니야!" 나는 두 팔을 활짝 펼친다. "강이랑…… 산이랑…… 세상의 모든 모습……."

"그렇구나." 루크는 재밌다는 듯 말한다. "그래서 그 모든 것을 한 번의 신혼여행에 짜 넣겠다……."

"좋아." 나는 마른침을 삼킨다. "내가 무슨 일을 했는지 말해줄게. 뉴욕에서 우리가 받은 모든 결혼선물을 현금으로 바꿨어. 쓸데없는 은제 촛대며 찻주전자며 뭐 그런 것. 그리고…… 세계를 일주할 수 있는 1등석 항공권 두 장을 샀지."

"세계를 일주해?" 루크가 질린 표정을 짓는다. "진담이야?"

"그럼! 세계일주!" 나는 손가락을 꽉 꼰다. "원하는 만큼 오래. 3주만에 끝낼 수도 있고 아님……." 나는 긴장된 마음으로 그를 바라본다. "1년이 될 수도 있고."

"1년?" 루크가 나를 빤히 쳐다본다. "농담하니?"

"농담 아냐. 크리스티나한테 내가 바니스로 돌아갈 수도 있고 아닐 수도 있다고 해뒀는걸. 크리스티나는 괜찮대. 대니가 우리 아파트를 비워줄 거야. 짐은 모두 창고로 보내고……."

"베키!" 루크가 고개를 가로젓는다. "좋은 생각이긴 한데 그렇다고 이렇게 무턱대고."

"할 수 있어! 할 수 있다구! 다 준비 됐어. 마이클이 뉴욕 사무실을 관리해줄 거야. 런던 사무실은 어쨌거나 스스로 알아서 돌아가고 있구. 루크, 자긴 할 수 있어. 모두들 우리가 그렇게 해야 한다고 생각해."

"모두들?"

나는 손가락을 꼽는다. "자기 부모님들, 우리 부모님들······ 마이클, 로렐······ 옛날 내 운전강사였던 클리브 아저씨······."

루크가 나를 빤히 쳐다본다. "옛날 운전강사 클리브 아저씨?"

"좋아," 나는 황급히 둘러댄다. "그 아저씬 신경 꺼도 돼. 하지만 모든 사람들의 의견을 자기는 존중해야 해. 모두들 자기한테는 휴식이 필요하다고 생각해. 자기는 너무 오래 쉬지 않고 일만 했어." 나는 진지하게 말한다. "자기, 지금이 그때야. 우리가 아직 젊었을 때. 아이가 생기기 전에. 상상해봐. 우리 둘이 세계를 방랑하는 거야. 황홀한 경치를 보면서. 다른 문화에서 배우면서."

침묵이 흐른다. 루크가 찡그린 얼굴로 땅바닥을 멍하니 바라본다. "마이클하고 얘기 했다 이거지?" 그가 마침내 입을 연다. "그런데 마이클이 정말로 기꺼이······."

"기꺼이 정도가 아니야. 파워워킹 빼고는 아무것도 하지 않으면서 뉴욕에 사는 게 지겹대! 루크, 꼭 어디 먼 곳으로 가지 않더라도 숨쉴 수 있는 공간과 시간이 자기한테는 필요하다고 마이클이 그랬어. 자기한테는 제대로 된 휴가가 필요해."

"1년." 루크는 이마를 문지르며 말한다. "그건 휴가 이상이야."

"더 짧을 수도 있어. 아님 더 길 수도 있고! 중요한 건, 우리가 다니면서 결정할 수 있다는 거야. 우린 자유로운 영혼이 될 수 있어. 우리 일생에 딱 한 번의 기회야. 아무데도 얽매이지 않고, 의무도 없고, 억누르는 것도 없이⋯⋯."

"베키, 얘야." 아빠께서 차에서 나를 부르신다. "정말 여행 가방 여섯 개를 비행기에 다 실어준대냐?"

"추가로 비용을 내면 돼요." 나는 다시 루크를 돌아본다. "제발. 어때?"

루크는 잠시 아무 말이 없다. 나는 풀이 죽는다. 다시 예전의 루크로 돌아갈지도 모른다는 무서운 느낌이 든다. 일에 중독된, 한 가지밖에 생각할 줄 모르는, 사업가 루크.

드디어 그가 고개를 든다. 그는 얼굴에 쓴웃음을 살짝 짓는다.

"내게 선택의 여지가 있어?"

"아니." 나는 안도감으로 그의 손을 와락 잡는다. "없어."

우린 세계 일주를 하는 거다! 우리는 관광객이 되는 거다!

"마지막 두 개는 아주 가볍구나!" 아빠가 소리치시며 그 가

방들을 차에 가볍게 들어 넣으신다. "안에 뭐가 들었냐?"

"빈 거예요!" 기쁨에 들뜬 얼굴로 루크를 바라본다. "루크, 정말 굉장할 거야! 1년간 일상에서 탈출하는 일생일대의 기회야. 1년간의 소박한 생활. 우리 둘이서. 다른 건 아무것도 없이!"

잠시 아무 말이 없이 루크가 나를 바라본다. 입꼬리가 약간 씰룩거린다. "근데 속이 빈 엄청나게 큰 여행가방은 뭘 하러 가져가는 건데?"

"그야, 사람 일은 모르는 거잖아?" 나는 설명한다. "여행 중에 몇 가지 물건을 살 수도 있고. 관광객들은 항상 그 지역 경제를 도와야 하는 거니까……." 나는 말꼬리를 흐리고 루크는 소리 내어 웃기 시작한다.

"왜?" 나는 성질을 낸다. "진짜야!"

"알아." 루크가 눈물을 닦는다. "나도 알아. 베키 블룸우드, 너를 사랑해."

"이제 난 베키 브랜던이야, 잊었어?" 나는 반박한다. 너무나도 사랑스러운 내 새 반지를 내려다보면서. "레베카 브랜던 부인." 하지만 루크가 고개를 가로젓는다.

"베키 블룸우드는 한 사람뿐이야. 그냥 그대로 있어줘." 그는 내 두 손을 맞잡더니 이상하게도 뚫어져라 나를 바라본다. "네가 무엇을 하든. 지금 이대로의 베키 블룸우드로 남아줘."

"뭐…… 그렇다면 좋아." 나는 당황해서 말한다. "그럴게."

"베키! 루크!" 엄마의 목소리가 잔디밭 건너에서 들려온다. "케이크 자를 시간이다! 여보, 전구에 불을 켜요!"

"예, 알았습니다!" 아빠가 소리치신다.

"가요!" 나도 소리친다. "화관 좀 쓰고요!"

"내가 씌워줄게." 루크가 분홍색 꽃으로 만든 화관을 들어서 살짝 미소를 지으며 내 머리에 씌워준다.

"내 꼴 웃기지?" 나는 뾰루퉁해서 말한다.

"응. 아주 웃겨." 그는 내게 키스해주더니 먼저 일어서서는 나를 일으켜준다. "가자, 베키. 손님들이 기다리신다."

그리고 꼬마전구가 온 사방에서 반짝거리는 가운데 우리는 땅거미가 깔린 잔디밭을 지나 피로연장으로 간다. 루크의 손이 내 손을 힘주어 잡고 있다.

혼전 계약서

레베카 블룸우드와 루크 브랜던
2002년 6월 22일

5. 공동계좌

- 5.1 공동계좌는 생활에 필요한 경비를 위해 쓰일 것이다. '생활에 필
  요한 경비'에는 미우미우 스커트와 구두 및 신부에게 꼭 필요한
  것으로 간주되는 기타 품목으로 정의될 것이다.
- 5.2 그러한 비용에 대한 신부의 결정은 어떠한 경우에도 최종적인 기
  준이 될 것이다.
- 5.4 공동계좌에 대한 질문은 경고 없이 신랑에 의해서 신부에게 제기
  되어서는 안 되며 답변을 원할 경우 24시간 전에 서면으로 제출
  되어야 할 것이다.

6. 특별한 날

- 6.1 신랑은 모든 생일과 기념일들을 기억해야 하며 언급된 날들에는
  깜짝 선물*을 해야 할 것이다.
- 6.2 신부는 신랑이 고른 선물에 놀라움과 기쁨을 표해야 할 것이다.

7. 가정

신부는 결혼생활을 하는 가정에 질서와 청결 유지를 자신의 힘 안에서
최선을 다해 시도할 것이다. '그러나' 이 항목을 준수하는 데 실패하더
라도 계약위반으로 여겨지지는 않을 것이다.

8. 교통수단
신랑은 신부의 운전 능력에 대해서 언급해서는 안 될 것이다.

9. 사회생활
- 9.1 신부는 신랑에게 신랑이 만난 적 없는 이들을 포함한 신부 친구들 전체의 과거 연애경력과 이름들을 기억하도록 요구해서는 안될 것이다.
- 9.1 신랑은 매주 레저와 여가 활동을 위해 상당한 시간을 내려는 최선의 노력을 해야 할 것이다.
- 9.1 쇼핑은 여가 활동으로 정의될 것이다.

* 깜짝 선물은 신부가 카탈로그나 잡지에 신중하게 표시한 품목들을 포함해야 할 것이며 언급된 날짜 이전 주에 집 안에 놓여 있어야 할 것이다.

지은이 소피 킨셀라 *Sophie Kinsella*

작가이자 전직 경제 전문지 기자로 런던에서 태어났다. 매들린 위크햄이라는 이름으로 24세에 첫 소설을 발표했으며, 소피 킨셀라라는 필명으로 발표한 『쇼퍼홀릭 shopaholic』 시리즈가 〈뉴욕타임스〉 및 아마존닷컴 베스트셀러에 오르면서 전 세계적인 베스트셀러 작가가 되었다. 그녀는 쇼퍼홀릭 시리즈를 통해 쇼핑에 대한 여성 특유의 심리와 감정을 발랄하고 유쾌하며 낙관적으로 묘사했다.

그녀는 쇼퍼홀릭의 주인공인 루크와 초콜릿에 빠져 있으며, 셀프리지(Selfridges) 백화점에서 쇼핑하는 것을 좋아한다. 이 외에도 구두와 카우보이모자, 스팅의 〈Every Breath You Take〉를 좋아하며, 냉장고에 항상 백포도주와 저지방 우유를 보관하고 있다.

네 번째 책 *Shopaholic and Sister*에 등장하는 엔젤 백은 자신이 소설에서 만들어낸 것이지만, 출판사에서 1회 한정 판매용으로 엔젤 백을 제작한 덕분에 자신도 하나 갖게 되었다. 글을 쓸 때면 소피는 항상 커피 한 잔을 마시는데, 전화기를 끄고 음악을 크게 틀어놓는다. 그러다가 기분이 좋아지면 방을 돌아다니며 몸을 흔들기도 한다.

중요한 것을 사야 할 때는 혼자 쇼핑하지만 그렇지 않을 경우에는 친구들과 함께 쇼핑하면서 상품에 대한 새로운 소식도 듣고 이야기도 나눈다. 그녀는 돈에 대해서 매우 신중하며 아주 이따금 대규모 세일 기간에 물건을 사기 위해 줄을 선다. 은행 담당자와의 관계도 아주 좋다.